人文社科
高校学术研究论著丛刊

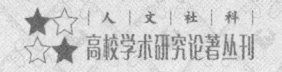

韩国文学概论

牛林杰　韩　晓　王丽媛　著

中国书籍出版社
China Book Press

图书在版编目(CIP)数据

韩国文学概论 / 牛林杰, 韩晓, 王丽媛著 . -- 北京：中国书籍出版社, 2022.11

ISBN 978-7-5068-9281-0

Ⅰ.①韩… Ⅱ.①牛…②韩…③王… Ⅲ.①文学研究 – 韩国 Ⅳ.① I312.606

中国版本图书馆 CIP 数据核字（2022）第 236201 号

韩国文学概论

牛林杰　韩　晓　王丽媛　著

丛书策划	谭　鹏　武　斌
责任编辑	彭宏艳
责任印制	孙马飞　马　芝
封面设计	东方美迪
出版发行	中国书籍出版社
地　　址	北京市丰台区三路居路 97 号（邮编：100073）
电　　话	（010）52257143（总编室）　（010）52257140（发行部）
电子邮箱	eo@chinabp.com.cn
经　　销	全国新华书店
印　　厂	三河市德贤弘印务有限公司
开　　本	710 毫米 ×1000 毫米　1/16
字　　数	202 千字
印　　张	12.5
版　　次	2023 年 3 月第 1 版
印　　次	2023 年 8 月第 2 次印刷
书　　号	ISBN 978-7-5068-9281-0
定　　价	75.00 元

版权所有　翻印必究

目　录

- 第一章　韩国文学总论 ··· 1
  - 第一节　韩国文学的概念和特点 ································· 1
  - 第二节　韩国文学与世界文学 ··································· 11
- 第二章　古代汉文学 ··· 14
  - 第一节　汉　诗 ·· 15
  - 第二节　汉文散文 ·· 42
  - 第三节　汉文小说 ·· 54
  - 第四节　古典批评 ·· 66
- 第三章　古代韩语文学 ··· 73
  - 第一节　时　调 ·· 75
  - 第二节　歌　辞 ·· 84
  - 第三节　韩文小说 ·· 93
  - 第四节　口传文学 ·· 107
- 第四章　韩国近代文学 ··· 118
  - 第一节　近代诗歌 ·· 121
  - 第二节　近代小说 ·· 129
  - 第三节　近代批评 ·· 136
- 第五章　现代文学 ··· 145
  - 第一节　现代诗歌 ·· 147
  - 第二节　现代小说 ·· 162
  - 第三节　现代批评 ·· 176
- 参考文献 ·· 189

第一章 韩国文学总论

第一节 韩国文学的概念和特点

一、韩国文学的概念

关于韩国文学的概念,长期以来一直存在着诸多争议,学者们见仁见智,提出了多种不同的见解。对这些见解略作梳理,可以大致分成三类:一是强调民族主体的广义概念;二是强调语言表现的狭义概念;三是介于上述二者之间的中间概念。下面分别就韩国文学的三类概念做简要介绍。

(一)广义的韩国文学概念

广义的韩国文学概念就是"韩民族在各个时代的历史生活空间所创作的文学的总和"[①]。这一表述强调的重点是"韩民族",那么从韩民族形成直到目前为止产生的所有文学自然都包括在韩国文学的范围之内。然而,从韩民族的现状来看,以民族来界定文学概念却显现出明显的局限性。第二次世界大战之后,在朝鲜半岛的南北两端出现了民族相同而体制不同的韩国与朝鲜两个国家,而且除朝鲜半岛外,韩民族在中国、日本、美国等地也有所分布。按照上述定义,韩国文学不仅包括韩国的本国文学,连朝鲜的当代文学、中国的朝鲜族文学、日本的韩人文学、

---

① 金兴圭.韩国文学的理解[M].首尔:民音社,1991:15.

俄罗斯的韩人文学也被列入韩国文学的范畴。显然,这一表述是欠准确的。

(二)狭义的韩国文学概念

狭义的韩国文学概念是指"韩国作家以韩国读者为对象用韩国语创作的文学"①。在这里,文学的创作用语——"韩国语"成为定义界定的强调重点。这一表述放在韩国的现当代文学中来看是没有问题的,但综合韩国文学的整个发展历程来考察,很容易发现其缺陷。在历史上,韩国文学的创作语言并不局限于韩国语。韩国本民族的文字"训民正音"直到1443年才得以创制,使用历史并不长。在此前1000多年的漫长岁月里,古代汉文被作为正规书面语使用,并产生了大量汉文文学作品。如果按此界定,韩国古典的汉文文学就被排除在了韩国文学的范畴之外。

强调语言形式的另一个代表性表述是:"将韩国人的生活感情通过各时代出现的通用文字记录下来的文学"②。这里"各时代通用的文字"当然也包括汉文,因此较上一表述有所进步,但这一表述的问题在于只把文学理解为书面文学,这样就把在韩国文学史上占有重要地位的口传文学从韩国文学的范畴中排除了出去。因此,这两种狭义的韩国文学概念表述都不够妥当。

(三)韩国文学的中间概念

第三种是介于上述二者之间的中间概念,其代表性表述是:"韩国人通过韩国各时代的语言文字表达韩国人的思想、感情、生活的语言艺术"③。在这里,韩国文学的主体被表述为"韩国人",包括1948年建国后的大韩民国国民和在此之前朝韩两国的共同祖先;韩国文学的表达形式被表述为"韩国各时代的语言文字",不仅包括韩文,也包括汉文,不仅包括书面语,也包括口语;韩国文学的表现内容则被表述为"韩国人的思想、感情、生活"。可以说,这一定义不但兼顾了各个方面,弥补了前

---

① 赵东一. 韩国文学论纲[M]. 北京:北京大学出版社,2003:3.
② 国文学新讲编纂委员会. 国文学新讲[M]. 首尔:新文社,1985:11.
③ 郑台永. 现代韩国文学史概说[M]. 首尔:大光文化社,1986:23.

两种表述的欠缺,而且在措辞上也比较准确,是对韩国文学较为稳妥的概念界定。

二、韩国文学的范围

明确了韩国文学的概念之后,其范围也就比较清楚了。然而,围绕韩国文学的范围问题,历史上曾经发生过长久而激烈的争论。争论的中心在于是否应当把汉文文学列入韩国文学的范围之内。20世纪前半期,汉文文学曾被粗暴地排除于韩国文学的范畴之外,后来随着对汉文学重视程度的提高,它才被正式接纳为韩国文学的一部分。另外,围绕口传文学是否属于韩国文学这一论题,韩国文学史界也曾开展过长期的讨论。

目前韩国文学界已达成共识,按照使用语言和传承方式的不同,将韩国文学分为口传文学、汉文文学、韩语文学[①]三大领域。它们共同构成了韩国文学[②],具体关系如图1-1所示。

$$
\text{韩国}\begin{cases}\text{口传文学}\\ \text{书面文学}\begin{cases}\text{韩语文学}\\ \text{汉文文学}\end{cases}\begin{cases}\text{古典文学}\\ \text{现代文学}\end{cases}\end{cases}
$$

图1-1 韩国文学的范围

(一)口传文学

韩国的口传文学是韩国人以口头形式创作、传承下来的文学。和其他民族的文学一样,韩国文学是原始时期集体祭祀仪式的产物,在文字产生之前,口传文学是韩国文学的全部存在形态,直到19世纪末韩语文学扩展到韩国文学的整个领域之前,口传文学一直在韩国文学中占据决定性的比重。韩国的口传文学又可细分为四种形态:一是话语形态,如俗语、谜语等;二是歌谣形态,如民谣等;三是故事形态,如说话等;四是故事、歌谣、身体动作相结合的形态,如盘瑟里[③]。

[①] "韩语文学"是从中国文学视角出发的称呼,韩国的文学史家称之为"国文文学"。
[②] 金兴圭.韩国文学研究入门[M].首尔:知识产业社,1982:15.
[③] 国文学新讲编纂委员会.国文学新讲[M].首尔:新文社,1985:228.

以民众为创作和接受主体,以社会底层人民的生活经验、思想情感为主要表现内容的口传文学,是韩国文学的根源和重要组成部分,是汉文文学和韩语文学借以发展的土壤。在当今韩国,口传文学作为韩国文学的母体,得到了韩国学者的极大重视。

（二）汉文文学

汉文文学是韩国人用古代汉文创作并传承下来的文学。汉字和汉文传入朝鲜半岛,被少数知识阶层所掌握,在公元5世纪前后形成了汉文文学。高丽王朝建立之后,中国科举制度传入韩国,汉文能力成为国家任用官吏的考核标准,文治主义逐渐形成,韩国的汉文文学得到进一步的扩充和深化。到了朝鲜王朝时期,汉文文学成为士大夫阶层的必修课。直到19世纪末,汉文文学一直显示出旺盛的生命力。从这点看来,韩国的中世纪堪称是汉文文学的时代[①]。

中国古典文学对韩国汉文文学产生了直接而深远的影响。中韩两国地理接近、文字通用、交流密切,韩国又以"小中华"自居,韩国古代文人大都熟悉中国的"四书五经"和文学作品,可以说,从文学的体裁形式、语言表达乃至题材、人物和主题倾向,韩国汉文文学几乎全方位地效仿了中国古典文学。此外,中国古典文学对韩国文学的影响也波及了韩语文学领域。

自汉字传入朝鲜半岛以来,在相当长的时期内担负记录重任。即便韩文创制以后,汉文也依然是主要书面语言,所有重要记录仍然依靠汉文。韩国人长期将汉文视为本国的正规文字,用汉文创作了大量文学作品。这些文学作品虽然使用的是汉文,但就其内容来说,表达的是韩国人的思想情感。尤为重要的是,对这些由祖先们创作并一代代传承下来的汉文文学,整个韩国社会都将其理所当然地视为韩国文学的一部分。因此,韩国的汉文文学是韩国文学的一个重要组成部分。汉文文学在韩国文学中占据极大比重,是一份巨大的精神文化遗产。20世纪后半期,汉文文学得以"正名",其相关研究也随之活跃。

---

① 赵东一.韩国文学论纲[M].北京:北京大学出版社,2003:7.

（三）韩语文学

在韩文诞生之前，韩国人已经进行了一系列文字创制的尝试，乡札标记法就是其中之一。乡札标记法是一种借用汉字的音和义来标记韩国语的方法，韩国文学重要体裁之一的乡歌就是依靠乡札标记法才得以保存下来。可见，乡札在韩国文学史上发挥过一定的作用，但由于这一方法只有既懂得汉文又谙熟乡札标记法规则的极少数韩国文人才能掌握，缺乏实用价值，最终没能得到广泛使用。

朝鲜朝建立后，第四代国王世宗有感于言文不一的矛盾，令人参照中国的音韵学创制新文字，终于在1444年颁布了可以准确记录本民族语言的拼音文字"训民正音"。然而，在当时慕华思想占据绝对主流地位的历史背景下，文学素养深厚的士大夫阶层在很长一段时间内不肯使用这种文字。因此，训民正音的创制并没有直接催生韩语文学的大发展。不过，训民正音仍然为韩语文学的形成与发展提供了语言基础，部分士林儒生和妇女开始用它写信、翻译和创作小说，一些文人用它记录整理口传民歌、创作时调和歌辞，后来还出现了用训民正音创作的记事文学、小说、杂歌、说唱文学等。17世纪以后，在汉文文学夹缝中成长起来的韩语文学终于得到长足的发展并取得了与汉文文学并肩而立的地位，赋予了韩国文学更加富有民族特性的形式和内容。

19世纪末20世纪初，随着近代化的推进，韩国的社会体制和文化日益发达，汉文文学和口传文学逐渐丧失了赖以生存的基础，韩语文学几乎扩大到了韩国文学的全部领域。如果说中世纪是汉文文学的时代，那么20世纪以来则可以说是韩语文学的时代，在当今的韩国社会，韩国文学指的就是韩语文学。

根据口传文学、汉文文学和韩语文学这三种形态在韩国文学史上的演变交替关系，可以将韩国文学的发展历史划分为四个时期：第一个时期是口传文学独领风骚的时代；第二个时期是口传文学与汉文文学并驾齐驱的时代；第三个时期是口传文学、汉文文学与韩语文学共存的时代；第四个时期是韩语文学的时代。

三、韩国文学的体裁与分类

在韩国文学的发展史上,曾存在过许多种文学体裁。围绕着如何将这些体裁进行合理分类的问题,韩国文学界争论不一。其中代表性的见解有赵润济的诗歌、歌辞、小说、戏曲四分法,金东旭的诗、小说、随笔、汉文学、戏曲五分法,金起东的诗、小说、随笔、评论、戏曲五分法,张德顺的抒情样式、叙事样式、剧样式三分法等[①]。笔者认为,韩国首尔大学赵东一教授的抒情、叙事、戏曲、教述四分法不仅符合西欧近代文学理论的国际分类惯例,也顾及了韩国乃至东亚各国文学传统的特点,更符合和贴近韩国文学的实际状况。下面对抒情、叙事、戏曲、教述四大类别分别加以介绍。

(一)抒情类

抒情类文学是历史最为悠久的文学体裁,它由原始音乐、诗歌、舞蹈三者合一的综合艺术演变而来,早在我国的《三国志》中就有关于古代韩国人诗歌活动的记录:"(夫余)以殷正月祭天,国中大会,连日饮食歌舞,名曰迎鼓。……(濊)常用十月节祭天,昼夜饮酒歌舞,名之为舞天。……(牟韩)俗喜歌舞饮酒,有瑟,其形似筑,弹之亦有音曲。"[②] 随着汉文学的发展,抒情诗占的比重越来越大,汉文诗是一种精炼、简洁的抒情诗,曾一度成为韩国文学最重要的形式。乡歌采用民谣的韵律,体现出与汉文诗截然不同的风格,后来发展为思想水平很高的、凝练的抒情诗。抒情类文学从迎鼓、舞天等农业生产前后的饮酒歌舞发展至今,随着时代的变迁和文学阶层的变化,抒情的韵律也不断发生变化,然而总的规律是由歌唱形式向吟读形式转变。在当今的韩国文坛,诗歌仍是最具活力的形式之一。

在韩国历史上曾存在过的多种文学体裁中,可以归入抒情类的有古代歌谣、乡歌、高丽俗谣、时调、辞说时调、杂歌、抒情民谣、大多数汉诗、新体诗和大部分现代诗歌等。

---
① 国文学新讲编纂委员会.国文学新讲[M].首尔:新文社,1985:12-13.
② 引文出自《三国志·魏书》卷三十《乌丸鲜卑东夷传》,西晋陈寿著。

(二)叙事类

韩国最早的叙事文学是建国叙事诗。口传文学时代,以建国英雄为主人公的建国叙事诗处于非常重要的地位,它们叙述充满传奇色彩的建国历程,被以汉文形式记载于《三国遗事》等文献中。其中古代国家的祭祀活动中歌颂英雄斗争的形式后来演变为叙事巫歌。

韩国叙事文学从一人讲述多人倾听的形态逐渐发展为一人记录多人传看的形式。自20世纪初新小说出现以来,韩国叙事文学的存在方式由"说者—听者"的关系转变为"作家—读者"的关系,从此出现了作为小说文学主体的作家,同时写作技法也发生了划时代的转变,在质和量上都取得了丰硕成果。韩国的小说按照篇幅可分为微型小说、短篇小说、中篇小说、长篇小说和大河小说。大河小说指人物众多、故事情节复杂且篇幅很长的小说形式。在韩国现当代文坛,小说的创作水平很高,但作品数量却不及诗歌和随笔。这一方面是由于快节奏的生活和激进的民族性格使得韩国人喜好短文这一文学形式,另一方面是小说的创作需要较长时间的投入和较专业的知识。[①]

属于叙事类的韩国文学体裁有神话、叙事诗、传说、民间故事、叙事民谣、叙事巫歌、梦游录、古典小说、新小说、现代小说等。

(三)戏曲类

韩国文学体裁中属于戏曲类的有假面舞、木偶戏、盘瑟里、唱剧、新派剧、现代剧等。韩国的戏曲类文学始于祭天仪式等表演形态,经过假面剧和木偶剧的过渡,在近代化过程中发展成为盛行一时的盘瑟里和唱剧,而历史悠久的农村假面舞则发展成为规模更大、社会批判倾向更强的都市假面舞。进入近代,韩国文学接受了戏曲这种与假面舞完全不同的形式,戏曲进入了记录文学领域,发展到新派剧,就开始了现代意义上的戏剧文学。然而,在市场经济规律操纵一切的韩国社会,戏剧这一文学体裁并不受欢迎。戏剧之所以不景气,是因为比起电影和电视剧,它在时间和空间上有较大限制。不过,音乐剧这一新兴的戏剧形式却深

---

① 金英今.韩国的文学[M].北京:北京大学出版社,2009:7.

受韩国观众的喜爱。

（四）教述类

抒情、叙事与戏曲这一分类法来自西欧的近代文学理论,为世界各国通用,而"教述"这一概念则是韩国首尔大学的赵东一教授按照东亚文学的特性创造出来的。赵东一指出:"教述文学是记述实际存在的事物并承认它们的直接介入而创作出来的文学作品。"[①] 顾名思义,"教述"类文学又可分为两种:一是以训导和理念的传达为主的议论性文学;二是以事实记录与经验陈述为主的记叙性文学。教述类文学与其他体裁种类最鲜明的区别在于,其他体裁种类皆以虚构内容为基础,而教述则以事实内容为基础。

可以归入教述一类的韩国文学体裁有汉文文学的各种序、跋、论、册、铭、行状,以及乐章、书简、日记、景几体歌、歌辞、纪行、现代随笔等。这些体裁不仅在韩国,在中国、日本、越南等汉文文化圈其他国家的文学史上也都曾占据一席之地,有些学者甚至认为由于其真实性,在韩国古代文学中占据更重要的地位。然而进入近代以后,随着汉文学的衰退,教述类文学日渐衰微,这也是韩国文学体裁形态体系的最大变化。不过,作为教述类之一的韩文随笔却成为韩国现当代文学的重要体裁,并与属于抒情类的诗歌一起形成了韩国现当代文学最活跃、最具活力的领域,涌现了大批的作家和浩如烟海的诗集和随笔集。

四、韩国文学的特点

由于学者们意见不一,考察视角不同,关于韩国文学特点的结论也有很大差异。长期以来,已有不少学者对韩国文学的特征进行了深入的研究和总结,赵润济曾将韩国文学的特点归纳为婉曲韧性、柔弱哀凄、诙谐讽刺三点;金东旭在赵润济见解的基础上又加了"蕴味"一条;赵芝熏将之概括为"阴柔韧力之蕴味";具滋均则从两班型文学和平民型文学两个层面分别概括其特点,他认为,两班型文学文风庄重,鼓吹

[①] 赵东一.韩国文学研究的方向与课题[M].首尔:新文社,1983:184.

道德与功名主义；平民型文学文风诙谐，重视情欲和取乐思想①。将中国文学和韩国文学进行比较考察，可以将韩国文学的特点归纳为以下四点。

（一）用汉、韩双语进行创作

与稳定、统一的中国文学不同，韩国文学在两千多年的发展历程中绝大部分时间使用汉、韩两种语言文字进行创作，其中用汉文创作的历史长达近两千年，甚至三大古典名著《沈清传》《兴夫传》和《春香传》等韩语文学作品中的大部分词汇也都是汉字词，如果没有一定的汉文基础，很难读懂。正如韩国学者郑炳煜在其文章"韩国古典再认识"一文中所指出的："韩国人，即便是国文学专业的大学生中，真正能够完全通读《春香传》的可以说寥寥无几。大学的国语教材中收录有《春香传》的一段内容，篇幅虽然只有短短四页，但要将复杂的故事情节以及其中的汉字词、俗语等一一讲解清楚，起码需要整整四个课时"。在21世纪的今天，韩国还依然存在着坚持用汉文进行创作的学者和文人，不过这已经属于极个别的事例，不再被作为文学现象来讨论了。

（二）口传文学、汉文文学、韩语文学平分秋色

上文中已经谈到，韩国文学可分为口传文学、汉文文学、韩语文学（或称"国文文学"）三大类，它们在韩国文学史上占有相同的比重，可以说是平分秋色。

事实上，不仅韩国文学，汉字圈其他国家的文学也由口传文学、汉文文学、国文文学组成。属于梵语圈、古典阿拉伯语圈和拉丁语圈的许多国家也分别存在着口传文学、共同文文学及国文文学三个领域。与汉文化圈内的其他国家进行比较，可以发现这些国家与韩国的情况有所不同。在中国，汉文文学占绝对比重；在日本，国文文学占绝对比重；在越南，口传文学起了特别突出的作用②。中国是汉文文学的发祥地，汉文学得到了长足的发展，而便于大众掌握的白话文学发展缓慢。日本没

---

① 国文学新讲编纂委员会．国文学新讲[M]．首尔：新文社，1985：14-18.
② 赵东一．韩国文学论纲[M]．北京：北京大学出版社，2003：5.

有实施以汉文能力为评价标准选拔任命官吏的科举制度,汉文文学并不像韩国那么发达,反倒是国文文学很早就发展起来。越南的"字喃"标记法艰涩难懂,未能广泛推广使用,国文文学也未能顺利发展,然而越南特别重视口传文学并积极利用它,众多作品通过口传的形式得以广泛流通。

在韩国,口传文学、汉文文学和韩语文学平分秋色,三大领域都占有非常重要的比重,而且三者之间相互渗透,相互汲取营养,各自发挥积极作用,共同促进了韩国文学的发展。这也是韩国文学区别于汉文化圈其他国家文学的重要特点。

(三)幽怨、苦闷的美学特征

强烈的抒情性致使中国古代文学在写作手法上不重写实而重写意。情感的节制与表达的简约使中国古代文学在整体上具有含蓄深沉、意味隽永的艺术特征,这也是中华文明平和、宽容、偏重理性的体现。

与中国文学的中和之美相比较,韩国文学的美学特征是幽怨、苦闷的,亦即韩国学者所谓的"恨"美学。所谓"恨"是悲伤与痛苦交织在一起形成的一种错综复杂的感情。这种"恨"可以说是韩国文学众多作品中最主要的情感,使韩国文学体现出纤美的阴柔之气。《黄鸟歌》和《箜篌引》可以说是韩国文学中最早体现出"恨"的作品,前者寂寞,后者哀苦。之后又有《西京别曲》《郑瓜亭曲》等高丽歌谣、黄真伊的时调、金素月和徐廷柱的诗歌等。韩龙云、李相和、李陆史和尹东柱等人则表达了深刻的亡国之恨。小说也是一样,在金时习《万福寺樗蒲记》《李生窥墙传》,金万重《九云梦》《谢氏南征记》以及韩国三大古典名著《沈清传》《兴夫传》和《春香传》等著作中,"恨"也表露得十分明显。这样的例子不胜枚举。

韩国文学中的"恨"有其深刻的社会历史文化根源:第一,长期的内忧外患使人们产生了不安和感伤的心理;第二,儒教思想影响下的人身依附关系造成了人民深刻的怨恨;第三,男尊女卑背景下对女性的压迫使女性产生了怨恨和不满;第四,封建思想影响下官僚士大夫们对百姓的残酷压榨和剥夺使人民的种种怨恨郁结于心;第五,韩国近现代沦为殖民地,同族相残、民族分裂的民族苦难史使韩民族的"恨"更加沉痛。

（四）诙谐、讽刺的乐观精神

诙谐、讽刺也是韩国文学作品中常见的要素，是韩国文学的重要特点，这似乎与韩国文学中幽怨、苦闷的感情基调相矛盾。然而事实上，除《九云梦》《谢氏南征记》等少数几篇作品，诙谐性是大部分古典小说主要的表现因素；在辞说时调中，有半数具有相当明显的诙谐性；《兴夫传》中有很多生活困苦的兴夫自娱自乐的场面描写；《凤山假面舞》尖锐地揶揄了两班贵族；民谣中多是犀利的现实批判；《春香传》里有不少令人捧腹的情节；蔡万植《太平天下》将讽刺艺术运用得淋漓尽致⋯⋯韩国文学作品中处处洋溢着诙谐精神，它反映了平民阶层的健康生活，是面对苦难不折不挠、乐观而富有活力的民族性格在文学中的体现。

第二节　韩国文学与世界文学

纵观韩国文学的发展历程，不难发现韩国文学深受其他民族文学的影响。古代的韩国文学汲取了中国文学的营养，近现代的韩国文学受到了日本文学及西方文学的深刻影响，当代文学则直接接受了欧美文学思潮。可以说，韩国文学是在不断汲取世界文学营养的过程中成长和发展起来的。那么，韩国文学在世界文学中究竟占有多大比重？世界文学对韩国文学的关注程度如何？韩国文学对世界文学产生了怎样的影响？在世界文学的视角下，我们应当怎样认识和把握韩国文学呢？

一、世界文学对韩国文学的关注

必须承认，韩国文学在世界文学中比重较小，目前国际上对韩国文学关注还不够，对韩国文学的关注更多地集中在其他领域。在美国，主要研究以政治学为主的韩国社会科学；在日本，历史学和语言学是韩国文学研究的中心领域，而文学研究者寥寥无几。

我们可以从学术研究和作品译介两个层面分别来看世界文学对韩国文学的关注状况。从学术研究来看,目前国际上关于韩国文学的研究成果并不多,研究的质量和数量也明显落后于中国文学和日本文学。韩国学者赵东一教授曾失望地说:"在国外,不仅谈不上对韩国文学的专门研究,甚至连介绍韩国文学研究成果的努力也微不足道。目前,专攻韩国文学的外国学者为数极少。而在国外讲授韩国文学的韩国学者又大多缺乏专门知识,所以对韩国文学的研究起不了重大的作用。国外虽然出版了一些韩国文学史,但内容并不充实,体系也不够完备。"[①]其中,一个简称"AKSE"的"欧洲韩国学会"对韩国文学表现出了持续而深入的关注,引起了韩国文学界的注意。另外,从国际上对韩国文学作品的译介状况来看,韩国文学作品的海外翻译成果也不够多,优秀的文学作品未能得到充分介绍,很难如实反映韩国文学的水平、价值和成果,这也是国际上对韩国文学关注不够的重要原因。需要指出的是,在中国,韩国文学受到的关注明显高于其他国家。早在20世纪30年代,翻译的韩国文学作品就零星见于各种刊物。据统计,从1976年至2005年三十年间,中国大陆共翻译出版了多达205种韩国文学作品,专攻韩国文学的学者也在不断增加。

20世纪后半期,韩国文学界涌现了一批受到国际关注的优秀作家和诗人,如朴景利、赵廷来、李文烈、黄晳暎、高银等,他们颇受世界文坛的瞩目,是韩国文学的代表。

二、韩国文学展望

韩国一直非常重视对本国文学的宣传并为之作出了不懈努力,力求提高韩国文学在世界文学中的地位。早在20世纪80年代,韩国文化部就开始着手韩国文学的外文翻译出版事业,1996年成立了"韩国文学翻译基金",积极向国外介绍韩国文学作品。初期阶段,他们先在国内把作品翻译成外语,出版后发往国外,但仅凭这种方式很难形成海外读者群。

真正促进韩国文学世界化的是2001年翻译事业与韩国文学翻译基金一体化以及"韩国文学翻译院"的成立。大量专业人才被引进,翻译

[①] 赵东一. 韩国文学论纲[M]. 北京:北京大学出版社,2003:18.

语种也大大增加,支持22种以上的语言,并全部在国外出版发行。韩国文学翻译院受到国家的直接支持,积极培养引进高水平翻译人才,选定高质量的韩国文学作品,联系优秀的海外出版社,资助具有国际影响力的韩国文学家到海外参加出版纪念会和学术会议,邀请各国作家来韩国举办文学交流活动,在国内外举办各种形式的韩国文学翻译比赛和赏析活动等,有效地推进了韩国文学的世界化。

韩国文学界还为诺贝尔文学奖进行了不懈的努力。韩国迄今没有作家获得诺贝尔文学奖,韩国人格外重视这一奖项,认为它具有独特的文化意义,如果韩国作家能获得此奖,将成为一大文化事件,是向世界介绍韩国文学的绝佳机会。进入21世纪以来,韩国诗人高银、小说家黄晳暎等都曾获得诺贝尔奖提名,并成为很有竞争力的候选人。对诺贝尔文学奖的钟爱反映了韩国人迫切希望本国文学获得世人肯定的心态,相信随着与各国文学交流的不断深入,韩国文学的价值一定会得到更多的肯定。

第二章 古代汉文学

所谓韩国汉文学,是指韩国人用汉字创作的文学作品。韩国古代在相当长的一段时间里没有自己的文字,也就没有用自己文字记录的文学形式。汉字的传入为韩国记录文学的产生和发展产生了重要影响,并形成了独特的文学形式——汉文学。由于中韩两国在地域上的亲缘关系,汉字及中国文学很早就传入了朝鲜半岛。有关汉字传入韩国的时间,虽然中外专家存在一些不同意见,但一般认为汉字最早是在公元前2世纪左右传入朝鲜半岛;后来,随着西汉武帝时期在朝鲜设立乐浪、临屯、玄菟、真番四郡,很多中国民众来到朝鲜半岛,他们带来了一些汉文书籍,进一步促进了中国文化在朝鲜半岛的传播。

中国古典文学样式繁多,包括古代的诗经、楚辞,古体诗中的五言、七言诗,今体诗中的绝句、律诗等,此外,还有赋、乐府诗、宋词、元曲,以及小说等,种类繁多。这些文学样式自然都成为韩国汉文学学习的典范,但是像乐府、词、曲,不仅要求汉文功底非常深厚,而且还要求熟知中国的音乐和韵律,对于韩国人来说学习起来就非常困难。韩国的汉文学主要借鉴了中国古典文学中的诗、赋、小说、评论和散文等文学形式,由于诗歌是古典文学创作的正统形式,所以韩国汉文学也非常崇尚诗歌的创作,汉诗在整个古典文学中占了绝对的主导地位。虽然小说历来不受文人士大夫的重视,但到了朝鲜王朝时期,随着平民阶层的兴起,以及当时中国小说作品的大量传入,韩国的汉文小说也得到了一定的发展,并促进了后来韩国国语小说的创作。文学形式的繁荣发展促进了文学批评的产生与发展,因为只有文学发展到相当成熟的程度,对它的鉴赏与批评才成为可能,这也从侧面反映了韩国汉文学已达到了相当的发展高度。此外,由于语言的驾驭能力以及文学在传播过程中势必会受到时间、空间等方面的影响与限制,因此韩国汉文学的发展总是落后于中国文学,对一种新的文学形式的接受也总是明显滞后于中国,所以韩国

第二章 古代汉文学

汉文学就一直处在接受和受中国文学影响的过程中,但尽管如此,汉文学是古代韩国人智慧的结晶,是韩国文学的重要组成部分。本章将以汉诗、汉文散文、汉文小说以及汉文学批评为分析对象,阐明并分析这些文学样式在韩国的发展、变迁过程及各自的特点。

第一节 汉 诗

据推测,汉字大概在公元前2世纪左右传入韩国,所以用汉语进行的诗歌创作必定在此之后。虽然现在有丽玉所作的《箜篌引》、高句丽琉璃王所作的《黄鸟歌》以及首露王所作的《龟旨歌》等四言四句体的汉诗流传在世,但是这些作品都是由后人译成的汉诗,其原作早已经失传,而且像《箜篌引》这一诗歌,现存的最早记录是在中国西晋时期崔豹的《古今注》中,今人很难考证其作者的身份及国籍,很难据此判断韩国汉诗最初的作者及其创作形态。直到新罗与唐朝正式建立外交关系之后,才直接、全面地接触到唐诗。但是真正开始向唐朝派遣留学生,在中国本土学习汉诗则是在统一新罗时期,这时汉文学才真正在朝鲜半岛上广泛地传播开来。

一、上古至三国时期的汉诗

韩国现存最早的一首汉文诗是高句丽琉璃王于公元前17年所作的《黄鸟歌》,这是一首四言诗:

> 翩翩黄鸟,雌雄相依。
> 念我之独,谁其与归?

琉璃王是高句丽第二代王,始祖东明王朱蒙的长子。《三国史记》记载了这首诗的来历:

> 琉璃王三年,妃松氏死,王娶二女为继室,一名禾姬,鹘川

人；一名雉姬，汉人。二妃常有矛盾。一次，王去箕山打猎，七天未回。二人相互争吵。禾姬骂雉姬说："你是汉人家里的婢妾，为什么如此无礼？"雉姬因愤愧而出走。国王听说以后，骑马追去。但雉姬十分愤怒，再也不愿回去了。国王无可奈何。一次，国王在树荫下休息，见黄莺飞集一起，触景生情，乃作此诗。

朝鲜半岛有人认为，此诗原文可能是韩语，后译成汉文诗，记录于史册。虽不排除这种可能，但这一论断的根据并不充分。就古代朝鲜人受汉文化的影响来看，高句丽的最高统治者——琉璃王未必不懂得汉文，作汉文诗以怀念他出走的汉人爱妃雉姬，也在情理之中。

《黄鸟歌》内容简单，语言朴质无华，风格与同时代的中国汉代诗风相近。

高句丽僧人定法师（6世纪后半期人）曾到中国留学，他所写的五言律诗《孤石》是一首技巧娴熟的写景诗：

迥石直生空，平湖四望通。
岩腰恒洒浪，树抄镇摇风。
偃流还清影，侵霞更上红。
独拔群峰外，孤秀白云中。

三国时期的汉文诗中，有两首是直接为当时的政治与外交服务的，即高句丽爱国名将乙支文德所写的《遣于仲文诗》和新罗真德女王的《太平颂》。

公元612年，隋炀帝派大军进攻高句丽，乙支文德奉命与隋军交战。他起初亲自去隋营诈降，借以探听虚实，继而又佯装败退，引诱隋军开到离平壤三十里的地方，写了一首诗给隋军主将右翊卫大将军于仲文，劝他应"知足"退兵，并向隋军左翊卫大将军宇文述表示愿意投降。待宇文述撤退时，乙支文德派兵四面包抄，终于大败隋军。乙支文德的这首诗是这样的：

神策究天文，妙算穷地理。
战胜功既高，知足愿云止。

这首五言绝句用语巧妙,不亢不卑,表面上似乎是对敌将的恭维和劝告,实际上却是暗含讥刺和揶揄,字里行间暗示出一种自信心:并非无力量继续战斗,只希望对方"知足",化干戈为玉帛。

这首在外交和军事上起到了一定作用的短诗,在流传至今为数不多的三国时期汉文诗中,一向受到人们的珍视。

新罗外交上采取了联合唐朝的政策,以便借用唐朝的力量击败对手百济和高句丽。新罗真德女王四年(650年),中国唐高宗永徽元年,新罗开始采用中国永徽年号,女王把一首五言排律《太平颂》织在锦缎上,赠送给唐朝皇帝,表示对唐朝的敬意和联唐的愿望:

　　大唐开洪业,巍巍皇猷昌。
　　止戈戎衣定,修文继百王。
　　统天崇雨施,理物体含章。
　　深仁谐日月,抚运迈时康。
　　幡旗何赫赫,钲鼓保锽锽。
　　外夷违命者,剪覆被天殃。
　　淳风凝幽显,遐迩竞呈祥。
　　四时和玉烛,七曜巡万方。
　　维岳降宰辅,维帝任忠良。
　　五三成一德,昭我唐家皇。

《全唐诗》和高丽诗人李奎报的《白云小说》及《三国史记》《三国遗事》上都载有此诗,个别字句不同,这里引用的是《三国史记》上所载的全文。

全诗气魄雄伟,对仗工整,表明新罗7世纪时汉文的掌握与运用能力已达到相当高的水平。作者不一定是真德女王本人,据推断可能是当时汉文名为强首的大诗人所作。中国的诗界对此诗评价甚高,《唐诗品汇》称道它"高古雄浑,与初唐诸作颉颃"。

这首用于外交事业的诗,是新罗联唐措施中的一部分,它对促使唐朝起兵助新罗征服其他两国起了积极作用。660年百济灭亡,668年高句丽灭亡,这是新罗外交政策的胜利。

二、新罗时期的汉诗

新罗统一朝鲜半岛之后,为了巩固王朝统治,在选拔人才方面,采用了"读书三品科"的制度,其标准就是看其对汉文的通晓和熟练程度,这样就促进了大家对汉文的学习。同时,新罗还派遣留学生赴唐朝留学,先后有多位留学生在唐朝通过科举考试,有些还被委任为官吏。这些留学生在唐朝广泛接触唐诗与中国广博精深的文学,创作了许多诗歌,有些还被收录在《全唐诗》中,一直流传到现在。新罗时期的汉诗是韩国汉诗创作的起步阶段,在唐留学生是汉诗创作、发展的主要推动力量,促进了新罗末期汉诗创作的繁荣。新罗在唐的著名诗人有金云卿(8—9世纪)、金可纪(?—859)、金立之(8—9世纪)、崔匡裕(9—10世纪)、朴仁范(9世纪)、崔承佑(9—10世纪)等人。求学、应试、为官、与中国文人交游以及山川游历等,是他们在唐朝的一些主要活动。

在这些留唐学生中,成就最突出、最负盛名的就是崔致远,他被后世尊为韩国汉文学的鼻祖,后世高丽时期的郑知常曾评价他为"忆昔崔儒仙,文章动中土",可见其文学成就及其在文坛的影响力。

崔致远12岁入唐学习,经过六年的勤学苦读,18岁在唐朝中进士,后被任命为江南道宣州溧水县尉。崔致远生活的时代正逢唐朝末年,时局动荡,爆发了规模宏大的黄巢农民起义。当时,崔致远作为淮南节度使高骈的幕僚书记,撰写了《檄黄巢书》,这篇文章文辞犀利,文书,被誉为天下名文。他在唐期间,曾游历多个省份,与当时唐朝的一些文人建立了良好关系,创作了许多与他们的酬答诗。例如,与其交往甚多的顾云在崔致远回国时曾写道:"十二乘船渡海来,文章感动中华国。十八横行战词苑,一箭射破金门策。[①]"这首诗中既点出了崔致远的来唐时间,又赞赏了其科举及第,同时又高度评价了其诗歌成就。对此,崔致远所作的酬答诗中写道:"巫峡重峰之岁,丝入中国。银河列宿之年,锦还东国。"从这首诗中可见崔致远对中国的熟知程度及其文学造诣。"自古巫峡十二峰",作者先用巫峡共有十二座山峰指代自己来中国时的年纪,又用"银河列宿"指代归国时的年纪,因为中国古代天文学中认为天空中共有二十八星宿。这两者的数字正好与崔致远入唐、归国的时间相

---

① 金台俊. 朝鲜汉文学史[M]. 首尔:深山文化出版社,2003:64.

第二章 古代汉文学

符,既反映了崔致远的学识也体现了其高超的诗歌驾驭能力。另外,诗中"丝"与"锦"相对,表现出当年来唐之时与今朝离开之际的差别和自己就要衣锦还乡的心情。

崔致远在唐期间,虽然功成名就,但毕竟"独在异乡为异客",思乡之情在所难免,广为人知的《秋雨夜中》一诗就反映了作者深深的思乡之情。"秋风唯苦吟,世路少知音。窗外三更雨,灯前万里心。"凄风冷雨的秋夜里,窗前摇曳的昏黄灯光下孤独的异乡人的心情可想而知。短短几行诗将诗人的孤独感与思乡之情表达得恰如其分。另外一首诗《山阳与乡友话别》中作者写道:"相逢暂乐楚山春,又欲分离泪满巾。莫怪临风偏怅望,异乡难遇故乡人。"离开故乡十数载,难得听到乡音,可短暂的相遇之后马上又要别离,诗人的离愁别绪与惆怅之情浸透在字里行间。这种对故土的思念使诗人归国的心情更加急切,终于,他以唐使的身份还国。

回国后的崔致远被新罗国王授予官职,他胸怀一腔抱负,立志把自己在唐朝所学用以报效国家,但当时的新罗也正处在走向没落之时,朝中大臣争权夺利,而当时的国王真圣女王又不理朝政,国家弊端重重。加之崔致远是从唐朝学成归来,并不属于新罗原本的贵族阶级,也不是王室近亲,这在重视出身、使用"骨品制"①的新罗,是受到权贵们排挤的。此后,崔致远洞察了官场黑暗,倦怠了官场争斗,隐居到了伽倻山。所以他回国之后的很多诗歌都反映、批判社会现实,如《蜀葵花》一诗就采用讽喻的手法表达了对当时现实的批判。"寂寞荒田侧,繁花压柔枝。香轻梅雨歇,影带麦风欹。车马谁风赏,蜂蝶徒相窥。自惭生地贱,堪恨人弃遗。"蜀葵花是一种野花,虽然繁花满枝,却因生长在荒山野外而无人赏识,空有一身美丽,只有蜜蜂蝴蝶才会闻香而来。蜀葵花生活在这样的地方,怎能不怨恨人们的遗弃呢?蜀葵花就是当时诗人的化身,他空怀一腔报国热忱,却没有慧眼识英才的伯乐,诗人通过这首诗对自己所处的境地表示自嘲,同时也表达了诗人对自己怀才不遇的愤懑与不平,以及对当时权贵们尸位素餐的批判。

诗人隐居伽耶山中时还曾创作了《题伽耶山读书堂》,充分体现了诗人对污浊的现实社会的不满,表达了自己洁身自好的态度。诗中写

---

① 古代新罗贵族为了巩固其特权地位,制定了严格的身份等级制度,其中,地位最高的王族是"圣骨",其他贵族依次分为真骨、六头品、五头品、四头品四个等级。各骨品之间不能通婚。

道:"狂奔叠石吼重峦,人语难分咫尺间。常恐是非声到耳,故教流水尽笼山。""是非声"指的就是所有尘世间的喧嚣,诗人在被重峦叠嶂隔断的空间里远离一切世俗的乌烟瘴气,表达了诗人想要追求一种高洁的、绝对自由境界的精神。

  崔致远的汉诗创作达到了整个新罗王朝的极致,他还作有长篇抒情诗《双女坟》,足以见证其韩国汉文学鼻祖的地位。这首诗作于他在唐担任溧水县尉时,某日出行见一座古坟,从随从处得知坟中埋葬的是一对反对父母包办婚姻而双双自尽的姐妹。回来之后,晚上崔致远便梦见一对女子的灵魂前来与自己相会,席间还有诗歌酬答,他醒后倍感惊奇,疾笔写下长诗《双女坟》,聊以自慰。

  这首诗中多处用典,如"我来此地逢双女,遥似襄王梦云雨",就是借用了传说中楚王与巫山神女相恋的爱情故事,表现出诗人对梦中所遇两女的思念之情。此外,诗人又把两女分别比作谢道韫与班婕妤,"才闻谢女启清淡,又见班姬抽雅咏",这两人都是中国古代有名的才女,体现了作者对双女坟中两位女子才情的赞扬。还有"草没铜台千古恨,花开金谷一朝春"则是借用了"铜雀台"和"金谷园"的典故,铜雀台为曹操所修,金谷园则是西晋时期石崇的别墅,晚唐诗人杜牧曾作"东风不与周郎便,铜雀春深锁二乔"①,也曾作"日暮东风怨啼鸟,落花犹似坠楼人"②用于怀古抒情,而崔致远在这首诗中再次活用这两个典故,通过古人的悲欢离合表达了自己与两女不能相见的凄然心情。如此多恰到好处的用典,可见崔致远的汉诗造诣不同一般。

  另外,崔致远还留下了许多脍炙人口的名篇,如《登润州慈和寺上房》中的"画角声中朝暮浪,青山影里古今人"以及《春日》中的"风递莺声喧座上,日移花影倒林中"等诗句,历来也是被历代诗选或佳句选集所称道的上乘之作。崔致远不仅在汉诗创作中体现了自己卓越的才能,还把自己的文集编成了《桂苑笔耕集》,文集中收录了他当时在唐时期的许多公文与诗歌,是韩国现存的最早汉文典籍之一,为后世留下了宝贵的研究资料。崔致远以其丰富的文学成就,被后世尊为"东方文章之本始"。

  新罗末期的诗风主要崇尚晚唐诗风,而当时的晚唐诗风其实又受到

---

① 【唐】杜牧:《赤壁》。
② 【唐】杜牧:《金谷园》。

第二章　古代汉文学

此前六朝时期绮丽、华美诗风的影响,再加上留学生们在太学所用的教材《文选》就是六朝时期梁昭明太子编纂的,所以他们在学习的过程中自然容易受六朝诗风的影响,因而也容易接受与六朝诗风颇为相近的晚唐诗风。盛唐时期,国家强盛,文人意气风发,诗人们通常通过诗歌表达自己的政治理想和雄心壮志,诗歌的风格也比较雄健刚劲,这对新罗人来说学习起来比较困难。而到了晚唐,诗风充满感伤的气息,词藻华丽,追求形式美,而当时唐朝的时局与新罗也比较相似,所以从这一点上来看,新罗诗人也容易接受晚唐或对晚唐诗风影响甚大的六朝诗风。正如金宗直在《东文选序》中所写道"得吾东人诗而读之……罗季及丽初,专习晚唐。"[①] 其实,前面介绍的崔致远的长诗《双女坟》就明显受到六朝诗风的影响,词藻优美,善对偶和用典故。

后世的李奎报曾经在其著作《白云小说》中提道"我东之以诗鸣于中国,自三子始,文章之华国,有如是夫"[②],他所说的三子就是新罗末期的崔致远、朴仁范和高丽初期的朴寅亮三人。朴仁范的《题泾州龙朔寺》曾被金台俊称为"冠绝古今之名唱"[③]。

> 翚飞仙阁在青冥,月殿笙歌历历听。
> 灯撼萤光明鸟道,梯回虹影倒岩扃。
> 人随流水何时尽,竹带寒山万古青。
> 试问是非空色理,百年愁醉坐来醒。

这是一首题咏怀古诗,诗人面对苍穹中的龙朔寺,"翚飞仙阁""月殿笙歌",不由得顿生感悟,悟出人生的哲理就是佛教中的色空观,也就是"色不异空,空不异色;色即是空,空即是色"的观念,即悟得真理便可得道、便可清醒。

崔承祐、朴仁范、崔匡裕等都曾到过中国,留下七言律诗若干首,如崔承祐的《送曹松人罗浮》,朴仁范的《九成宫物古》《泾州龙朔寺》《江行呈张秀才》,崔匡裕的《长安春日有感》《物居呈知己》《忆江南李处士》等。

---

① 金宗植.东文选[M].首尔:民族文化促进会,1989.
② 金台俊.朝鲜汉文学史[M].首尔:深山文化出版社,2003:94.
③ 金台俊.朝鲜汉文学史[M].首尔:深山文化出版社,2003:60.

> 麻衣难拂路歧尘,鬓改颜衰晓镜新。
> 上国好花愁里艳,故园芳树梦中春。
> 扁舟烟月思浮海,赢马关河倦问津。
> 只为未酬萤雪志,绿杨莺语太伤神。

崔匡裕的这首《长安春日有感》表现了他刻苦学习和怀念祖国新罗的心情。

在这些有留学和寓居唐朝之经历的新罗文人影响下,汉文五、七言诗成了当时新罗文人抒情、叙事、写景、咏物的主要手段。

当时汉文诗虽然不少,可惜由于无专人收集,散佚不少,其中有的汉文诗甚至只是因为保存在中国《全唐诗》之中,才得以流传。这一时期保留下的早期的汉文诗是8世纪上半叶僧人慧超《往五天竺国传》残本中的《月夜》:

> 月夜南天路,浮云飒飒归;
> 缄书参去便,风急不听回。
> 我国天涯北,他邦地角西;
> 日南无有雁,谁为向北飞?

这是慧超在艰难漫长的旅途中写下的一首怀乡诗,旅途中萧瑟的夜景和他天涯孤旅的烟帐情怀跃然纸上。他在吐火罗国遇到了唐朝使节,两人都远离故土,身在异国,又分别来自两个文化相近、关系密切的东方国家,相同的文化修养与感情使他们倍感亲近。在彼此倾吐了感受之后,慧超写出了自己的感触:"君恨西番远,余嗟东路长……平生不扪泪,今日洒千行。"悲凉的诗句中,透露出慧超思念祖国的深挚感情。

在《三国史记》和《全唐诗》中还保留了王巨仁的《愤怨诗》。

据《三国史记》记载:王巨仁是新罗真圣女王时人。真圣女王性好淫,先与魏弘私通,魏死后,又偷偷选拔面首若干入宫,并委以高官。官场中大量出现了贿赂风行、赏罚不公、纲纪紊乱等现象。有人写文章针砭时弊,贴在大路上。女王大怒,命人搜查,但没有结果。有人向女王诬告:此文章必为宦途不得志的文人大耶州隐者王巨仁所写。于是女王下令逮捕他。王巨仁愤怨,作此诗贴于狱中墙壁上:

第二章 古代汉文学

> 于公痛哭三年旱,邹衍含悲五月霜。
> 今我幽愁还似古,皇天无语但苍苍。

据说贴诗当天夜间,忽然乌云密布,雷声震耳,冰雹降落如骤雨。女王畏惧,释放了王巨仁。《全唐诗》的题解虽有王巨仁下狱一事的简略记载,但没有乌云震雷和王巨仁获释等说法。

金乔觉(金地藏,8世纪)写于中国安徽九华山的《送童子下山》是一首技巧娴熟的七言律诗:

> 空门寂寞汝思家,礼别云房下九华。
> 爱向竹栏骑竹马,懒于金地聚金沙。
> 添瓶涧底休招月,烹茗瓯中罢弄花。
> 好去不须频下泪,老僧相伴有烟霞。

作者系新罗王子,于景德王十五年(756年)渡海来中国学习佛学。学习结束后没有回新罗,而是留在大唐,在九华山修行,宣扬佛教。此诗作于九华山,后被收录于《全唐诗》。

新罗时期,佛教被定为国教,十分盛行。曾经有很多新罗僧人经由中国到西域或在中国学习佛法。而僧人要读懂佛经必须要会汉字,这也促成了他们对汉字、汉诗的学习,而且他们也创作了一些诗歌,如慧超就有几首纪行诗歌流传于世。这些诗歌原本记录在慧超所作的《往五天竺国传》中,这部书原本藏于中国敦煌莫高窟藏经洞,20世纪初来中国探险的法国汉学家伯希和得知洞中有众多珍贵书籍,而且多为写本,他深知这些书籍的价值和意义,于是用极其低廉的价格做交易,运走了洞内千余卷珍贵文物,其中就包括慧超的《往五天竺国传》。慧超的文集就以这种特殊的形式见诸于世间,其文集中的一些诗歌描写了其在西去之路上的艰难,其中《南天路》一诗中写道:"我国天岸北,他邦地角西。日南无有雁,谁为向林飞。"在万里之外飘摇的僧人的思乡之情跃然纸上。

总之,新罗时期的汉诗作为整个韩国汉文学的起步时期,已经取得了骄人的成绩,人才辈出,产生了一代大家崔致远,同时也还有很多著名的文人与其交相辉映,为此后高丽时期汉诗的进一步发展打下了良好的基础。

三、高丽时期的汉诗

高丽时期,汉文学得到了突飞猛进的发展,汉文学的成就也超过了以往任何时期。高丽实行科举考试制度,设置国子监,让高丽文人学习中国文学和文化,并派遣其中的优秀人才到宋朝学习。后来,有"海东孔子"之称的崔冲在高丽设置私学,教授诗赋词章,官学、私学的发展促进了高丽汉文学的进一步向前发展。

高丽王朝初建时期,一些新罗王朝的文人归顺高丽,他们起到了连接新罗、高丽文学的桥梁性作用。其中代表人物就是崔彦撝,他在新罗末期曾留学唐朝,因诗文出众,而与崔致远、崔承佑并称为"三崔"。高丽建国之后,他曾任太子太傅、文翰之职,在新罗时期无法施展的抱负在新的高丽王朝得以实现。不过,目前所见他的作品只有十余首碑文。高丽前期,比较负有盛名的文人还有崔承老、朴寅亮等。崔承老的《代人寄远》一诗模仿女性话者的口吻,描写了一个女子盼望为国征战的夫君归来的相思之情,但"虽然有此相思苦,不愿无功便早还"[1],又表达了其不希望丈夫无功而返的心情,这首诗也反映了诗人认为国家利益高于个人感情的见解。朴寅亮诗文才能卓越,曾出使宋朝,与当时宋朝文人酬答的诗歌得到当时文人的一致称赞,据说宋朝人还曾将朴寅亮及与他一起出使宋朝的金觐的诗歌编成《小华集》,这是中国人编辑的最早的韩国人诗集。他曾游览春秋时期著名忠臣伍子胥的墓,并作了怀古感怀诗《伍子胥庙》[2],"挂眼东门愤未消,碧江千里起波涛。今人不识前贤志,但问潮头几尺高。"此诗风格雄壮,颇有气势,用千年流淌的江水的波涛比喻含冤而死的伍子胥满腔愤恨,想法新奇,别具一格。另外,其《使宋过泗州归山寺》中的"塔影倒江翻浪底,磬声摇月落云间"也是为后人所传扬的佳句。正是因为其诗歌创作的卓越才能,所以当时宋朝人对他

---

[1] 李丙畴.汉文学史[M].首尔:新文社,1998:98.
[2] 金台俊.朝鲜汉文学史[M].首尔:深山文化出版社,2003:94.

第二章　古代汉文学

的诗歌也是交口称赞，所以才会编纂其诗歌集。

高丽王朝汉诗创作可谓人才辈出，但其中最负盛名并最具文学才能的人物当属郑知常，他出身于当时高丽的西京"平壤"，在政治势力方面属于与门阀贵族组成的"开京派"相对立的"西京派"。当时开京派的当权人物就是《三国史记》的编纂者、权倾一时的金富轼，两人不仅在政治而且在文学上常因主张不同而时常针锋相对。金富轼身世显赫，官居宰相，由于其地位特殊，他的主张也相对比较保守，主要目的是为当时统治阶级服务，他的文章侧重于表达文人士大夫应遵从的道和理。而郑知常则与此不同，他个性洒脱不羁，诗歌侧重于情感的自然流露，而且其诗歌充满诗情画意，语言流畅优美，不用雕琢却又浑然天成，所以后人有逸话传说因为金富轼嫉妒郑知常诗歌创作的才能，所以才在"妙清之乱"中借机除掉了郑知常。如李奎报就在《白云小说》中记载过金富轼欲将郑知常的"琳宫梵语罢，天色净琉璃"一句诗据为己有，但郑知常不肯，所以被其杀害[①]。自古文人之间的口诛笔伐不乏其人其事，虽然郑知常与"妙清之乱"有关联，但金富轼却在出兵之日就先斩郑知常，"既生瑜，何生亮"，金富轼对郑知常应是存有诸多不满才会如此行事，也难怪后世对两人的关系有颇多猜测。在当时，郑知常属于反臣贼子，所以他的诗歌直到他死去很久之后才得以重新评价。崔滋在《补闲集》中如是评价郑知常的诗歌"语韵清华，句格豪逸，读之使烦襟昏眼，洒然醒悟，但雄深巨作乏耳"[②]。

郑知常的诗歌创作代表了这一时期文学的最高峰，他仿效晚唐诗风，工于绝句，尤其《送别》一诗更是为人津津乐道，享有"海东阳关三叠"之美誉。

> 雨歇长堤草色多，
> 送君南浦动悲歌。
> 大同江水何时尽，
> 别泪年年添绿波。

诗中的"南浦"是大同江下游的一个港口，也是诗中人们离别的场

---

① 金台俊.朝鲜汉文学史[M].首尔：深山文化出版社，2003：109.
② 金台俊.朝鲜汉文学史[M].首尔：深山文化出版社，2003：106.

所,同时"南浦"也泛指与人送别的水边、渡口。中国战国时期诗人屈原的作品《河伯》中有"子交手兮东行,送美人兮南浦"这一名句,此后"南浦"一词便成为水路送别诗词中的常见意象。南朝诗人江淹《别赋》中有"送君南浦,伤如之何?"的诗句,唐朝诗人王维的《送别》一诗中有"送君南浦泪如丝"的句子,可见"南浦"常被用于送别诗词之中。这首诗中虽然没有明确离人是谁,但是感伤之情却发自肺腑、感人至深,尤其作者用滔滔不尽的大同江之水比喻离人的眼泪,贴切、生动。一个"添"字作诗眼,更是使整首诗的意境鲜活起来,所以这首诗也是韩国吟诵离别诗歌的典范。这首诗明显受到唐诗的影响,前面介绍的王维诗句自不必再多说,杜甫也有"别泪遥添锦水波"(《奉寄高常侍》)的诗句,可见郑知常对两句诗的借用与点化。

郑知常的诗歌洒脱豪放,《醉后》中通过"一顶乌纱慵不整,醉眠花坞梦江南"两句诗,描写了一个酒后乌纱不整、浪漫不羁的诗人形象。《春日》中的"江含落日黄金水,柳放飞花白雪风",《西都》中的"紫陌春风细雨过,轻尘不动柳丝斜",还有《开圣寺八尺房》里的"石头松老一片月,天末云低千点山"等诗句都极符合唐诗追崇的"诗中有画、画中有诗"的技巧特点,使人读来犹如身处一幅美丽的画卷之中。但是郑知常尽管"丈夫本有四方志"(《题登高寺》),却因为政治斗争被杀,实在令人扼腕。

(一) 竹林高会的诗歌

经过两个世纪左右的发展,高丽社会逐渐趋于稳定,但是到了12世纪左右,"妙清之乱"和"武臣之乱"的发生,使得社会陷入混乱之中。武臣之间相互争斗,大肆虐待文臣,很多文臣为了逃避迫害而隐遁山林,模仿此前中国文人"竹林七贤"的行为,持有类似主张和倾向的文人组成一些团体,其中文学成就最为突出、影响最为深远的就是李仁老等组成的"竹林高会"。这个团体以李仁老、林椿为中心,包括吴世才、赵通、皇甫抗、咸淳、李湛之等人,他们大部分都为了逃避武人的迫害,在山林中过着韬光养晦的生活。他们饮酒作诗,寄情于山水之间,但毕竟他们不可能完全超脱社会现实,所以也创作了一些反映社会现实的作品。

李仁老生活的文坛正是宋诗占据主要地位的时期。当时高丽所学宋诗主要以苏东坡的为主,然后逐渐过渡到黄庭坚及他所代表的江西诗派,而李仁老则是将黄庭坚的创作手法介绍到韩国的第一人。李仁老熟读黄庭坚的作品,对其诗歌及创作手法十分了解,他不仅向高丽文坛介绍了黄庭坚,还尝试把黄庭坚的创作手法用于自己的诗歌创作之中。所以李仁老的诗歌多引经据典,这也反映了其受江西诗派的影响之深。

例如,《续行路难》一诗就集中体现了作者善于用典的特点。《续行路难》借用乐府诗歌《行路难》的题目,主要用以表现世事的困难险恶或离别之情。李仁老的《续行路难》正是继承了《行路难》的这一特点,全诗如下:

> 登山莫编怒虎须,踏海莫捋眠龙珠。
> 人间寸步千里阻,太行孟门真坦途。
> 蜗角战甘闹蛮触,路歧多处泣杨朱。
> 君不见,严陵尚傲刘文叔,七里滩头一竿竹。

这首诗中多处用典,例如"编怒虎须"用的就是《庄子·盗跖》中的典故,用来比喻极其危险的事情或境地;同时,也表示作者对庄子世界观的赞同。第三联中的"蜗牛战甘"出自《庄子·则阳》篇中的一则寓言故事,说的是蜗牛角上的两个国家发生战争的故事;下半句则是借用了《淮南子》中杨朱的典故,也是对"竹林七贤"之一的阮籍《咏怀诗》中"杨朱泣歧路"一句的点化,说的是杨朱有一次游江西翁陵山时,因道路太多,不知如何选择而潸然泪下的故事,李仁老通过这样的典故,既与题目中的"行路难"相对应,同时也暗指世路艰辛,难以抉择。第四联中的"严陵"是东汉光武帝刘秀小时候的朋友,在刘秀继位之后虽然他被任命为谏议大夫,但是却没有接受任命而隐居起来,"七里滩"就是他当时隐居垂钓的地方,这也反映了作者隐居山林的现实状况。这首诗多处用典,而且有些典故并不为常人所耳熟能详,这符合当时江西诗派作诗的主张——用典刻意求新求奇,同时也是当时高丽诗坛的一种流行现象。诗人通过诸多典故也反映了自己一生经历了多次历练,隐喻那些忧愤、艰难的岁月,符合题目"行路难"的中心意思。这种用典现象在此前经历过"士祸"的诗人诗歌中也比较常见,在高压的社会现实面前,诗人们不敢明目张胆地直抒胸臆,只能通过典故隐晦地表达自己愤恨的心情。

李仁老的诗歌不仅善用典故,还善于以故为新,《潇湘夜雨》中的"一带沧波两岸秋"就是将胡曾的"汉江一带碧流长,两岸春风起绿杨"(《咏史诗·汉江》)两句诗合二为一,而且采用省略谓语、罗列名词的形式,展示了秋日中的一袭江水和江边两岸的景色,给人带来遐想的空间。

此外,李仁老崇尚中国西晋时期的陶渊明,对其身在乱世采取归隐的处世方式大加赞许,他把自己居住的地方称为"卧陶轩",还创作了韩国最早的一首"和陶辞"——《和归去来辞》,表达了自己对陶渊明的仰慕和对隐居生活的憧憬之情。

林椿与李仁老一样,也是竹林高会的核心成员。林椿描写自己贫困生活的作品得到很高的评价,他也主要学习苏轼与黄庭坚的诗风和技法。他在"郑仲夫之乱"中虽然艰难地保全了自己的性命,但是其家人却全部遇难,虽然参加了几次科举考试,但名落孙山,30多岁溘然离世。他的作品主要收录在李仁老所编纂的《西河先生集》中。他在《书怀》一诗中通过"诗人自古以诗穷,顾我为诗亦未工"的诗句自嘲困难的处境,同时又表达了即使在艰难的环境中也不会放弃诗歌创作的决心。在《寄友人》一诗中,林椿写道"十年流落负生涯",表述了自己生活的颠沛困苦,又写道"纵无功业传千古,还有文章自一家",流露了对自己诗歌创作才能的自信和自负,同时也体现出诗歌是诗人苦难生活的一种安慰。

(二)白云居士李奎报

继"竹林高会"之后,高丽文坛上比较有名的诗人是李奎报,他生于一个士大夫家庭,9岁时就因擅长诗文而被誉为"奇童"。他23岁中进士,虽然才华出众,但他生活的时代高丽正处在内忧外患的时期,一方面国内武人当道,王权旁落,崔氏武人掌权,同时农民起义接连不断;另一方面高丽屡次受到元朝的欺凌,饱受战乱。李奎报对当时的社会状况及当权者的所作所为深感不满,所以他的仕途之路比较坎坷,但是这一切没有影响他成为一个伟大的文人。青年时期的李奎报写了许多反映社会现实的作品,对丑恶的现实进行了有力的抨击。他的《闻国令禁农饷清酒白饭》一诗中借用农民的口吻,表达了对国家颁布无理禁令的不满,诗中写道"赤身掩短衣,一日耕几亩",叙述了农民生活的困苦与艰辛,可是一年艰辛劳作收获的果实,却"徒为官家守""无何遭夺归,一介非所有",到头来农民们不得不靠野菜野果度日。而与此形成鲜明对比的则是京城富豪家的牲口都可以吃上白米饭,所以深谙农民疾苦的李奎报对此无比愤慨,他的《闻郡守数人以藏被罪》中就对那些贪污受贿的官员做了深刻的批判。"岁俭民几死,唯残骨与皮。身中余几肉,屠割欲无遗",这首诗批判了那些不顾农民死活、一味横征暴敛、搜刮民脂民膏的官吏的丑恶嘴脸。这些诗歌为我们了解当时农民的现实生活提供了真实材料,因此具有重要的意义。李奎报的晚年生活正处在蒙古、契丹大肆侵略高丽的时期,诗人亲自参加了反侵略战争,创作了一些可歌可泣的作品。

(三)益斋李齐贤

继李奎报之后,高丽文坛上又一颗璀璨的文学之星升起了,他就是李齐贤。他曾在中国居住长达 26 年之久,不仅擅长诗歌创作,而且他还有其他文人所不能企及的长处,那就是他擅长创作长短句,因此他在韩国文坛上是一位具有特殊地位的重要作家。他生于高丽末期的一个书香门第,自幼受到良好的教育,因此少年便具有较高的文学才能。后来在中国结识当时元朝文坛的知名人士赵孟頫、张养浩等人,他们一起交流唱诗,他的文学才能更臻成熟。他与元朝文人的赠答诗还有多首流传至今,如他与赵孟頫关系甚好,在《和呈赵学士子昂》一诗中,李齐贤就对赵的诗文大加褒奖,"珥笔飘缨紫殿春,诗成夺得锦袍新。侍臣洗眼观风采,曾是南朝第一人。风流空想永和春,翰墨遗踪百变新。千载幸逢真面目,况闻家有卫夫人。"另有张养浩给李齐贤的赠诗,用"三韩文物盛当年,刮日青云又此贤"与"一鞭岚翠游山骑,满纸珠玑咏月篇"(《张侍郎诗》)赞美了李齐贤卓越的文学才能。

李齐贤在中国游历丰富,留下了许多有关中国风景的诗歌,如有描写黄河的"昆仑山高千万仞,天河倒泻流浑浑"(《黄河》),气势磅礴,意境超凡。他也创作了一些咏史诗歌,如途经比干之墓,写下"周王封墓礼殷臣,为借忠言见杀身"(《比干墓》),表现了对古代先贤的赞美,还有评价诸葛亮的"千载忠诚悬日月,回头魏晋但丘墟"(《诸葛孔明祠堂》),对诸葛亮的忠心大加褒奖。

李齐贤生活在风雨飘摇的高丽末期,这时的高丽已经变成隶属于元朝的征东行省,连国王都被迫被召入元都燕京,寄人篱下,国家处在这样的水深火热之中,所以李齐贤的作品充满了对弱小祖国命运的关心。其诗歌《泾州道中》就抒发了这种忧国忧民的思想,"出谷天无际,登坡路始平。塞云施雨黑,野日隔林阴。万里思亲泪,三年恋主情。哦诗聊自遣,渐觉锦囊盈。"

除了汉文诗歌创作外,李齐贤还擅长创作"词",这在韩国文学上是不多见的,因为词不同于诗歌,它有相对应的曲调,是和曲而唱的,因此对于外国人来说创作起来更加困难。但是李齐贤却表现出了相当高的文学天分,他曾用多个词牌创作了数十首词,达到了高丽时期汉文学的顶峰。他的著述也颇为丰富,有《栎翁稗说》和《益斋乱稿》等著述流传于世。

(四)丽末"三隐"

"三隐"指的是高丽末期成就比较大的三位诗人,即牧隐李穑、圃隐郑梦周以及陶隐李崇仁,因三人的号中皆有一个"隐"字,所以时人称呼他们为丽末"三隐"。

李穑是当时的一代名儒李榖的儿子,天资聪颖,学问精深。他生活于高丽王朝到朝鲜王朝的交替时期,朝鲜王朝建立后,因不屑与李成桂成为君臣,据传被毒酒毒死。他有文集《牧隐集》55卷传世,堪称高丽第一。李穑擅长乐府诗,《狂吟》中"有钱沽酒不复疑,有酒寻花何可迟。看花饮酒散白发,好向东山弄风月。"诗句表现了作者豪放的气概。《浮碧楼》是一首怀古诗,"昨过永明寺,暂登浮碧楼。城空月一片,石老云千秋。麟马去不返,天孙何处游。长啸倚风磴,山青江自流。"诗中达到了"物我一体"的境界,过往的历史已经一去不复返了,只剩青山常在,绿水长流。郑梦周号圃隐,此号来源于孔子的"吾不如老圃",由此可见他对儒家教理的遵从,他是高丽时期著名的外交家,同时也是高丽末期最有名的忠臣,由于一再拒绝李成桂的邀请,所以被李芳远刺死在开城善竹桥。他出使日本时作的"故国海西岸,孤舟天一涯"(《旅怀(二首——时使日本)》),寥寥数语就将一个虽是国家使臣,但同时也是一个旅人的心情刻画出来。李崇仁著有《陶隐集》,他天性聪敏,文辞雅丽,李穑曾评价他曰:"此子文章,求之中国,世不多得"[1],郑梦周赞扬他说:"独擅文坛继牧翁,粲然星斗列胸中。更将六籍窗前读,手自研朱考异同。[2]"他的《呜呼岛》一诗借对当年田横的故事,表明了自己对那些

---

[1] 金台俊.朝鲜汉文学史[M].首尔:深山文化出版社,2003:166.
[2] 金台俊.朝鲜汉文学史[M].首尔:深山文化出版社,2003:167.

见风使舵的投机分子的讽刺。

总之,高丽时期实施的科举制度和文治主义,以及向中国派遣留学生,进一步促进了汉文学的发展,汉诗成果更加丰富,产生了李仁老、李奎报、李齐贤等汉诗大家,有汉诗文集约二百余种留存在世,留下了丰硕的成果。

四、朝鲜时期的汉诗

纵观整个朝鲜时期的汉诗史,可以发现在建国之初,曾一度盛行以苏东坡为首的宋诗风,特别是到了成宗(15世纪中后期)年间,宋代江西诗派的诗歌在朝鲜更是备受推崇,但到了宣祖(16世纪中后期)年间,此前就间或存在的对唐诗风的膜拜逐渐占据诗坛的主流。特别是16世纪后半期,受当时明代拟古派的影响,更是出现了唐诗风一边倒的现象。进入17世纪之后,诗歌创作多样化,诗经诗、乐府诗,以及汉魏时期的古诗和盛唐时期的歌行等都是朝鲜诗人学习的对象。多样化诗风的盛行,以及汉诗创作的日趋成熟,使得一些有识之士开始注意到自己国家和民族作为一个独立个体存在的重要意义,所以一时间,以朝鲜现实为基础,抒发朝鲜人自己情感的诗歌创作逐渐发展起来,从而开启了此后朝鲜诗风盛行的时代。

(一)官人文学与士林派诗歌

朝鲜王朝建国之后,崇儒抑佛,确立了以朱熹的性理学为主的治国理念。性理学主要信奉太极说、阴阳理气说和朱子家礼等主张,是一种以实践为主的学问,因此反映在文学方面,比起文章的遣词造句来,它更注重经学、"道"的主张。这一时期,郑道传、权近、卞季良等在文坛上占据主要地位,其中郑道传和权近可以看作朝鲜前期汉文学的鼻祖。

郑道传是新兴朝鲜王朝的开国功臣,他宣扬崇儒排佛的观点,对那些因为怀念旧王朝而隐遁的文人持否定态度。他认为只有建立新的政治秩序取代旧的、已经失去了统治力量的高丽王朝,才能够实现真正的理想。他认为文学是具有政治目的和教化功能的,所以他主张"文以载道"的文学观,对新建的朝鲜王朝拥有无限的使命感。所以在朝鲜王朝建立之初,他创作了一些歌颂新王朝的颂歌,诸如歌辞《新都歌》等。

权近与郑道传一样，同出李穑门下，是丽末鲜初的性理学大师，在两朝都曾官居高位。《入直呈诸同舍》一诗反映了他为官的思想，"宫漏频传夜向晨，花屏锦帐静无尘。三年谏职成何事，深愧昌黎著诤臣。"诗中的昌黎即韩愈，他曾著有《诤臣论》批判那些身为谏官却不敢仗义执言的大臣。权近在这首诗中借用这一事件对自己目睹高丽末期的实情，却没有尽到一个言官应尽的责任表达了自省和反思。在朝鲜初期，他虽然依旧担任官职，但毕竟伴君如伴虎，经历了几次宦海沉浮，人生的磨砺必定会使他有所感悟，所以他感叹说"茫茫浮官海，何路免沦沉"（《岩豚朴君》），被贬之后又自省道"谪来依古寺，深省听晨钟"。几经沉浮，赋闲在家时他也能够安然处之，"闲居绿野诗添蒿，独钓沧江迹出尘。自愧高官无补效，卜怜何日乞吾身。"（《次双梅堂见寄韵》）；又在《送僧之伽倻山》中写道"伽倻山色郁苍苍，千岁孤云迹渺茫。今日送师空怅望，此身何日脱名缰"，把自己与来去自由的僧人相比较，慨叹自己被名利所束缚、身不由己的境遇。权近这种精神上的矛盾也许是很多为官之人的想法，他们一方面官位显赫，而另一方面内心深处又倦怠了官场沉浮，憧憬自由自在的生活，所以有学者也把表达这种精神追求的诗歌称为"吏隐诗"。权近身为文坛领军人物，却也有这种思想，想必做官也是一座"围城"，个中真味也只能身在其中才有体会。

　　在经历了王朝交替时期的混乱之后，朝鲜王朝的政治秩序逐渐稳定下来，各种矛盾也随之凸现。尤其在统治阶级内部，随着地方士族的崛起，他们与开国功臣、建国功臣等老牌贵族之间的矛盾开始凸现出来，于是朝鲜前期的朝廷和文坛就出现了保守的官人派与新兴的士林派两大力量分庭抗礼的局面。两者由于政治主张不同，文学主张自然也就有所差异。保守派认为性理学与文学的价值是一致的，他们官居高位，歌颂太平盛世，重视词章的形式美与修饰美。但士林派则主张性理学作为一种道学，是实践学，所以文学应该重视"道"的作用，也就是所谓的"道本文末"主张。即说官人文学主要通过赞扬和称颂的方式来歌唱王朝伟业和太平盛世，他们强调的是诗歌的修辞和形式美，但新兴士林派却主张文学是自省的工具，比起表面的形式与修辞，应该更深刻研究诗歌本身的内在意义。虽然两者对于"道"和"修辞"的主张不尽相同，但是他们都是封建社会的文人士大夫，他们的主张从根本上来看还是一致的，都以朱子的性理学为基础，词章派也没有否定道学的作用，他们的诗歌还是以道学思想作为指导理念的。

第二章 古代汉文学

在官人文学的发展过程中,徐居正和成伣起到了重要作用。徐居正认为大臣们的赞美诗是辅助王朝稳健发展的保证,是"治世之音"。他著有诗论《东人诗话》,在诗论中提出了自己的诗歌评论和批评的标准。他主张文学大家的诗歌风格应该是豪放的,比起诗歌的独创性来,更主张认真学习古人的创作手法,并且重视用典;同时主张文章应脱胎换骨,自成一家。他把自己的诗歌按照体裁分为官府题咏、唱酬送别、闲居述怀等几类。《七月诞辰贺礼作》就是他担任议政府右参赞时,与文武百官一起同贺成宗即位的诗歌,诗中写道"金壅初开千日酒,玉盘齐献万年桃。奇逢幸际云龙会,需泽深涵雨露饶。"用词华丽,尽显宫中用具的华美。尤其最后一句"更伸华祝颂唐尧"的"华祝"即"华封三祝",是《庄子》①中的典故,是指古代华州人对先贤尧的三个祝福,即"祝寿、祝福、祝多男子",尽显官僚应制诗(封建时代官僚应皇帝、王命所作、所和的诗)的典范。另外,他还作有多首酬唱诗,其中与集贤殿前辈金守温的酬唱诗就达 27 首之多。《春日》是其有名的闲居述怀诗,"金入垂杨玉谢梅,小池春水碧于苔。春愁春兴谁深浅,燕子不来花未开。"诗歌意境优美,展现了一幅春日的美好画卷。

继徐居正之后,拥护旧官僚的统治理念、主张词章文学的代表人物是成伣。他反对士林派提出的"道本文末"文学观,提出在强调"道"的同时,更应该重视个人情绪自由的表达,这是一种比较先进的文艺主张,同时也是与士林派相抗衡的文学理论。他创作了许多题咏诗,也创作了不少反映农村生活的诗歌,这是他与其他官人诗人不同的地方。如月令体诗歌《田家词》中写道"富者小税丰禾仓,贫者输租反不足。贫家富家愁与欢,只在区区一寸腹。"表现了对贫富不合理的社会现实批判。

新兴士林派的代表人物有金宗直,他认为词章不过是"雕琢组织"的华美,主张"经文一致"的文学观。以他为代表的新兴士林派、士林文学与勋旧词章派展开了激烈的对立,以致在其身后酿成"戊午士祸",士林派人士悉数被逐出朝廷或被杀害。金宗直的诗歌主题多样,风格典雅,直逼盛唐诗歌。《宝泉滩即事》:"桃花浪高几尺许,狠石没顶不知处。两两鸬鹚失旧矶,唧鱼却入菰蒲去"。桃花片片化作红雨,原本水中的石

---

① 《庄子外篇·天地篇》:"尧观乎华。华封人曰:嘻,圣人!请祝圣人寿…圣人富…圣人多男子。"

头被水淹没,鸬鹚找不到靠脚的地方,只好飞入蒲草之中。短短几句,勾勒出宝泉滩的自然风光,意境清新、自然。《仙槎寺》一诗中的"风飘罗代芦,雨蹴佛天花"一句也称得上诗歌中的上乘之作。金宗直的著述也颇多,《占毕斋集》《青丘风雅》等,颇具盛名。

(二)海东江西诗派

朝鲜朝前期主要崇尚宋诗,并延续了高丽末期对苏东坡的青睐,但是朝鲜诗人认为苏东坡的成就源于其高超的文学天赋,所以难以学到其精髓。成俔在评价朝鲜诗坛时曾经指出当时的人们认为李白的诗歌豪宕,而杜甫的诗歌过长,苏轼的诗歌雄壮,陆游的诗歌豪放,这样的风格都是他们的天赋使然,不是后天能够学得来的,因此他们认为能学的只有像黄庭坚、陈师道等江西派的诗歌。这是因为江西诗派的诗人是通过对诗歌创作技巧的细心研磨才做得好诗、成就一代诗名的,所以这一时期的诗人便大量学习宋朝江西诗派的创作手法。而且,当时朝鲜国内也刊印了一些江西诗派的诗歌,如世宗大王的儿子安平大君就特别喜欢黄庭坚的作品,所以他选取了一些黄庭坚的诗歌,并加以评论,编纂了《山谷精髓》,这为此后学习江西诗风的兴起打下了良好的基础。所以从15世纪末开始,学习江西诗派的潮流开始形成了,其主要人物有朴訚、李荇、郑士龙、朴祥、卢守慎等。

但是"海东江西诗派"这一名称却来源于后人对前人诗歌特点的总结,这一称呼最早见于朝鲜后期著名诗人申纬的诗——"学副真才一代论,容斋正觉入禅门。海东亦有江西派,老树春荫挹翠轩。"(《东人论诗绝句三十五首》"容斋"与"挹翠轩"分别是李荇与朴訚的号,所以这四句诗不仅指出朝鲜也有江西诗派,而且还指出了江西诗派的代表作家。中国宋朝的江西诗派的诗歌理论强调"夺胎换骨""点铁成金",即或师承前人之辞,或师承前人之意,崇尚瘦硬奇拗的诗风,追求字字有出处。海东江西诗派的诗歌也基本遵循这样的特点,他们的诗歌特征可以归纳为以下几点:首先,他们细心研究、揣摩诗歌创作的技法,尽量在诗歌中摒弃陈旧的、大家熟知的词语,而刻意追求有些难解但意境新奇的语言,他们用自己的实践诠释了江西诗派提出的"以俗为雅""点铁成金"的主张,强调"以故为新"。其次,他们重视诗歌的炼句,并且努力在每一句打造一个中心字作"诗眼",并使各联的诗眼相互对应。另外,不仅

第二章 古代汉文学

是江西诗派,甚至整个宋朝诗风,由于受程朱理学的影响,比起诗歌的抒情性来,他们都注重诗歌的"说理"性,所以海东江西派的诗歌也未能特殊,他们也继承了这一特点[①]。

朴訚历任弘文馆正字、修撰等职,曾遭迫害罢官归农,最后因上书弹劾当时权臣柳子光而入狱,并死于狱中。他的诗歌充满了忧国忧民的思想,才情高超,后人曾称赞他的诗歌为"天才绝高"。许筠就对其《福灵寺》一诗做了相当高的评价:"伽蓝却是新罗书,千佛皆从西竺来。终古神人迷大隗,至今福地似天台。春阴欲雨鸟相语,老树无情风自哀。万事不堪供一笑,青山阅世只浮埃。"这首诗首联勾勒出福灵寺的威严形象,颔联用反问的形式对"福地"的意义做出了疑问,第三联中用"雨、鸟、树、风"渲染了哀伤的情调,是为人称道的名句。

李荇是与朴訚齐名的诗人,许筠就曾评价说朝鲜诗人以李荇为第一,还把他的《八月十五夜》收录于诗选集《国朝诗删》,给予了极高的评价。"平生交旧尽凋零,白发相看影与形。正是高楼明月夜,笛声凄断不堪听。"月圆之夜本是团圆欢喜之夜,但老友们也都已是风烛残年,相对无言,诗中渲染了一种哀伤、低落的情绪,尤其最后一句凄凉的笛声更是让这种情绪达到极致,读来让人无限感慨。

(三)三唐诗人

虽然16世纪江西诗派的诗歌占据了整个文坛的主流,但仍然有一些诗人依然追求唐诗风的创作风格,到16世纪中期,以朴淳、崔庆昌、白光勋、李纯仁、李达等为首的诗人登上文坛,引领了唐诗风的兴起。从此,文坛上宋诗风开始慢慢过渡到唐诗风。诗风的转变是有诸多因素的,首先,江西诗派的诗歌擅长技法和说"理",这就很大程度上限制了诗歌的抒情色彩。另外,由于韩国古代文学一直受到中国文学的影响,当时中国明朝诗坛上正流行唐诗风,明朝拟古派对唐诗的顶礼膜拜自然也会影响到朝鲜,并对朝鲜文人的创作产生重大的影响。同时,大量唐诗选集或文集的刊印,也从一个方面促进了文人们对唐诗学习的兴趣,当然,对唐诗的顶礼膜拜又会反过来促进这一类文集的刊印,两者相辅相成,相互促进。

---

① 李钟默.韩国汉诗的传统与文艺美[M].首尔:太学社,2002:468-472.

在唐诗风盛行的过程中,创作颇具盛名并取得较高文学成就的崔庆昌、白光勋、李荠三人被尊称为"三唐诗人"。他们的诗歌摆脱了原来江西诗派重视诗歌技法的特点,擅长抒情,而且为了使自己的诗歌看起来更像唐诗,他们经常借用唐诗中的词、句,不过他们这种"用事""点化"的目的与江西诗派的目的不同,他们是为了使诗歌回归唐诗熟悉的氛围中去,也就是说他们刻意追求与唐诗相似的意境。正因为如此,李睟光认为由于三唐诗人的诗歌经常剽窃唐诗的语句,所以读者读来才感觉像在读唐诗,自然他们的诗歌也就受到很多人的喜爱和追捧。

　　三唐诗人的诗歌侧重写景状物、描绘田园,他们崇尚自然,为文坛注入了一股清新的活力,诗歌意境优美,读来朗朗上口,为后世留下许多名句、绝唱。虽然他们有才华、有学识,但他们却是庶出身份,这在朝鲜王朝是极其低贱的身份,所以他们纵有满腔才华与热情,却没有什么政治地位,也不可能像其他人一样出人头地、加官进爵,这使得他们更加专心于诗歌创作,取得骄人成绩。

　　唐诗注重意境,强调"诗中有画、诗中有声",三唐诗人学到了唐诗的精髓。如白光勋的"秋草前朝寺,残碑学士文"一句诗就采用了省略谓语的方式,把静态的"秋草、寺庙、残碑、学士文"罗列在一起,给人一种视觉冲击,从而让读者展开丰富的想象,体现了唐诗话语已尽,但意境悠远的创作特点。崔庆昌的《题高峰郡上亭》一诗中写道:"古郡无城郭,山斋有树林。萧条人吏散,隔水捣寒砧。"意境空旷,但诗中又隐隐传来"树林中的风声""流水声"和"捣衣声",空旷的环境与隐隐的各种声音有机结合起来,体现了唐诗追求的"诗中有声"的特点,虽然全诗只有短短 20 字,但余音、余味常留。三唐诗人中最具盛名的是李荠,他的诗歌语言流畅自然,意境恬淡优美,最接近唐诗的意境。他在《山行》一诗中写道:"近水疎篱红杏花,掩门垂柳两三家。溪桥处处连芳草,山路无人日自斜。"杏花、垂柳相互辉映,小溪、山路相互映衬,虽然诗歌语言并无藻饰,如同白描,但却把一幅绝美的画面呈现在读者面前,体现了唐诗创作上"诗中有画、画中有诗"的特点。他的得意弟子许筠曾如是评价他——"文章大进,自成一家。敛其绮丽,归于平实。[①]"

---

① 许筠.鹤山樵谈[M].首尔:首尔探求堂,1971.

(四)女性的汉诗创作

朝鲜时期,受程朱理学的影响,女性的地位非常低下,人身自由受到严格限制,所以也就没有接受教育的机会。只有少数的上层妇女,自幼受家庭文化的熏陶而接触到文学,也有机会创作一些诗歌抒发自己的感情。还有一些妓女阶层的女性,为了迎合士大夫们的需要,她们也要学会吟诗作赋,从而也成为女性汉诗创作的一股力量。所以大部分女性创作的汉诗都无关政治和社会,侧重于自我感情的抒发。

谈到女性汉诗的创作,不得不提的一个人就是许兰雪轩,她是韩国历史上数一数二的才女,出生于书香门第,父亲、兄弟都是当时负有盛名的文学大家。在这样的环境熏陶下,许兰雪轩自幼就受到良好的教育,才华横溢。14岁时嫁给安东金氏金诚立,但两人志趣不同,许兰雪轩的婚姻生活颇为不幸,后又遭遇丧子之痛,可谓红颜薄命,许兰雪轩27岁就离开了人世,为后人留下了无尽的慨叹。

少年时期的许兰雪轩,衣食无忧,生活美好,《采莲曲》中描写了一个大胆、勇于追求爱情的采莲女子的形象,"秋净长湖碧玉流,荷花深处系兰舟。逢郎隔水投莲子,或被人知半日羞"。这样的诗歌也是许兰雪轩自身想法的写照,少年时代的她对未来和生活充满了向往。14岁嫁作人妇,自然不能再像从前那样自由,封建礼教的束缚,加上丈夫的平庸与贪图享乐,使得许兰雪轩婚后的诗歌大都充满了哀怨和悲伤之情。"燕掠斜檐两两飞,落花撩乱扑罗衣。洞房极目伤春意,草绿江南人未归。"一首诗描写了燕子双飞、落英缤纷的美好春光里,女子却独守空房,不见郎君归来的哀伤之情。丈夫的不懂怜惜也就罢了,哪知天妒红颜,许兰雪轩又遭遇了"去年丧爱女,今年丧爱子"(《哭子》)的痛楚,这种悲伤给她造成了巨大的打击,使她陷入深深的绝望之中。她在痛苦中挣扎,渴望能够过上自由的生活,因此她寄希望于虚无的仙家思想,创作了一些《游仙词》,希望能够到达梦中的世外桃源。"六叶罗裙色曳烟,阮郎相唤上芝田。笙歌暂向花间尽,便是人间一万年。",这是她心中的理想世界,只有在幻想中她才能得到一丝安慰。但是虚幻的世界毕竟是不存在的,许兰雪轩孤独的灵魂最后无所依托,年纪轻轻便香消玉殒了。许兰雪轩的悲剧是生不逢时,生于女性备受束缚和压迫时代的悲剧,是身为女性、才情出众却不被赏识的封建时代女性的悲剧,但是她的诗歌与追求自由的精神却永存。

　　除许兰雪轩之外,还有金三宜堂、徐令寿阁等也是朝鲜时代具有代表性的女作家。金三宜堂的诗歌内容多样,有表达女性应遵循的妇德的诗歌,如《年吟》中写道:"早读圣人书,能知圣人礼。礼仪三千中,最详男女别。男不言乎内,女不言乎外。内外既有别,当遵圣人戒。"这样对儒家礼教的遵从使得她能够一心支持丈夫考取功名,甘心过着不富足的生活,同时也使她在丈夫屡试不中之后也没有哀怨,两人一起做起农夫,虽然经济上并不宽裕,但夫妻琴瑟相合,倒也自得其乐。在《村居即事》中她写道:"比檐茅屋自成村,细雨桑麻尽掩门。洞口桃花流水去,却疑身在武陵园。"她又在《草堂即事》中写道:"肃然茅屋两三间,其上青山不厌看。又有黄鸟啼尽日,满窗风景主人间。"表达了她怡然自乐的心情。徐令寿阁与金三宜堂不同,她出身于名门望族,所嫁夫君家族也是当朝贵族,所以她受封建传统礼教的影响更加深刻,她的诗歌很少体现自己的情绪波动,大都比较克制内敛,是典型的贵族妇女创作的诗歌。她创作了许多寄儿诗,刻画了一位慈母的形象。如她在《送别两儿》中写道:"离情我不浅,别怀雨更深。会面在清秋,何必复伤心"。又如她在《次两儿路中寄示》中写道:"含情庭草绿,惜别野花香。送汝乡山远,回头更渺茫"。

　　而妓女阶层创作的汉诗,由于其低贱的社会地位,所以得以完整流传下来的作品并不多,有些也是无处查询作者姓名及经历,只有黄真伊与李梅窗等少数人的作品得以保存下来并广为人知。关于黄真伊的身世有诸多说法,因其才高貌美,所以她的身世也带有一抹神秘的色彩,也有很多有关她的故事流传至今,这些都证明她是一个不一般的女子。现存的黄真伊的汉诗不多,大多是爱情诗,《咏半月》便是其代表作。"谁断昆仑玉,裁成织女梳。牵牛一去后,愁掷碧空虚。"黄真伊采用比喻的手法,把天空中的半月比作昆仑山的玉,又比作织女的梳子,传说中牛郎织女的故事隐含其中;而相爱的人离去之后,只剩满腔愁苦在心中。此诗比喻别出心裁,对仗工整。《奉别苏判书世让》一诗中"明朝相别后,情与碧波长",用流水比作相似之情,生动贴切。另外,黄真伊还有一首写景诗流传于世,这就是描写开城瀑布的《朴渊瀑布》——"一派长川喷壑岩,龙湫百仞水泱泱。飞泉倒泻疑银汉,怒瀑横垂宛白虹。雹乱霆驰弥洞府,珠舂玉碎澈晴空。游人莫道庐山胜,须识天冠磨海东。"诗歌气势磅礴,认为朴渊瀑布绝对胜过中国的庐山,表达了对自己祖国

第二章 古代汉文学

河山的礼赞。

另外一位妓女身份的李梅窗在当时也是远近闻名,她与当时著名文人刘希庆交好,但终因身份的差距而分离。自此,李梅窗饱受爱情的煎熬,忧郁而终。《自伤》一诗中她写道"今日翻成别,离杯暗断肠",与爱人离别时的伤感之情使人断肠。这苦苦的相思渗透了她的创作,也渗透了她此后的人生,《病中》一诗中写道"不是伤春病,只因忆玉郎",相思成灾,使得她"空将愁与恨,抱病掩柴门"。但此番痴情也没能打动爱人的心,这满腔痴情如何排解?这一生愁苦又怨得了谁?李梅窗的不幸正是社会制度造成的,在当时的情况下,女性无法掌控自己的命运,也没有独立的自我,纵然有许兰雪轩这样出身高贵的才女,有敢于反叛封建礼教、特立独行的黄真伊,但她们的人生也是充满了血和泪的心酸历程,李梅窗字字泣血的控诉更是当时社会众多女性的心酸泪。

女性创作的汉诗虽然不多,但却在男权占统治地位、没有话语权的封建社会为女性文学争得了一席之地,丰富了韩国文学史的内容,而且随着社会的进步,也越来越多地得到重新研究和评价,女性为韩国文学的宝库增添了重要的资源。

朝鲜中期,经过壬辰倭乱、丙子胡乱两次战争,传统的统治观念、价值观念开始动摇,在文坛上,也开始出现了对传统文学思想的批判。其中,柳梦寅与李晬光主张诗歌内容重于形式,实用重于闲谈,柳梦寅强调诗歌要表达真实的思想感情,李晬光强调诗歌是人心理和思想的真实体现,容不得人为的技巧修饰。紧随其后的许筠是一代不拘礼教、崇尚异端、具有反叛精神的人物,他反对一切假借性理学的名义而变得合理化的秩序,他对传统的文学观也持反对态度。他的《闻罢官作》一诗中写道:"礼教宁拘放,浮沉只任情。君须用君法,吾自达吾生。"由此可见,他反对道学派强调的礼教,主张真实表露人的喜怒哀乐的文学才是真正的文学。因此,他反对诗歌创作因循旧习、一味法古,担心别人评价自己的诗歌时会说类似于唐宋,而只想让人说这就是许筠的诗。这不仅反映出他对正统诗学的反对,同时也反映出他对朝鲜文学、诗歌已经形成了自己独特的观点,有了强烈的民族意识,这也为此后朝鲜诗风、朝鲜诗运动的出现提供了契机,自此汉文学开始呈现出不同于以往时代的变化[①]。

---

① 成基玉.韩国文学概论[M].首尔:新文社,1992:274.

(五)中人阶层的汉诗

随着平民阶层广泛接触汉文学,汉诗创作的阶层得以扩大,一些所谓的"中人阶层"也创作了很多汉诗。所谓中人,是指处于士大夫和一般贫民之间的中间阶层,也称"委巷人"或"闾巷人",由于当时社会等级制度的限制,他们虽然有文学修养,也精通汉文,但是进不得入朝当大夫,退也不屑与一般百姓为伍。他们形成了松石园、七松亭等大规模的诗社,主要人物有洪世泰、李彦瑱、郑芝润、李尚迪等,他们精通经史,是具备士大夫阶层基本素养的知识分子,但身份的限制不可能不对他们的创作产生影响。如李彦瑱虽然诗才卓越,但因不被当时社会所赏识,而烧毁自己的诗稿,甚至还故意创作一些不符合传统诗歌习惯的六言诗,以示反叛。李尚迪可谓中人文学水平的最高代表者,他作为译官,一生曾12次到中国,与当时中国文人也有很多交流,备受推崇。

(六)实学派诗歌

随着朝鲜封建社会的日益没落,各种社会问题凸现出来,为了解决当时社会所面临的现实问题,一些进步的地主阶级知识分子在中国明末兴起的实学思想影响下,意识到性理学的弊端,开始主张对社会制度进行改革,并提出了实事求是解决问题的方法。这是封建地主阶级内部的一种自主的改革意识,是基于对社会的不满而形成的,是从封建制度到近代启蒙思想的过渡阶段,反映到文学领域,自然就要求诗歌等文学样式的变革。这不仅体现在传统的汉文学方面,如朴趾源和丁若镛等人就主张以汉字为载体,追求朝鲜民族文学的独立性;还反映在对韩国国语诗歌的创作上,如金万重、洪大容等就看到了国语创作的重要性,主张要重新审视国文诗歌创作。

实学派的先驱人物有李瀷、洪大容、朴趾源等。李瀷不仅批判传统的身份等级制度,还认为要抛弃认为汉文学才是正统的传统观念,确定以自己国家的传统为基础的创造性、现实性的文学。洪大容全面否定了中华论的思想,提出了要进行田制改革、打破身份制度等具有近代意义的几项主张,从理论和思想上确立了实学体系。朴趾源则是实学理论在文学上的实践者,他批判"文必两汉,诗则盛唐"的主张,《湛轩日记》和

第二章 古代汉文学

《燕岩日记》就是其文学主张的集中体现,他的诗歌侧重反映社会现实,《丛石亭观日出》《田家》等诗歌是其主要代表作。"老翁受雀坐南陂,粟拖狗尾黄雀垂。长男中男皆出田,田家尽日昼掩扉。鸳躞鸡儿攫不得,群鸡乱啼饱花篱。小妇戴棬疑渡溪,赤子黄犬相追随。"诗歌用现实主义的手法描写了农民的真实生活。

此外,朴趾源的学生李书九、李德懋、柳得恭、朴齐家等通过数次随从访问清朝,与当时清朝的一些文人进行笔谈,有一些赠答诗流传下来,例如纪晓岚见到朴齐家之后对他印象非常之好,他形容朴齐家说"清姿真海鹤,秀语总天葩",还写过怀朴齐家的诗歌,"吟诗最忆东人",表达了对朴齐家的友谊,由此也可以见证古代中韩文人的交流与友谊。在访问清朝的过程中,他们目睹了清朝经济的繁荣,更加意识到朝鲜改革和实学的重要性。朴齐家是四人中最具革新决心的人,他时而通过诗歌批判朝鲜朝逐渐没落的病态状况,时而抒发自己不能实现抱负的矛盾心情。"野小风微不得意,日光摇曳高相牵。削平天下槐花树,鸟没云飞乃浩然。"作者通过《纸鸢》这首诗隐喻自己不得志的现实状况;用"野小"隐喻自己的国家,又因为"风微"所以风筝无法高飞,被束缚的风筝就是受制度限制的自己化身;槐树象征位高权重的"三公",他们正是阻碍自己一展鸿鹄之志的障碍。

继朴趾源之后,丁若镛的实学主张吸收了朱子学和北学派的思想,成为实学思想的集大成者。他主张利用厚生、经世致用、实事求是,在诗歌文学上,他主张"朝鲜诗"的创作,在《老人一快事》一诗中作者曾写道"我是朝鲜人,甘作朝鲜诗",确立了用本国语言进行诗歌创作的主体意识。他流传于世的诗歌大概有两千五百多首,他是一位现实主义的诗人,诗歌大都表达了自己忧国忧民的思想与希望能够实现社会改革的理想。《述志》一诗如题所示,旨在表达诗人的危机意识和振兴国家的理想,"嗟哉我邦人,辟如处囊中,三方绕圆海,北方约高嵩。四体常拳曲,气志何由充,圣贤在万里,谁能豁此蒙。"长篇乐府《饥民诗》描写了灾难之年,饥民们流离失所,哀鸿遍野的惨象;《三吏》描写了官吏横行乡里、鱼肉百姓的残暴现象,致使"妇寡无良人,翁老无儿孙",百姓们生活困苦,命运悲惨,只能"泪落沾衣裙"。

朝鲜时期是汉诗发展最辉煌、最繁荣的时期,出现了许多诗歌大家及脍炙人口的名篇,但到了近代,汉文诗歌虽然还有一定程度的发展,但是随着韩国人自主意识的崛起以及近代思想的兴起,用国语创作的文学逐渐取代了汉文学的位置,汉诗自然也成了明日黄花,最终逐渐退出了历史舞台。但尽管如此,汉文诗歌仍然是韩国文学史上最重要的组成部分,如果拿掉汉文诗,整个韩国文学就会黯然失色,同时汉文诗歌的发展也反映了中韩两国古代密切的交流,是中韩两国友谊的见证。

第二节 汉文散文

一、上古至三国时期的汉文散文

由于只有上层人物才有条件系统地学习汉文,汉文多数情况下是用来为统治阶级服务的,所以它首先用于政务、外交,其次用于编写记载历代王朝兴亡的史书,其中文学性较强的一些散文作品是史书。这里简述当时历史著作发展的情况。

(一)传记

《三国史记·高句丽本纪》记载:"国初始用文字时,有《留记》百卷。"这说明在1世纪时就已经有多卷集史书问世了。此后,在公元375年,百济有高兴所编的《书史》;549年,新罗有金居柒夫编写的《国史》;600年有李文真编成的五大卷《新集》。此外还有高丽时期的《三国史记》和《三国遗事》的编写者引用过的《古记》《古史》。由此可见,从1世纪到7世纪之间曾有大批史书出现。从《三国史记》《三国遗事》中的一些具有一定文学价值的传记体文章看来,它们所据以成文的那些古代史书中,是不乏文学性作品或资料的,可惜皆已散失,但有充分的理由断定:韩国古代的散文有一定成就,从一些文献中可以看出它对此后韩国中古时代的散文发展的影响。中古时期的一些传记文章,固然可以视为由作者根据古代文献资料构思写成的,但也有一些可能是对古代史书中的某些文章进行加工、润色、整理、改编而成,有的甚至基本上是从古书上转录下来的。如今有些文学史把《三国史记》中作为书面文学的传记列入三国时期的文学中,是有一定原因的。

第二章 古代汉文学

(二) 碑文与书函

除了传记以外,古代的一些碑志和书函也有助于我们了解古代散文的面貌。

现存最早的一篇文献是高句丽大武神王致汉朝辽东太守的书函,它写于大武神王十一年(公元28年),保存在《三国史记》中。该书所载事情经过为:汉辽东太守率兵攻打高句丽,高句丽闭城固守,汉兵围城数十日不退。高句丽方面推测,汉兵久围不退的原因是:他们以为城内无水源,想以围困的办法迫使高句丽不战自降。于是高句丽王取池中鲤鱼,包上水草,派人将鱼和酒送往汉营,随同赠品附信一封:

> 寡人愚昧,获罪于上国,致令上将军率百万之军,暴露敝境。无以将厚意,辄用薄物致供于左右。

汉军见鲤鱼之后才知道城内有水,一时不能攻克,只得引兵而退。

碑志保存至今的有《广开土王陵碑文》《牟头娄墓志文》。广开土王陵碑建于公元414年,是高句丽长寿王为其父——第十九代广开土王而建的,碑文总共约一千八百余字,开始部分记叙了有关高句丽开国君王邹牟王(即朱蒙)建国的神话:

> 唯昔始祖邹牟王之创基也,出自北夫余。天帝之子,母河伯女,即剖卵降出,生子有圣德。邹牟王奉母命,驾巡即南下,路由夫余奄利大水。王临津言曰:"我是皇天之子,母河伯女,即邹牟王,为我连筏!"浮鳖应载,即为连筏,浮鳖然后造渡,于沸流谷忽本西城山上面建都焉。

碑文以较长的篇幅叙述了高句丽与新罗、百济的冲突和广开土王抗击倭寇入侵朝鲜半岛的斗争。《广开土王陵碑文》现存于中国吉林省辑安(今改名为"集安"),是研究高句丽历史的一份重要资料。原碑文篆隶并用,经过一千五百多年的风雨侵蚀,有些字已模糊难辨。文章对高句丽国势的发展充满自豪感,文理拙朴而风格雄浑,可称为三国时期碑志的代表作。《牟头娄墓志文》与《广开土王陵碑文》时代相近,全文八百余字,是高句丽大使者牟头娄的墓志铭。

新罗的碑志中值得注意的是第二十六代真兴王(540—576)的巡狩四碑,这些碑是为记录国王率领臣下巡视所开拓的疆土而建的,现存于今日的昌宁、北汉山、磨云岭、黄草岭。碑志中有"朕绍太祖之基,纂承王统,兢身自慎,四方托境,广获民士。邻国暂信,和使交通"等句,从中可以看出当时新罗的国势。

三国时期新罗的散文现存者有金后稷的《谏猎文》,作者对新罗第二十六代真平王(579—632)荒废政事、终日打猎进行了谏讽。他首先说明为王者应当做到:

> 古之王者,必一日万机,深思远虑,左右正士,容受直谏,孜孜矻矻,不敢逸豫,然后德政醇美,国家可保。

接着他坦率地指出真平王的荒唐行为:

> 今殿下日与狂夫猎士放鹰犬,逐雄兔,奔驰山野,不能自止。

为了规劝国王改去恶习,他引用了中国古书上的话:

> 《老子》曰:"驰骋田猎,令人心发狂。"《书》曰:"内作色荒,外作禽荒,有一于此,未或不亡。"

最后他向国王指出了危险,提出了忠告:

> 由是观之,内则荡心,外则亡国,不可不省也,殿下甚念之!

这位直言进谏的大臣的意见,当时虽未被国王采纳,但在他死后,却终于使国王悔悟,从此不再打猎。其后新罗之所以国家渐趋兴盛,先后灭百济与高句丽,统一半岛,和国君乐于纳谏、幡然悔悟不无关系。金后稷的这篇谏猎文简洁有力,有说理,有指责,有规劝,引用典籍也十分得体,反映了6世纪时的新罗汉文所达到的水平。7世纪时,百济也有一位敢于直谏的臣子——成忠,他的《上义慈王书》也是古代散文的名篇:

第二章 古代汉文学

　　忠臣死不忘君,愿一言而死。臣常观时察变:必有兵革之事。若异国兵来,陆路不使过沈岘,水军不使入伎伐浦之岸,举其险隘以御之,然后可也。

　　义慈王(641—661)整日纵情酒色,不问政事。成忠直谏,反被下狱。虽身陷囹圄,他也念念不忘百济安危,以上的《上义慈王书》就是他在狱中病危时,写下的临终遗言。可是他最后的这点耿耿忠心,也依然未被采纳。百济终因王政不修而灭亡了。

　　以现代人对"文学"一词的理解和要求来看,以上所列举的碑志、书函等的文学性并不强,但这些零星的作品,毕竟可以算得上是三国时期文人士大夫使用汉文字能力的一种标志,使我们能看到当时作为书面文学之一的散文的若干侧面,从内容上看,它们也反映出当时社会上的某些方面,如战争、国势、统治阶级的生活腐化等。

　　此后的统一新罗时期的文学如寓言、游记、传奇、散文,就是在三国时期的散文基础上形成和发展起来的。

二、统一新罗时期的汉文散文

　　统一新罗时期,散文文体有所发展,具有一定形象描写和艺术技巧的散文作品,如人物传记、寓言、游记和传奇等都开始出现。

（一）传记

　　在8世纪,出现了金大问所写的《花郎世记》《高僧传》和《鸡林杂传》,还出现了金长清所写的《金庾信行录》。

　　《花郎世记》记述了作为新罗社会军事支柱的花郎们的生平事迹。所谓"花郎",是一些出身于新罗贵族家庭的青年,他们在王朝的组织、支持和鼓励下结成"花郎徒"的军事和习武团体,在这里接受忠、勇、信、义等为封建统治者所需要的道德教育,学习武艺并游历全国名山大川以丰富知识和磨炼意志。国家从这些花郎中选拔军官,一些优秀的军官如金庾信就是花郎出身。花郎们既有刻苦的学习和训练,也有富于浪漫色彩的生活和经历。《花郎世记》是具有一定文学性的传记作品。新罗是佛教盛行的国家，《高僧传》是记叙著名僧人生平及其业绩的作品，当然在传记文学上也有一定地位。可惜，《花郎世记》和《高僧传》已全部散佚不存，《鸡林杂传》也已失传，可以推断，它是记录新罗社会的各种人物逸事和传说的作品。

金长清的《金庾信行录》长达十卷，是对这位为统一三国屡建奇功的名将生平的详细记录。高丽时期金富轼所编《三国史记》中，人物传记篇幅最大的就是关于金庾信的传记，其中的一些材料无疑是直接或间接来自《金庾信行录》。我们目前虽已不能见到该书的原貌，但通过《三国史记》上的有关部分，可以推断它是一部相当详细的、成熟的传记文学作品。

（二）寓言

寓言《花王戒》为薛聪所作。薛聪（654—701）是名僧元晓之子，最初学习佛经，后改学儒学经典据传，他曾经创制了乡礼标记法。《东京杂记》说他"又以俚语制史礼，行于官府"，《三国史记》说他"以方言续九经，训导后生"。

"俚语""方言"指韩语，看来薛聪虽属于文人士大夫之列，但比较重视当时为统治阶级所轻视的本民族语言。从韩国接受与使用汉字的历史来看，薛聪是乡札标记法的首创者或整理人。据传他曾到唐朝留过学，难以确考。

《花王戒》是薛聪奉神文王之命而叙述的一篇寓言。国王的目的是听一些"异闻"散心解闷，薛聪却趁机针对国王平素的缺点讲了这一寓意深远的寓言，后又奉命把它写成文章。《花王戒》以花王喻国王，以蔷薇喻宫中美女，以白头翁（植物名）喻忠直之士。寓言中蔷薇的形象是这样的：

> 一佳人，朱颜玉齿，鳞妆靓服，伶俜而来，绰约而前曰："妾履雪白之沙汀，对镜清之海，面沐春雨以去垢，袂清风而自适，其名曰蔷薇。闻王之令德，期荐枕于香帷……"。

白头翁的形象则是这样的:

> 一丈夫,布衣韦带,戴白持杖,龙钟而步,伛偻而来曰:"仆在京城之外,居大道之旁,下临苍茫之野景,上倚嵯峨之山色,其名曰白头翁……"。

前者外貌美艳,香气袭人,但徒供观赏,使人迷醉。后者朴实无华,外貌无动人之处,但可以祛病延年。二者必择其一,花王犹豫难决,但对美貌佳人爱怜难舍,对朴素的白头翁,则漠然冷淡。于是白头翁对花王说道:

> 吾谓王聪明识理义,故来焉耳,今则非也。凡为君者,鲜不亲近邪佞,疏远正直。是以孟轲不逼以终身,冯唐郎潜面皓首。自古如此,吾其奈何?

《三国史记》记载:神文王听了薛聪的这个寓言之后,不禁"愀然作色",认为这寓言"诚有深志",命薛聪把它写出来,作为今后王者之戒,并给薛聪加官晋爵。于是这个寓言也就成了历史上的名篇。《花王戒》对神文王的荒淫生活暗含讽刺,对当时腐败的朝政也有所指责。所谓"苦被"虽似指宫中美女,实则是泛指一切奸佞之徒。他们以"艳艳之灵""天天之英"来奉承国王,他们无不奔走上谒趋炎附势,邀宠争官。寓言比拟生动,叙述简洁。《花王戒》在韩国文学史上有一定影响。朝鲜王朝时期的林悌所写讽刺当时国王腐败的《花史》,其蓝本就是《花王戒》。

(三)游记

游记《往五天竺国传》是这一时期一项重要的文学成就。作者僧人慧超是新罗第三十三代圣德王(702—736)时人,16岁到唐朝学习佛教典籍,后决心到佛教的发祥地印度去考察。他于公元719年从中国南海登上商船漂洋过海到达印度,遍访了印度的五个天竺国之后,经过西北方的克什米尔等处,转而取道西南方,途经波斯(今伊朗)、大食(今阿拉伯),到达了当时属于东罗马帝国领土的拂临(今叙利亚)。慧超由此处踏上归程,经过中亚的十几个国家,翻过帕米尔高原和青藏高原,途经新疆,于唐开元十五年(727年)回到唐首都长安,行程十万多里。

慧超把他在这次长途旅行中的所见所闻记载下来,写成了长达三卷的《往五天竺国传》,可惜原文大多散佚,唐朝慧琳的《一切经音义》第一百卷载有其音义,到1910年,才在中国敦煌石窟中发现《往五天竺国传》第一卷的残本六千多字。这部著作记录了其所到国家的政治制度、宗教、风俗习惯、地理、气候、生产、语言等情况。

慧超作为僧人,总以佛教为出发点来观察他所见到的一切事物,如对信佛教的国家,则说它是"足寺足僧,大小乘俱行",对不信仰佛教的国家,则说它是"不识佛法",还着重记述各国僧人修行、圆寂和国王敬佛的情形。

此外,这部游记中还流露出慧超对各国政治、经济、文化及人民生活状况的关心和浓厚的兴趣。例如,他对迦罗的矿产、衣产、畜产情形都有所记载,对该国国王、小工和百姓的不同生活状况也有描写,表现出当时韩国人渴望了解外国的心情。

(四)传奇文学——《新罗殊异传》

新罗和唐朝的政治交往和文化交流关系都比较密切、频繁。唐朝时期,传奇文学开始产生与发展,出现了一连串富于故事情节的传奇作品。新罗也产生了一批带有志怪、传奇性质的传说,其后被文人以汉文写成作品,出现了《新罗殊异传》这样的传奇作品集。

《新罗殊异传》原书已失,但其中有若干篇分别收录在《太平通载》和《大东韵府群玉》中。

关于《新罗殊异传》的作者,说法不一。据权文海的《大东韵府群玉》记载,作者为崔致远,但觉训的《海东高僧传》中则认为作者是高丽初的朴寅亮。后一说法较妥。从《新罗殊异传》的九篇作品内容来看,除《仙女红袋》像是个人创作外,多数作品似乎是以新罗民间的口头传说为基础,之后经文人记录加工而成的。《新罗殊异传》作为书面文学成品亦可视为高丽初期文学。

《新罗殊异传》中有关于历史人物的逸事,如《竹筒美女》《老翁化狗》;有恋爱故事,如《首插石楠》《心火绕塔》《虎愿》等。

第二章 古代汉文学

三、高丽时期的汉文散文

高丽时期的文学成就超过了以往时期。高丽统治者以汉文开科取士,汉文在文人士大夫中迅速普及。在此情况下,文人中出现了写作汉诗和散文的热潮。不少汉文诗人同时也是汉文散文能手,如李奎报、金富轼、李齐贤等人,除缺乏文学意义的政府公告、外交文件、奏折等公文体、政论体文章以外,见于史书和其他书籍的传记、小品文,也都是具有文学价值的散文文体。

(一)传记

在传记方面,金富轼所编写的《三国史记》和一然所编写辑录的《三国遗事》是有关古朝鲜、三国和统一新罗时期历史的重要文献,其中有不少具有文学价值的作品。其中,三国时期历史人物的传记主要是金富轼编写的,高丽时期人物传记的作者主要是李奎报、李齐贤。

金富轼(1075—1151)于高丽第十一代文宗二十九年出生在开京的一个官僚家庭中,自幼学习诗文。宋朝苏东坡的文章受到高丽文人广泛喜爱,他与兄弟的名字中借用了苏轼、苏辙的名字(其弟名"富辙")。他青年时期进入仕途,父亲和兄弟都是当时著名文人。金富轼生于高丽政局稳定、文化繁荣时期,死于社会矛盾趋于尖锐、统治阶级内部倾轧加剧、动乱屡生(如"李资谦乱""妙清乱")的衰微时期。受正统的儒家思想教育的金富轼一生矢忠于高丽王朝。

在《进三国史表》中,他谈到自己编写《三国史记》的思想动机:

> 今之学士、大夫,其于五经诸子之书、秦汉历代之史,或有淹通而详说之者,至于吾邦之事,却茫然不知其始末,甚可叹也。

为此,他发愿编写《三国史记》,记录"君臣之善恶、臣子之忠奸、邦业之安危、人民之理乱"。作为一个正统的封建儒学者,金富轼当然不可能正确评价人民在历史上的作用,不过他十分重视本民族的历史与文化,具有爱国思想。三国时期的一些英雄人物理所当然地为他所推崇,而人民的好品德,也能在他书中得到一定的反映和肯定。《三国史记》中的一些传记至今仍为人所重视、喜爱,其原因就在于此。《三国史记》中的传记是他根据古代史书上的资料进行整理、编写而成的。虽然其中的基本情节不掺有艺术虚构,但传记的结构、人物描写、语言,凝聚着他的辛勤劳动。作为书面文学,它基本上属于高丽时期的文学作品。有的文学史书将这些作品列入三国时期的文学中,似不恰当。

《三国史记》采取了年代记和纪传的形式,全书有本纪二十八卷、年表三卷、志九卷、列传十卷,其中具有文学价值的是列传部分。列传中记叙了三国及统一新罗时期的著名将领、政治家、文人学士、艺术家、民族英雄、平民百姓等五十人的故事。

金富轼所写的人物传记在韩国古代传记文学中具有很重要的地位,其中所赞扬的爱国思想,所反映的劳动人民的优秀品质及统治者的罪行,都是值得我们注意的。但我们也必须看到金富轼的局限性,他往往从忠、孝、节、义之类的封建道德出发来解释一些现象和进行说教。即便他对来自人民群众之中的纯真爱情和深挚的母女之爱表示了肯定和赞许的态度,也还是把它们纳入封建道德的框框之内,这显然和我们今天赞美人民的这类高尚德操的出发点有所不同。

高丽时期的传记文学除《三国史记》中的一系列作品以外,还散见于其他书籍,如一然的《三国遗事》中就有带传记性质的作品。

(二)小品文

小品文作为一种新的文学样式出现于高丽时期不是偶然的。它既不像政论体文章那样呆板严肃、妨碍感情的表达,也不像五、七言诗那样短小和受格律的限制,文人可用它自由表达感受、描述所见,是一种灵活、活泼、富有生气的文体。

另外,中国唐宋散文、小品文的发展对高丽小品文的产生与发展也起了一定的促进作用。高丽时期的小品文大体可分为人物小品与事理小品。

1. 人物小品

人物小品的描写中心——人物,往往是虚构的,它的题目虽总是带"传"字,但实际上是一种虚拟的"传",是以人物传记的形式来表现作品的某种主题思想的,因此作品中的人物带有若干典型意义。这类作品甚至可以看作小说的萌芽。

人物小品中比较值得一提的是林椿的《麴醇传》《孔方传》,李奎报的《无肠公子传》《麴先生传》,李毅的《竹夫人传》等。

《麴醇传》作者是诗人林椿。作品总共约九百多字,以中国为背景,主人公是陇西人麴醇。麴醇祖先以"清德"闻名于世并封为侯,到了麴醇父亲麴酎一代,也还能避乱世,与刘伶、阮籍优游于竹林,过着隐遁生活。到麴醇本人时,家道已衰,但他却靠着能言善道得到君王重用。君王自用他之后,终日酗酒,致使朝政荒废,他却一手遮天,得到君王的信任和庇护。麴醇爱财如命,名声很不好。他仗着君王恩宠渐渐得意忘形,甚至在君王面前不知羞耻地说自己有"钱癖"。最后被君王以其有口臭为由,罢去官职,暴病而亡。《麴醇传》所写的麴醇正是美酒的象征,酗酒误事,奸臣弄权,导致王朝衰败。作者林椿生逢武臣郑仲夫大杀文臣、废毅宗之乱,不满朝政,与李仁老、吴世才等人结伴同游,号称"海左七贤"。这篇作品的锋芒直指当时的昏君毅宗。毅宗沉迷酒色,腐败无能,朝中文臣不但不积极进谏以振纲纪,反而巧言令色,阿谀奉承,遂导致"武臣之乱"。林椿在这篇作品中也抨击了这些佞臣。

林椿的《孔方传》也是一篇以物喻人的讽刺小品。古代的钱币中有方孔,"孔方"就是钱的隐语。《孔方传》通过金钱的化身——孔方,集中地揭露了那些利欲熏心,不择手段,捞取钱财,大伤国家元气的贪官污吏的罪行。作品向人们表明,"任人唯贤""任人唯能"在当时腐化成风的朝廷和官场,只不过是一句空话。对于统治阶级内部的种种黑幕,作者进行了淋漓尽致的揭露,描写上具有一定的形象性,讽刺尖锐,笔调幽默。《孔方传》除揭露上述消极现象外,客观上还反映出在封建社会内部,商业资本经济的势力已有相当的发展。金钱作用逐渐增长,将伴随一种新生产关系的出现,使封建社会本身解体,这是历史发展的必然趋势。在林椿以后六百年,封建末期的朴燕岩所写的《两班传》等小说中,就能清楚地看到在商业资本的冲击下,封建阶级走向没落破产。在林椿写《孔方传》时,社会还远没有发展到这个程度,货币在经济发展中客观的历史意义,作者林椿当时还无法认识。

　　李奎报的《麹先生传》和林椿的《麹醇传》相似,两者的主题都是讽刺恃宠骄横、为害国政的朝臣,情节乃至文句也有类似之处。故事背景都设在中国,主人公都姓酒的象征"麹",两人都因有一定的才能自幼受到夸赞,长大受到国王恩宠。两人同样都因骄横而招其他朝臣厌恶,并因而遭国王贬斥。《麹先生传》与《麹醇传》所不同的只在某些细节,如麹醇爱财,而麹圣则无此癖,麹醇遭国王贬斥的直接原因是"口臭",而麹圣则因中书令毛颖上疏皇帝弹劾他而被免官,麹醇无子女,麹圣则有三个儿子,因恃父宠而遭诛,至于结局,麹醇被废以后,他的弟弟麹清仍然为官,子孙又昌盛起来,而麹圣则在被免官之后改过自新,终于被重新起用并立了大功。和林椿的《麹醇传》一样,李奎报的《麹先生传》也表现出对当时武臣专权的不满,希望朝政清明,国家的秩序得以恢复,以实现"国泰民安"的思想。

　　李奎报的《清江使者玄传》和《无肠公子传》也是两篇寓言人物小品。前者写乌龟,后者喻螃蟹,也是一种讽世之作,内容在于劝诫世人,扬善惩恶。

　　释影息庵的《丁侍者传》是关于丁字形手杖的寓言小品,李毅的《竹夫人传》则用寓言形式写夏天床席间取凉的用具"竹夫人"。《竹夫人传》借竹竿的挺直和有节而歌颂了竹夫人坚守节操的品格,并以她丈夫"松大夫"(青松的象征)衬托出她的坚贞和清高不凡。丈夫死后,竹夫人虽寡居痛苦,但"晚节益坚"。作者最后以"史氏"的名义赞扬她的贤惠,为她无子而叹息,认为"天道无知"的说法,确非虚语。作者为行善不能得善报而鸣不平,反映出他对当时世道的看法。

　　此外,李詹所作《楮生传》以纸为其主人公,谴责当时权臣李仁任等人不施仁政。

　　高丽的人物小品还不能直接虚构人物,而是以比拟的方法设定"人物",写出寓言式的故事。其情节极简单,其格式则模仿传记体,往往从其祖辈出身写起,写到主人公,最后以"史氏"的名义加以议论。语言不够生动,性格描写也较呆板,遣词用句还没有摆脱史书传记的笔法。尽管有以上缺点,但它已多少具备了小说的某些特征,可以看成小说的一种雏形或萌芽。这种寓言式的人物小品对朝鲜王朝时期的寓言小说产生了影响。林梯的《花史》《鼠狱说》其实就是这类寓言人物小品的发展。从朝鲜王朝后期的《兔子传》《野公鸡传》等国语小说中,可以明显地看出上述寓言人物小品的痕迹。高丽时期的这类小品文数量虽不甚多，但它在韩国小说发展史上有一定地位。

2. 事理小品

人物小品是以人物为中心，虚构出一定情节写成的讽刺文，它的题目往往离不开"传"字。另一种专门以事物为中心，专门说明某种见解或道理的小品文就是"事理小品"，题目往往带有一个"说"字。高丽时期事理小品的主要作者为李奎报，著名作品有《舟赂说》《理屋说》《忌名说》《慵讽》《镜说》《碗击贪臣说》等。

《慵讽》嘲笑酗酒和好色两种恶习，是一篇辛辣的小品文。文中以第一人称的语气写一个患了懒病的人，此人"有宅一区，草秽而慵莫理。有书千卷，蠹虫而慵莫披"，甚至"头蓬慵扫，体疴慵医，慵与人嬉笑，慵与人趋驰"，终至于发展到了"口慵语，足慵步，目慵顾，踏地触事，无一不慵"，真可谓一个十足的无可救药的懒汉了。有位客人，见此懒病而无法治，回家想了十来天后，来见这位懒病的患者，他告诉这位"病人"说，他家里有香气扑鼻的上等美酒，又有女侍，歌喉婉转动人，能自奏自唱。此懒病患者一听此话，霍然而愈，随即站起身来，"束腰以带，犹恐其晚。纳踵于履，犹恐其迟"，忙着准备去纵情享受美酒与女色。这一表现，引起了客人的冷嘲热讽，懒汉羞愧得无地自容，最后表示："吾将移此之心，人于仁义之庐，去其慵而务其勖。"《讽慵》全文六百余字，是李奎报事理小品的代表作之一。

《镜说》全文不到二百字，是一篇言简意赅的小品，说的是作者故意把一面镜子弄得满是尘埃，昏暗不清，然后又借答复客人疑问的机会，说出貌丑者不爱镜，而丑者多于美者，故有意把它弄得如此昏暗以免镜子被丑者毁坏。文章末尾，作者叹息到："噫！古人对镜所以取其清，吾之对镜，所以取其昏。子何怪哉？"对无德无才而又怕人们指责的一类人，作了巧妙的挖苦和讽刺。

《舟赂说》尤其简短：

李子南渡一江，有与方舟而济者。两舟之大小同，榜人之多少均，人马之众寡儿相类。而俄见其舟离去如飞，已泊彼岸！予舟犹邅回不进。问其所以，则舟中人曰："彼有酒以饮榜人，榜人极力荡桨故尔。"予不能无愧色，因叹息曰："嗟乎，此区区一苇所如之间,犹如赂之有无,其进也有疾徐先后,况宦海竞渡中?顾吾手无金,宜乎至今未沾一命也。"书以为异日观。

全文不到一百四十字,揭露了官场贪污行贿、买卖官职的恶劣风气。舟人因有酒犒劳而卖力撑船,这是常见的事,本不足怪,却引起作者对宦海风波的联想,从区区小事,总结出深邃的道理,是一篇针砭时弊的优秀小品文。

《理屋说》讲的是两种修理家屋的情况:一种是久已漏雨,长年失修的房屋;一种是刚发现雨水侵蚀立即加以修缮的房屋。《理屋说》也不过二百字,是一篇以生活琐事而喻国政的说理小品。此外,《忌名说》为怀才不遇的著名诗人吴德全的思想性格作了辩解,对世所传闻的吴一向"恃才傲物"的说法提出了异议,见解精辟独到。《碗击贪臣说》记叙了"志尚刚正"的清官崔洪烈与贪财受贿者做斗争的事迹,叙述较生动,文笔颇风趣,亦属佳作。

第三节 汉文小说

韩国真正的小说创作可以追溯到朝鲜王朝中期,此前虽然也有崔致远的《殊异传》、高丽时期的假传等具备了某些小说要素的作品存在,但小说作为文学形式的真正确立则是到了朝鲜王朝中期。李成桂建立朝鲜王朝之后,崇儒抑佛,采用儒家思想作为统治理念,在文学上强调"文以载道"的观念,重视文学的教化功能,而轻视、反对文学的娱乐功能。这时最受重视的是文人们对"经"和"史"的造诣,他们认为小说缺少必要的道德宣传,所以小说在朝鲜王朝初期备受压制,没能形成一种独立的文学形式。但是,随着中国四大小说奇书的传入,加上平民阶层意识的兴起,一些知识分子阶层开始大规模阅读小说,并在阅读的过程中逐渐改变了对小说固有的成见,还有一些人则开始尝试创作小说,这样小说才得以发展起来。当然小说的发展也得益于读者的喜爱。据说世祖就比较喜欢阅读《太平广记》,燕山君也曾阅读小说类的书籍,但在儒学占统治地位的情况下,公开拥护小说的儒学人士还是少数。随着朝鲜中

第二章 古代汉文学

期两次大规模的战乱,前所未有的平民意识开始上升,他们开始通过文学来表达自己对现实的不满,小说就成了他们的首选文体,所以小说的发展是和平民意识的兴起、发展有着直接关系的。

一、《金鳌新话》与汉文小说的确立

受明朝瞿佑《剪灯新话》的影响,朝鲜的金时习模仿其创作了传奇小说《金鳌新话》[①],这部小说不仅在结构和形式上达到了相当高的造诣,而且它的出现还标志着朝鲜汉文小说的开端,同时由于它采用了传奇的形式,所以也确立了朝鲜传奇小说的典范。

《金鳌新话》的作者金时习字悦卿,号梅月堂、东峰,小时候就因精通《中庸》《大学》而被称为神童,他出生时家族已经没落,于是他胸怀重振家门的抱负,一心向学。但是由于处在首阳大君篡夺王位、统治阶级内部斗争激烈的时期,加上一心拥护旧主的他的好友金宗瑞、皇甫仁被杀害之后,他更是痛愤不已,于是削发为僧,四方云游。云游到庆州时,在庆州南山上修建了金鳌山室,隐居于此,这一时期著有《山居百咏》。后受世祖之命上京,但又因政见不合而再次回到金鳌山室,这期间他写了《金鳌新话》一书。他胸怀大志,但生不逢时,不愿与当权者同流合污,又不甘心流浪放荡,所以他的创作既与当时的"官人文学"风格迥异,又与完全隐居遁世的"处士文学"有所不同,就成为这两者之外的"方外人",不过无心插柳,他的小说取得了巨大成就,开创了"方外人文学"的新篇章。

《金鳌新话》写成之后并没有直接发表,据传在壬辰倭乱之时,这部书的文稿曾经传到日本,在日本出版时共收录五篇小说,这五篇小说构成了《金鳌新话》的第一卷,但是不知这是否就是当年金时习创作的全部,也无从考证他是否曾经模仿《剪灯新话》写过四卷二十篇小说。就现存的五篇小说来看,其情节缠绵,是作者创作理念与现实生活矛盾的艺术化,反映了当时人们想冲破封建枷锁的真实想法。人们在现实生活中不能实现的理想,金时习在小说中通过幻灵、异界等事物使其得以实现,这也反映了人们想摆脱现实、实现理想的愿望。

这部小说在创作上明显受到《剪灯新话》的影响,具体分析来看,

---

① 金时习.金鳌新话(世界文学全集 204)[M].首尔:民音社,2009.

《万福寺樗蒲记》中描写了一个被倭寇杀害的少女化作仙女与一名为梁生的男子的爱情故事,而《剪灯新话》中的《爱卿传》《绿衣人传》等小说讲的就是来生重续前缘的故事。《李生窥墙传》中描写了两班贵族出身的李生和平民崔娘之间至死不渝的爱情,塑造了一对反叛封建礼教的青年情侣的形象,这篇小说受到了《剪灯新话》中《翠翠传》《金凤钗记》等作品的影响。《龙宫赴宴录》甚至就是完全仿照《剪灯新话》中《水宫庆会录》的故事进行创作的,描写了开城文士韩生应朴渊龙王之邀到龙宫赴宴的一些见闻,这简直就是《剪灯新话》中的《水宫庆会录》的翻版,《水宫庆会录》中写的是潮州士人余善文应东海广利王邀请去龙宫赴宴的故事,《龙宫赴宴录》情节与其极其相似,只不过把背景改在了朝鲜而已。《醉游浮碧楼记》描写了一个青年在平壤游历古迹时,遇见一个古朝鲜时代的仙女,两人以对诗的形式抒发情怀的故事,《南炎浮州志》描写了韩生在龙宫的见闻和隐士朴生在梦中与阎王的对话,作者用对非现实世界的描写,反映了对当时统治者的愤懑。《金鳌新话》不仅在故事情节、文体上受《剪灯新话》的影响,而且在结构上也采用了"现实—理想"的双重结构,这也是受《剪灯新话》的影响所致,同时也是受以往的传奇小说创作影响的缘故。另外,金时习善作汉诗,《金鳌新话》虽是小说,但其中贯穿了大量的汉诗,如《万福寺樗蒲记》中的通篇对话都是长诗,好似作者的目的不在小说,而在彰显自己的汉诗造诣。

《金鳌新话》是韩国历史上第一部汉文小说集,由以上的分析可以看出它受中国小说的影响之深,此外,从韩国文学内在的发展上来看,新罗末期、高丽初期的传奇文学,以及高丽后期的拟人小说、诗话类文学形式都对《金鳌新话》的产生提供了土壤,作者以此为基础,再借用中国小说,特别是《剪灯新话》的影响,最终创作出质量和水平都比较高的作品。而且这部小说开启了韩国汉文小说创作的先河,其中用梦境、幻想之讽喻的表达方式,才子佳人一见钟情、坠入爱河的结构模式,还有有关超能力、灵异的描写方式,都为后来小说的发展提供了可以借鉴的模式,所以这部小说在韩国小说史上占有极其重要的地位,是论述韩国小说史不可略过的重要部分。

二、梦游小说与拟人体小说

所谓梦游小说,顾名思义就是作者假借梦游的形式展开故事情节,既然是梦游的形式,就带有与现实不同的明显的幻想性,同时也是作者在现实中不能实现的想法通过小说的形式加以艺术化加工的结果,因此常带有借物讽今或借古讽今的特点。这类小说通常的结构模式是采用现实—梦境—现实的形式,将梦境与现实结合起来。梦游系列小说的代表作当推《元生梦游录》,一般认为这篇小说是林悌所作,还有沈义的《大观斋梦游录》,尹继善与黄中允所作同名小说《达川梦游录》等作品。

《元生梦游录》的主人公元子虚是一个非常有正义感的儒生,所以他很难与污浊的现实妥协,过着昼耕夜读的穷困生活。他沉迷于所读史书之中,一个月夜,他倚在书桌前睡着了,忽然感觉身体一轻,飘飘忽忽就飞了起来。在梦中居然遇到了他日夜思慕的端宗和"死六臣","死六臣"倾诉了自己对世祖篡位的悲愤之情与对国家兴亡盛衰之道的看法。后来一个惊雷,元子虚惊醒,又重新回到现实中来。作者借元子虚之口,表达了对世祖篡夺王位、朝纲混乱的不满,同时也表达了对社会现实的不满。但尽管如此,作者也无法逃脱这种现实的束缚,只能采用梦游小说的形式抒发自己的不满之情。《大观斋梦游录》写的是梦游者超脱世俗,在梦中世界与崔致远、乙支文德、李齐贤、李奎报等文学大家相见,共享太平盛世的理想世界的故事,也反映了作者对现实的失望,希望在梦中建立一个理想世界的想法。尹继善的《达川梦游录》以"壬辰倭乱"为背景,"达川"是地名,是战争中朝鲜军队与倭寇激战的地方,作者哀叹壬辰倭乱中不幸死难的无数冤魂而创作了这篇作品。小说中的主人公波潭子奉王命到忠州达川暗访,梦中遇到当年死难的冤魂,他们埋怨当年指挥达川之战的将军申砬,申砬又出来进行辩解,最终表达了对传奇人物李舜臣将军的思慕之情以及对战争失败的埋怨。黄中允的《达川梦游录》则认为战争失败的责任在于当时的作战政策。这篇小说中,梦游者受到龙王邀请在龙宫与申砬相遇,申砬分析了战争失败的原因主要在于战争的准备不足、军队的编成和制度不够完善等方面。黄中允的小说比尹继善的约晚十几年,对战争失败的原因分析相对来说比较客观。

以上介绍的这些梦游类小说的基本特点就是作品中的人物通常都

是曾经真实存在过的历史人物,梦游者对现实怀有不满情绪,作者借梦游者之口说出自己的心声,希望在梦中能实现自己的理想等。其采用"梦游"形式的原因是在当时的历史条件下,作者不敢明目张胆地直接对现实或社会做出批判,只能假借"梦游"的形式间接表达自己的理想和批判精神。

此外,承接高丽时期出现的"假传",朝鲜时期出现了"拟人小说"。就是通过把神灵、动物、植物等拟人化的表现手法,创作了一些"天君"系列或借物讽喻的小说作品,而且这种创作方式一直持续到朝鲜王朝末期。其中,天君系列的小说有金宇颙的《天君传》、林悌的《愁城记》、郑泰齐的《天君演义》等作品,这些作品大部分都以"天君"作为主人公,设置忠臣、奸臣两方面对立的人物展开故事情节。把植物拟人化的小说有林悌的《花史》、李蓬淳的《花王传》、丁寿岗的《抱节君传》以及李德懋的《管子虚传》等作品。把动物拟人化的作品有林悌的《鼠狱传》等。

《抱节君传》的作者丁寿岗,历任江原道观察使、成均馆大司成、中枢府事等职,一生曾经历甲子、戊午、乙卯士祸以及中宗反正四次大政变,命运多舛。在这篇小说中作者将竹子拟人化起名"抱节君",通过这一人物,指出无论处在多么困难的状况下,都应至死不渝地保持自己的气节和情操,赞颂了作为一个"士"的崇高信念和决心,这也许是看惯了官场轧压、经历了宦海几多起伏的作者本人经历的体现。

《花史》的作者林悌,才思敏捷,性格豪放,不满当时社会党争不断的状况,因此他的作品经常借古讽今,揭露当时社会的黑暗,抒发自己的不满与愤恨之情。《花史》借描写花王国的历史来暗喻人类历史,与新罗时期薛聪的《花王戒》在创作技法上有异曲同工之处。这篇小说借花王国的兴衰史,暗喻当时朝鲜王朝统治阶级内部祸国殃民的党争,同时对国王的武断、迷信、骄奢行为做了深刻的批判。作者除了将植物拟人化之外,还借用动物——老鼠,对贪官污吏做了更为辛辣的批判。《鼠狱说》中刻画了一个不辨是非、听信老鼠假口供,致使大量无辜者被捕的仓神的形象,仓神讽喻的就是昏庸的上层官吏甚至国王,他们不体恤民情,也不关心民众,听信小人之言;而偷粮食的老鼠则是讽喻那些为官不仁、监守自盗的众多官吏,他们对下搜刮民脂民膏,作威作福,对上则极尽谄媚之事。作者借用老鼠和仓神,对整个社会的官吏和统治者都做了辛辣的批判,虽然是借动物之口,但是其批判精神可见一斑。借用动物来进行讽刺的小说还有《鼠大州传》,这篇小说通过对鼠判官的判决,批判了当时当权者的腐败行为。

在当时社会,人们不敢也不能直抒胸臆,只能通过这种假借、拟人的方式来表达自己的不满,这些小说实际上就是对当时朝鲜各种社会问题的批判,再现了官僚社会中的各种矛盾与腐败。拟人体裁的小说创作也一直持续到朝鲜王朝末期,是一种广泛为人所接纳的小说形式。进入17世纪后,拟人小说与梦游小说都得到了进一步的发展,17世纪的拟人小说继承了前一时期小说的特征,以《天君演义》与借古讽今的《花王传》等为题的小说仍然存在,此外还出现了一些新的拟人小说,如《百花国传》《百花国再设中兴录》等。这一时期的拟人小说不同于前面介绍过的《抱节君传》《天君传》等短篇小说,基本上都采用比较长的篇幅,而且在故事结构设置上,为增加故事的可读性与趣味性,也注重对小说高潮部分的描写,小说中有关矛盾的对立描写也更加深化、更具紧张感,这也增强了小说的艺术性。

拟人小说《花史》把花草比作国家的君臣,描写了陶国、东陶、夏国和唐国的兴亡盛衰。在结构安排上,首先根据每个年月的变化设计一个事件,在事件结束之后附有"史臣曰",实际就是通过使臣之口来陈述作者自己的观点,并假托中国的史实论述国家兴衰,对当时的政治和社会加以批判,带有政治批评小说的特点。陶国清廉寡欲的忠臣乌筠为丞相,所以王朝太平,而东陶国奸臣当道,国家乌烟瘴气,最终走向灭亡,作者通过这样的事件揭示帝王如果穷奢极欲,听信谗言的话就免不了亡国的命运,还表达了党争祸国的思想。

这一时期的梦游小说有《金华寺梦游录》《江都梦游录》等作品,这些作品还是延续了前代梦游类小说从现实到梦境再到现实的梦幻构造,也基本上继承了前代《元生梦游录》或《大观斋梦游录》的创作传统,不过分要求比前代的小说长许多,但在小说构造上比前代的小说更为复杂。这一时期之所以出现这么多长篇小说,与当时的社会现实有着密不可分的关系,前面一再阐述过的壬辰、丙子两次战乱,韩国人的民族意识和主体意识得以成长起来,而且中国小说的大量传入也刺激了韩国小说的发展。对话和诗歌是梦游小说的重要组成部分,这是因为在现实世界中受到时间、空间的限制,所以只能通过梦中人物的对话形式展开事件,从而对现实进行讽刺或批判。这些作品中的主人公大部分是愤世嫉俗的人物,有些梦游者是作者杜撰的,也有些甚至就是作者自己的化身,而梦游者之外的其他梦中人物基本上都是历史中曾经真实存在过的人物。

三、许筠的汉文小说

　　壬辰倭乱之后,朝鲜的经济遭到极大破坏,田园荒芜,人口锐减,民生凋敝。此后不过几十年,又发生了丙子胡乱,这给还没有从壬辰倭乱的灾难中完全恢复过来的朝鲜王朝又一次重大的打击,这次打击虽然在经济上造成的损失相对而言要比壬辰倭乱小一些,但对当时人们精神上的打击却是巨大的。因为朝鲜一向认为自己是延续了中国传统的礼仪之邦,自视甚高,这次竟然被所谓"胡人"的野蛮民族打得一败涂地,尤其是当时朝鲜的国王仁祖被迫向清太宗卑躬屈膝,并承认清朝的正统地位,这都给一向自称"小中华"的朝鲜带来了莫大的耻辱。当时有许多人反对屈服清朝、朝清和亲,还有一些人为此悲愤殉国,由此可见当时人们心中是多么的不平。但是双方实力的悬殊,使得朝鲜最终不得不依附于清朝,所以很多人把这种悲愤、忧伤的心情付诸笔端,希望通过文章来表达自己内心的悲痛和对外敌的痛恨。《壬辰录》与《朴氏传》等历史军谈小说便是这一类作品的代表,这些作品大多用韩语创作而成,也有的韩语与汉语文本共存。另外,接连两次沉重的打击也给朝鲜人提供了自我反思的契机,因此这一时期也有一些表现朝鲜人民爱国思想的作品出现,其中最具有代表性的作家就是许筠与金万重。不过,金万重的两部主要小说作品《九云梦》和《谢氏南征记》一般认为首先是用韩语创作而后译成汉语的,所以在这里不再作为分析的对象。

　　许筠出身于贵族家庭,性格豪放,对当时社会的各种弊端深感不满。他醉心于在当时被看作异端的"佛教"和"道教"之中,蔑视性理学的权威地位。他强调天命与人本思想,认为政治最终极的目标就是为民众的政治,他的这种思想在封建王权占统治地位的社会无异于异端邪说,这种强烈的改革意识,成为后来他走上反对朝鲜王朝统治的原因。许筠曾参与组织过推翻当时统治者的秘密团体,后因事情泄漏,被定以谋反罪处死。他的改革思想当然也反映在作品创作中,《洪吉童传》是最具代表性的一部作品,也是朝鲜最早的一部用国语创作的小说。此外,《南宫先生传》《蒋生传》《张山人传》《严处士传》《孙谷山人传》等汉文短篇作品中也体现了作者的这一思想。

　　许筠曾师从三唐诗人中最负盛名的李荙学习诗文,李荙因是庶出而不能在仕途上有所建树,于是过着与酒为友、放浪形骸的生活,这对许筠的人生观与文学观都造成了巨大的影响。自己老师的这种遭遇,使得许筠对当时占统治地位的思想也就是朱子理学产生了怀疑与反对态度。他时常站在弱小者的立场上,对庶出之人抱有强烈的同情心,他的思想广博,广泛接受佛教、西学以及基督教,也正因为如此,他才能写出试图进行社会改革的《洪吉童传》。他的作品大都批判了性理学礼教、等级制度的不合理之处,同时他的这种批判又与此前的那些借古讽今、梦游类小说不同,他敢于采用真实的空间、时间背景和写作手法,这也反映了作者力主改革、不畏强权的精神。

上述的一系列汉文短篇小说中,作者塑造的主人公基本都拥有非凡的超能力,但却生不逢时,都不被世人所理解,生活比较不幸,虽然他们都具有超人的能力,但是表面上看起来却与常人无异。他们对当时的社会体制和理念都持批判态度,基本都倾向走道家、仙家的道路,因此他们都表现出既生活在现实世界,但又想超脱现实世界的双重倾向。

《南宫先生传》的主人公南宫斗是普通平民阶层的一员,他胸怀大志,希望能够通过科举考试一展鸿图,但其小妾不守妇道,与人私通,他发现之后,一气之下将其杀死,从而获罪入狱。后来在妻子的帮助下逃离囹圄,遁入深山,幸遇仙人,习得神仙的法术后回到人间。但是他超人的能力却不被大家认可,因此他只好重新遁入空山,完全隐匿起来。南宫斗性格傲慢,不甘心屈服于强权,虽然出身低微,但是却拥有过人的本领,可是在身份等级制度严明的社会里,他的这种能力无法得到上层社会的认可,所以在现实社会中他就明显地感觉到被疏远。这篇小说设置的时代背景就是当时的朝鲜王朝,从这一点上来看,这篇小说比起前面的小说来,明显地体现了作家的主体意识和现实意识,另外也反映了作者对有能力的人却得不到重用的等级社会的批判。

《孙谷山人传》的主人公孙谷山人也是庶出,他隐居孙谷,5年闭门不出,努力学习诗文,终成一代大家。但由于身份的原因不被社会重视,于是平生过着怀才不遇、流浪的生活。这篇小说与上面的《南宫先生传》创作的出发点一致,都包含了作者对束缚人才的身份制度的批判,以及对庶出身份的有才能之人的同情,也是作者《遗才论》中主张的集中体现。在《遗才论》中,作者把那些受嫡、庶出差别而被排斥在社会制度之外的人才称为"遗才",认为这种等级制度是违背天理的。因此,作者通过其小说作品贯穿了其"遗才论"的思想,对等级制度做了批判。这种意识的出现,也标志着当时社会平民意识开始上升,是当时社会向近代社会过渡时期小说的特征之一。

综上,许筠的汉文小说中包含了他对朝鲜性理学及身份社会制度的不满,是其批判社会问题精神的产物,从这一点上来看,他的小说创作与被称为"方外人"文学的金时习、林悌的作品有着一脉相通之处。另外,作品中事件的展开及空间的背景与此前的小说相比,相对而言都比较真实,这又为后来庶民小说的创作、发展提供了学习的榜样,因此,从韩国汉文小说史的位置上来看,许筠的小说既起到了承接前期文学的作用,同时又为后来的燕岩朴趾源的小说创作提供了新的创作手法,这种转换同时也是当时时代的变迁在文学上的对应与体现。

四、朴趾源与李钰的汉文小说

十八、十九世纪是汉文小说逐渐走向成熟的时期,这一时期不仅出现了一些长篇汉文小说,也是以燕岩朴趾源等为代表的短篇小说创作日臻成熟的时期。

小说经过几百年的发展,在技法上已日趋成熟,加上近代平民意识的上升以及实学的蓬勃发展,使得小说发展的空间更加广阔。以朴趾源的《两班传》为首的12篇汉文小说,就是立足于实学、充分体现人道主义思想的作品。另外,这一时期还有一位有名的短篇小说作家,就是文无子李钰,他一生都致力于小说创作,他的小说主要采用"传"的形式,现存于世的作品共有23篇之多。朴趾源与李钰的作品都体现了社会转型时期平民意识的兴起,对当时矛盾的、不合理的社会制度以及腐败的两班统治做了深刻的批判、揭露与讽刺,比起前期的小说具有更浓厚的现实意义。

朴趾源,号燕岩,字仲美,是朝鲜后期实学的重要代表人物,19岁时在文坛崭露头角,但是他青年时期在仕途上无所建树,这倒不是因为他没有出人头地的想法,而是因为他的志向在经世之学、天文地理等实用学科上。朴趾源曾跟随其世兄到访过清朝,还在燕京与当时清朝的很多文人进行过笔谈,回到朝鲜后他把途中见闻写成了《热河日记》,书中详细记载了从朝鲜到燕京一路上的见闻与经历,并对当时途经各地的风土人情做了详实的记录,为后人留下了宝贵的研究资料。

第二章 古代汉文学

他的实学思想主要是主张"利用厚生",这是因为他亲身感受到了朝鲜后期商业的发展,因此他关注工商业的发展和振兴及商品流通,他的这种思想不仅体现在《热河日记》中,而且在小说《许生传》等中也有体现。朴趾源的作品论主要是主张文学要体现作家所处的时代和风土人情,他把描写自己所处朝鲜时代的现实当作写作的首要任务,主张不能脱离现在的社会现实而一味模仿汉、唐时期的文学,因此,他认为真正优秀的文学就是用当代的语言描写当时的社会现实,他的主张和现在的"写实主义"主张有着相通之处。他的作品虽用汉文写成,但是却打破了传统的"仿古"形式,在创作的时候采用了很多朝鲜语的固有词,"法古创新"和"写实"可以基本概括朴趾源的文学创作观。

朴趾源的小说极富讽刺精神,他的讽刺主要集中在对社会和现实的讽刺上,具体来看又可以分为对两班士大夫的虚伪性的批判,主要作品有《两班传》《许生传》《虎叱》等;对社会制度的批判,主要作品有《烈女咸阳朴氏传》;还有通过贱民阶层批判社会现实的作品,代表作品有《秽德先生传》《金神仙传》等。他所讽刺的对象主要可以分为两类,一类是对伪善的人性的批判,另一类是对歪曲的社会秩序的批判,前者主要是批判伪善者的无能、富人的无知,后者主要是批判两班社会的虚伪、烈女意识对女性的摧残等。但无论哪种批判,其终极目的还是符合现实中日益上升的平民意识的。

《两班传》是燕岩早期的代表作,写的是一个两班由于没有钱偿还所借官谷,只好把自己的两班身份卖给村子里的一个有钱人,但是当两人制订买卖合同时,有钱人看到了文书中写的两班应遵守的规矩和习惯,感到规矩多得实在难以接受,于是有些退缩;而当他又看到文书中所写两班的权利竟然可以横行霸道、不劳而获时,竟吓得要逃跑,从此再不敢把"两班"一词挂在嘴边。到了封建王朝末期,很多两班已经没落到难以维持温饱,而新兴的商人阶层有钱却没有相应的身份,所以两者一拍即合,一个打算卖掉不能当饭吃的空头衔,一个则希望给自己的身份贴点儿金。作者通过新兴商人和没落两班之间的对比,指出了传统价值观已经堕落,而且,通过描写有钱人看到两班的权利吓得落荒而逃的场面,批判了他们不过是社会的寄生虫,生动地刻画了他们没有生存的技能和本领,却又作威作福的丑恶嘴脸。

《许生传》是燕岩创作全盛时期的得意之作,也是作者实学思想的集中体现,这篇小说收录于《热河日记》的《玉匣夜话》中。作品的主人公许生是一个家境贫困但酷爱读书的人,由于忍受不了妻子的整日嘟囔,他一怒之下,向富人借了一万两银子开始做生意,最后取得了巨大成功。在这篇作品中,作者给许生设计的成功方式是经商,这和传统的读书、考取功名的想法截然不同,也反映了传统的价值观已开始有所改变。作者让许生亲自体验经济社会的各种状况,体现了作者"利用厚生"的思想。作者慨叹有"无用之儒",但是却没有"有用之车"的社会现实,体现了作者期待改善交通手段,促进流通,培养有用人才的想法。许生虽然挣得百万银两,但却将其抛入海中,最后不知所踪。作者通过这篇作品,表达了希望探求社会改革的理想,同时批判了两班们伪善的生活状态。

　　此外,《烈女咸阳朴氏传》描写了一个新婚刚毕,便成为寡妇的朴姓妇女在为夫守丧三年后服药自杀的悲惨故事,并通过这个故事,深刻地批判了吃人的封建礼教。"烈女"一直是朱子理学中强调的思想,认为女子要从一而终,这极端地限制了女性的自由与自我意识的成长,也造成了无数女子含冤自杀或孤独老死的悲剧,是吃人的封建思想。朴趾源意识到了这一点,所以通过这部作品批判了封建道德对女子的束缚和摧残。此外,《秽德先生传》通过描写一位看似污秽的粪夫,批判了身居高位,但却碌碌无为的官僚,说明"洁者有不洁,而秽者不秽"的观点,热情赞扬了劳动人民的伟大。

　　与朴趾源几乎同一时期的李钰,号文无子,字其相,出身没落的两班阶层。他是宣祖的父亲德兴大君的第九代孙,虽然系属宗室,但到了李钰一代,家族已经没落不堪了。他虽曾在成均馆里学习过,但是由于他的文体不符合传统格式的要求,从而受到训斥,以至于仕途受阻,但是这却没能阻碍他对文学的热情。李钰的作品比朴趾源的作品数量要多,而且在人物安排和事件展开上也更加多样化,朴趾源笔墨洗练,描写的素材相对固定,李钰则吸收了周围的许多故事,比起写作手法来,他更注重文章的内容,他平生致力于小说创作,现存的23篇小说中出现的人物大部分是下层劳动人民、没落的士大夫,以及没落士族的女性。通过这些作品,作者讽刺、批判了当时士大夫阶层的各种不合理状况。他大部分小说的背景都是当时的朝鲜王朝,这和作者的自主意识和自强思想有一脉相通之处,其现存的23篇作品有《沈生传》《柳光亿传》《南云传》等,反映了18世纪朝鲜的社会状况。

　　《沈生传》中描写的是一个汉城士族家的公子沈生在钟路大街上看

到一位妙龄女子,从而产生了爱慕之情,在女子家的墙外苦等了一个月之久,终于赢得女子的芳心,两人得已同床共枕的故事。但是得知此事的沈生家里人却不容许两人之间的爱情,于是把沈生送到庙里学习。女子苦苦相思,终于忧郁成病,濒死之时向沈生鱼传尺素,一诉衷肠。而沈生对于这段感情也无法释怀,最后相思过度,早早地离开人世。这篇小说反映的是当时社会士族阶层和中人阶层不能联姻的现实情况。女子的遗言表达了自己被封建伦理道德束缚的无限悲恨之情,在这样的社会制度下,自己能够选择的也唯有死亡这样一条道路,这也是女子对不合理的社会制度能做的反抗。

此外,这一时期,柳得恭、李德懋、丁若镛等也曾经创作了一些汉文短篇小说,促进了汉文小说的发展。李德懋的《管子虚传》就是继承了拟人小说的传统,将竹子拟人化,旨在阐明人应当坚守的气节。

五、梦字类小说的发展

继金万重的《九云梦》之后,韩国出现了一系列的梦字类小说,如《玉麟梦》《玉楼梦》等。《玉麟梦》作者李廷绰,小说共64章,采用章回体的写作形式。中国的章回体小说一般采取首尾呼应的形式,开头有"却说上回""且说""话说"等字眼,结尾亦有"欲知后事如何,且听下回分解"等字样。李廷绰的这部小说也是模仿中国章回体小说的写作格式,从"话说江西南昌府……"开头,以中国宋朝为背景,描写了范公子与其两位夫人——柳夫人和吕夫人之间的故事,与《谢氏南征记》一样,这篇小说也是属于家门小说的范畴。有关《玉楼梦》的作者有多种传说和争议,但是一般认为其作者是生活在19世纪初期的南永鲁。作者号谭樵,曾经苦学经文参加科举考试,但不幸落榜,继而与腐败的科举考试绝缘,潜心研究,一生清贫。作者创作之初曾命名这部小说为《玉莲梦》,后来又对其进行改作,改名为《玉楼梦》。据说,这部小说最初是为了安慰自己的小妾赵氏而作,其韩语版本就是由赵氏翻译而流传后世的。这部小说也延续了《九云梦》的传统,结合了以往的历史军谈小说特质,拥有梦字类小说和军谈小说的双重性质。这篇小说描写的是因私自在天上的白玉楼相会而被罚的文昌星、帝傍仙女、诸天仙女、天妖星、红鸾星、桃花星等神仙下凡的故事,他们来到人间后分别化身为杨昌曲、江南红、尹小姐、碧城仙、黄小姐、一枝莲等人物再续前缘,最后杨昌曲在人间状元及第,平定南方蛮夷之后,把几位女子分别娶为妻妾,在人间享尽荣华富贵后又重新回到天上。从这里可以看出,这篇小说与《九云梦》的结构雷同,杨昌曲及第后征战的经历也和军谈小说有着相通之处。而且,这部小说也反映了朝鲜王朝末期的变迁,比如说作者把作品中最有能力、性格最活泼的人物设置为妓女出身的江南红,这从一个方面也反映了当时以身份、等级为主的价值观发生了一定程度的变化。虽然这部小说最终也没有摆脱士大夫小说追求功名的特点,但是从其中反映的价值观和时代意识上来看,不愧是一部汉文小说的瑰宝。

　　汉文小说经过从朝鲜中期的兴起,壬辰倭乱之后的成熟、发展,到了20世纪初期,随着韩字的普及和广泛应用,逐渐完成了历史使命,失去了其活动的舞台,这时用韩语创作的小说逐渐成为文坛的主流。但是,汉文小说在短暂几百年的发展过程中却取得了巨大的成就,为韩国文学的发展增加了浓墨重彩的一笔。韩国汉文小说的创作受中国小说的影响非常大,不仅在选用的题材、主题上与中国小说具有明显的相似性,而且结构安排及人物形象设计也在很大程度上借鉴了中国古代的小说。另外,小说中体现的思想与中国小说也有相似之处,不仅如此,更有很多小说直接对中国小说进行改造、改编,这也反映了中国小说对朝鲜小说发展的重大影响。正是基于此种原因,汉文小说在相当长一段时间内遭到忽视,韩国的文学史撰写者认为这不是韩国的民族文学,因此如金台俊的《朝鲜文学史》对汉文小说只字不提,对其持排斥态度,直到近年来才给予汉文小说以公正的地位。虽然如此,但是韩国古代的汉文小说还是朝鲜时期的作家在借鉴中国小说的基础上,自己创作的结果,它们反映了当时朝鲜半岛的社会状况和时代动向,也表现了朝鲜民族独有的思想和愿望,理应而且也必须是韩国古典文学的重要组成部分。

第四节　古典批评

　　就文学的发展来看,肯定是先有了文人与文学作品的存在,以此为载体的评价、批评才成为可能。而且,批评还必定是在文学发展到一定阶段,有了较为固定的形式之后才产生的。而韩国文学由于长期受中

第二章 古代汉文学

国文学的影响,所以其文学批评无疑也像汉文诗与汉文小说一样,是在中国古典批评的影响下产生的。在中国古代,《书经》或《文心雕龙》就基本拥有了文学批评的早期形态,但是真正较为成熟的文学批评还应算是宋代欧阳修的《六一诗话》,中国的"诗话"一词也源于此,其最初目的原本是为了"以资闲谈",后来逐渐发展成为诗歌文学批评的一种特殊形式。因此,中国从宋代开始,诗话以及诗歌批评开始逐渐兴盛起来。后来,诗话传入韩国,高丽王朝时期就出现了韩国最早的诗歌评论集——《破闲集》。而高丽王朝之前的新罗时期,还没有较成体系的论述,所以我们只能从崔致远的一些主张中看到些端倪。崔致远认为"以诗篇为养性之资,以书卷为立身之本"[①],反映了其认为文学的价值在于修身和陶冶心性。这样看来,此时的文学论应该是以对汉文文学的理解为基础,受儒家思想的影响而产生的。

高丽时期出现的《破闲集》共三卷,作者李仁老,文集是由其子李世黄于1260年刊行的,里面收有杂文300余篇,包括诗话、史话以及崔致远、郑知常等著名诗人的逸话,还记述了一些传说、民谣、风俗习惯、文物制度等。"破闲"一词就是来源于"诗话"中所强调的"以资闲谈",虽然名不为"诗话",但是却和"诗话"所追求的宗旨是一样的。《破闲集》全书83章,大体可分为诗歌逸话、诗论、诗评三部分,有对当时诸位名家名句的点评,在诗评方面,李仁老认为应重视作品内容,反对形式主义的模仿,强调文学创作贵在"托物寓意"。李仁老的《破闲集》开创了韩国文学批评的先河,这比欧阳修《六一诗话》的创作大概晚了一个多世纪,但是紧接其后,李奎报的《白云小说》,崔滋的《补闲集》,以及此后李齐贤的《栎翁稗说》等一系列具有诗歌批评特点的作品的出现,促进了韩国诗歌批评的发展。韩国之所以能在高丽时期接受中国的文学批评,笔者认为有以下两个方面的原因。首先,高丽王朝崇尚宋朝诗风,尤其是苏轼等文学大家对韩国诗歌创作影响至深,此后江西诗派也是韩国诗坛模仿的主要对象,因此他们在接受宋朝文学的同时,自然而然地也接受了这种文学批评。另外,韩国的汉诗经过新罗和高丽前期的发展,也已经达到了相当高的程度,也需要有一种评价基准对以往的作品进行评判,因此,对诗歌的评论就有了可能。所以,这时期的诗歌评论以及此后出现的诗话就具有两个方面的特征,首先因为它是受中国文学的影响

---

① 金兴圭.韩国文学的理解[M].首尔:民音社,2009:164.

而产生的,因此,自然不可能完全摆脱或超越中国诗话的一般特征。另外,每个民族的文学都有自己发展的个性和特点。因此,它也包含了韩国诗歌创作的独特性,是韩国人对中国文学的接受和为己所用。

高丽中后期诗歌的批评主要侧重两个问题,一是在诗歌创作中的修辞方法问题,另外一个则是如何将传统典范与个人个性结合起来的问题。其中,围绕"用事"和"新意"的争论就来源于这两个主要问题,同时这也是这一时期重要的文学争论,其争论的代表人物就是李仁老与李奎报。

李仁老主要主张"用事论",李奎报则主要是主张"新意论",但这并不代表李仁老就否认诗歌创作需要新的意境,也不意味着李奎报就忽视语言的精练和典故的运用。他们的主张存在一定的共同基础,只不过双方的侧重点不同。李仁老一派的诗论重视典故的运用与语言的精练,相对来说比较怀古、保守,而"气本乎天,不可学得"的李奎报的思想则代表了高丽后期新兴士人阶层的文学观。崔滋在接受李奎报观点的基础上,提出了较为折中的理论,他在气和意之间又加入了性情说,由此可以看出,程朱的性理学这时已经传到了高丽,并已经为当时的文人所接受。接受性理学出现的结果就是道学文学观的产生,高丽末期的李齐贤认为古文是诗歌创作要遵循的典范,诗歌是性命道德的表现,文学就是追求人伦的道。这样的观点随着性理学的广泛传播而得以确立下来,尤其到了朝鲜时期得到了更全面的发展。

朝鲜王朝确立了儒家思想作为治国的基本理念,朱子的性理学受到格外的青睐,以性理学为基础的文学观在朝鲜王朝得以迅速发展开来。首先,最重要的人物是郑道传,他继承了李齐贤的观点,认为文学是"载道之器",主张"文以载道"的文学观,具体来说就是认为在"文"和"道"的关系上,"道"起着更重要的作用。郑道传认为忠实于诗书礼乐的诗、文创作才是最高的理想境界。虽然朝鲜前期道学派占有绝对的统治地位,但是却有人敢于站出来反对道学派过分强调道学、义理的主张,这就是词章派,他们认为不能忽视修辞的重要性。不过,主张词章派的文人也都是儒家思想的拥护者,他们和道学派根本的文学思想还是一致的,他们并没有从根本上否定"载道之文"的理念,只是强调在创作形式上应该重视用典和文艺美。徐居正是典型的词章派代表人物,他官至大提学,主导韩国文坛近20年,编纂的《东文选》收录了新罗以来的诗文,是韩国珍贵的文学选集,还著有诗话集《东人诗话》,这是韩国历史上第

第二章 古代汉文学

一部以"诗话"命名的诗歌评论集,集中体现了作者的文学观。他主张以"世教"为本,用"知人论世"的批评方法来评价诗歌,也就是说他认为在对诗歌做出评价之前,要先了解时人所生活的时代背景、人生经历以及作者本身的世界观,这一批评方法为后代文学批评的发展确立了典范。他还对"用事"做了评价,特别指出"用事"分为直接用典的"直用"和反过来使用的"反用",认为所用典故出处明确,又能够与作品和谐统一,达到浑然天成效果的作品才是最好的作品,而那种技法低劣、因袭典故的作品不过是"屋下建屋",是最劣等的作品。在对诗歌的品评方面,他能够站在比较文学的角度上,把韩国的作品与中国作品进行比较评价。另外,他没有一味地推崇中国的汉诗,他认为崔致远、李奎报的作品也都是非常优秀的,而且毫不逊色于中国唐、宋时期的诗歌。

此时与词章派对立的地方士林派主张文学要立足于强调理气、心性的性理学,更加深化了前期道学派的文学观。16世纪的李滉、李珥是性理学的主要代表人物,他们也与前期的郑道传一样,主张"载道之文"和"道本文末"的观点,但又与郑道传有所不同,他们强调文学陶冶性情的重要性。李滉认为文学是使人心性端正的主要要素;李珥认为诗歌可以使人性情清净,能够洗涤心灵深处的污垢垃圾,另外还能帮助人自省。李珥的《赠崔笠之序》集中体现了作者的文学意识,在这篇文章中,他提出了"无极太极—天地—心—气—声"的体系,认为应该站在性理学的立场上阐明文学的属性与目的。他认为理想的文学形式是宇宙生成的根源,也就是无极、太极通过人的心灵表达出来才是理想的文学。他读书甚多,对中国诗歌也有自己深厚的理解,《精言妙选》就是他按照诗歌的风格对中国从汉到宋的历代诗歌进行的整理,这也反映了韩国的古代批评并不仅关注本国文学,还格外关注中国文学。虽是对中国诗歌的批评,但是也体现了作者的文学观,如他认为"诗本性情,非矫伪而成,声音高下,出于自然"。他还认为诗歌之本源是《诗经》,指出"三百篇,曲尽人情,旁通物理,优柔忠厚,要归于正,此诗之本源也";又对当时的诗坛做出了评价,"世代渐降,风气渐漓,其发为诗者,未能悉本于性情之正,或假文饰,务说人目者多矣。"在诗歌的创作目的方面,他认为"吟咏性情,宣畅清和,以涤胸中之滓秽。"[①]

[①] 与《精言妙选》相关的四处引文引自:【韩】李珥:《精言妙选序》,《韩国文集丛刊》44,民族文化促进会。

在士林派逐渐确立了自己主张体系之时,有一个比较富有改革意识的文人则希望从这样的规范中跳出来,建立新的批评意识,这个人就是许筠。他认为诗歌就是抒情之作,是人真实情感的体现,而不是道学派们所主张的"性情之情",对过分重视诗歌外在形式的修辞之美的倾向也表达了自己的不满。他认为华丽的词藻、形式反而会使诗歌失去原本的真性情。他认为尚古主义也是不可取的,认为每个时代的文学都有其独特的个性和特征,所以诗人、作家不应该在既定的规范下进行模仿,而应该彰显每个人的特殊性情和个性,也就是"不相蹈袭,各成一家"。许筠在《鹤山樵谈》《惺叟诗话》以及其他的一些著述中对中国古诗、唐诗、宋诗以及明诗及朝鲜本国诗歌都做了品评。他认为唐诗"有唐三百年,作者千余家,诗道之盛,前后无两",评价宋诗"诗至于宋,可谓亡矣。所谓亡者,非言亡也,其理之亡也。……宋诗作者不为不少,……殊不知千篇万首都是牌坊臭腐语。"① 由此看出许筠崇尚的也是尊唐抑宋的观点。许筠的性情观反映了对当时束缚人性的朱子理学的反对,他的文学观具有相当的革新和突破意识,为此后17世纪兴起反正统的文学潮流打下了基础。

17世纪,一些文人从传统的性理学中走出来,开始接受其他学问,并直接和间接地把这种理解用于文学批评之中,如张维、洪万宗等就对阳明学和道家思想表现出了相当的关注,提出了一些不同于传统的程朱理学的文学观。张维强调文学的审美价值,但是他的主张又不同于先前词章派的主张,词章派主要强调外部形式的华丽,而他强调的则是诗歌内部的美和价值。洪万宗提出道与文的关系主要是"文章理学具间于一体也,世人不知,便故看两件物,非也"②,也就是说他认为文就是道,道就是文,具体反映在他的诗评里,作者认为"道"就该是当时人们所接受的儒、道、佛家思想的综合。他创作了《小华诗评》,对韩国汉诗进行了梳理、整理和批评。洪万宗提出的评价标准与徐居正的类似,主要也是"尊唐"的思想,他认为"李仁老诗……酷似唐家;苏谷李达尤长于七绝,殆逼唐调。"③ 此外,在对其他诗人的评价中,作者也经常使用这样的字眼,作者对唐朝诗歌的膜拜由此可见一斑。他认为"诗家,最忌剽窃。

---

① 许筠:《惺叟覆瓿稿》卷四文部一《宋五家诗抄》。
② 任廉.旸葩谈苑[M].首尔:亚细亚文化社,1981:790.
③ 任廉.旸葩谈苑[M].首尔:亚细亚文化社,1981:706.

第二章 古代汉文学

古人曰：文章当出自机杼，成一家风骨，何能共人生活耶？此言甚善"。[①]指出李玉峰的"江涵鸥梦阔，天入雁愁长"与许兰雪轩的"河水平秋岸，关云欲夕阳"是抄袭的唐人诗句，这不过是对唐诗的"生吞活剥"[②]。

随着民族意识的上升，以及朝鲜王朝实学的发展，一些进步的士大夫阶层开始用实事求是的眼光看待文学，其中实学派的主要人物朴趾源便是当时最为瞩目的文人。他认为既然新事物是不断产生的，所以一味地主张拟古、尚古的文学观就是不成立的。他强调模仿古文、效仿古法会使文学失去生命力，要以当代的社会现实为基础创作与时代相符的文章，这是朴趾源最重要的文学思想。他认为朝鲜不能一味地学习中国诗歌和文学，而应以朝鲜的风土人情为基础，反映朝鲜人的情趣感情，这反映了朴趾源强烈的民族意识。另外，朴趾源还关注一些稗官小说之流，而且还用于自己的文学实践，《热河日记》中就记录了一些野史杂说，这种文体给当时的文坛带来了很大的影响，一时间文人创作的不受正统古文制约的、戏谑的所谓"稗官小品"体盛行。

朴趾源的主张给没有生气、陷入道学桎梏中的文坛带来了冲击，这在当时统治者的眼里自然是不容许的，当时的国王正祖认为这种观点的盛行会给文坛和文风带来混乱，于是就推行了文体反正的政策以压制这种观点。所谓"正"指的是朱子理学，其他的西学、明清文集、稗官小说等则是邪说。正祖为了推行文体反正，设置了奎章阁，此外还禁止明清文学和稗官杂记的传入。

与朴趾源同一时期的李钰认为万物虽是万物，但是真实却不唯一，因而千万人自然也就拥有千万种个性，也就是说把一切归一的典范也是没有意义的，而周围每个人的故事也都是新奇有趣的，所以他创作了许多流传坊间又意味深刻的"传"。此外，他认为文学应随时代、地域的变化而变化，反对一味的法古。不过由于李钰生活在正祖实行文体反正的时期，所以这种违背传统的统治阶级价值观念的文学观自然不会受到推崇，反而使得李钰饱受其祸，被流放发配。

朴趾源的弟子朴齐家、李德懋、柳得恭、李书九等进一步继承发展了他的文学观。此后，另一实学派的泰斗人物——茶山丁若镛登上了历史舞台，他受到正祖的宠爱，支持文体反正，反对稗官杂说类的小说之流；

---

① 赵南权.韩国古典批评论[M].首尔：民俗苑，2006：177.
② 赵南权.韩国古典批评论[M].首尔：民俗苑，2006：177.

但是在纯祖上台之后,他经过了大概18年的下野生活,对当时的现实有了重新认识,于是对文学提出了新的见解。他认为诗是文学创作最重要的领域,在继承了传统文学观的基础上,又提出了作诗要抛弃所谓的典范,诗歌必须正确表达自己的真实感受,还主张朝鲜人创作的不是中国诗,而要创作朝鲜特色的诗,他有著名的诗句"我是朝鲜人,甘作朝鲜诗",表达了作者强烈的民族自豪感和自尊心。作者说的朝鲜诗虽然也是用汉语创作的汉诗,却是以朝鲜风土人情为基础的,不受中国历来的典范、格式要求,具有显著的朝鲜特色的诗歌。他认为要想真正地创作朝鲜诗歌,还必须抛弃拟古的素材,描写朝鲜的现实。随着时代的转变,朝鲜后期的文学批评逐渐出现了反映近代意义的作品,文学批评也逐渐转型,步入了近代时期。

第三章　古代韩语文学

所谓韩语文学,指的就是用韩语创作的文学形式,也就是韩国人所称的"国语文学"。其实,在韩字创作出来之前,国语文学就已经存在了相当长的时间了,只不过很多是以口传的形式流传下来,这在汉文学占统治地位的一千多年里,多少显得有些微不足道,但毕竟也是韩国古典文学不可或缺的组成部分。最早的国语文学,可以追溯到上古时期朝鲜先民们祭天时的一些祭歌。由于没有文字,生活和文学创作是有诸多不便的,汉字的传入,给古代韩国人带来了光明,他们在学习汉字用汉字进行文学创作的同时,还创造性地把汉字拿来为己所用。他们创新的结果就是乡札标记法,也称"口诀"或"吏读",这种标记法就用借用汉字的音义来标记韩语,而且这种方法在新罗时期盛极一时,促进了韩国国语诗歌形式——乡歌的发展。乡歌语序采用韩国语的语序,一般实词借用汉字,虚词借用汉字的音标记,一般有4句体、8句体和10句体,其中10句体的定型诗歌被看作乡歌的完成形式,也就是一种比较成熟的形式,也被称为"词脑歌"。从现存的25首乡歌来看,其作者主要有两类:一类是僧侣阶层;另一类是花郎徒,他们都属于当时社会的上流阶层,有接触汉字学习汉字的机会。当时新罗的国教是佛教,所以乡歌中又有许多与佛教有关的内容。月明师作有《兜率歌》和《祭亡妹歌》,据传庆德王十九年(760)4月,天上忽然出现两个太阳,而且十日不灭,月明师作《兜率歌》,奇异现象才消失,融天师的《彗星歌》是最早的词脑歌,描写了当时花郎的生活。《慕竹旨郎歌》表达了对花郎竹旨郎的赞扬和思慕之情。《赞耆婆郎歌》表达的也是对花郎的赞美之情。《愿往生歌》与《千手大悲歌》(也作《祷千手观音歌》)等则是表达了佛教信仰,《愿往生歌》中有"愿往生,愿往生,阿弥陀佛",表达了佛教中今世好好修行定能脱离苦海的主张。《千手大悲歌》则是希望向观音菩萨祈求让盲儿重见光明而作的。

乡歌一直延续到高丽时期,由于汉文学发展的日臻成熟,加上乡札标记法本身难以掌握,乡歌逐渐退出了历史舞台,用国语创作的诗歌又重新回归以口头传承为主的方式。这一时期的很多诗歌记录于韩国文字创制之后的文献中,所以很难观其全貌。一般将高丽时期除景几体歌之外的国语诗歌统称为"高丽俗谣",也称"歌谣""长歌""别曲"等。现存的高丽时期的歌谣大部分见于朝鲜时期编纂的《乐学轨范》《时用乡乐谱》《乐章歌词》中,从形式上来看,可以分为单联体和分联体(联章体),其中《井邑词》《郑瓜亭曲》是单联体诗歌,同时这两首作品与10句体乡歌结构类似,可能作于乡歌衰退时期或是作于从乡歌到高丽俗谣转型的时期。占据高丽俗谣大部分的《青山别曲》《动动》《西京别曲》《双花店》《满殿春》等分联体作品基本每一联后面都配有副歌(余音),而且同一作品的副歌都是相互重复的。这些作品多以表达男女之间的爱情为主,带有浓厚的抒情色彩和生活气息。歌谣在高丽后期还曾被改作宫中歌曲在宫中演唱。

此外,高丽时期国语文学的另一主要形式景几体歌出现于13世纪初,也称"翰林别曲体",主要流行于文人士大夫阶层,在高丽后期到朝鲜前期间或有一些作品出现,流传至今的作品大概有二十几篇。最早的景几体歌是高宗时期翰林诸儒生们集体创作的《翰林别曲》,共有八段,每段末尾都有"景几何如",所以也被称为"景几何如"体。每一段前三行采用汉字,然后加一行乡札标记的"景几何如"感叹,这四行可以看作每一段的前一节;其后两行,一行采用汉字表述,最后一行还是"景几何如"的感叹,这两行可以看作后一节。这种形式产生之后,一时间新兴士大夫阶层创作了一些同一类型的作品,如安轴创作了《竹溪别曲》和《关东别曲》。此后,朝鲜时期权近作有《霜台别曲》、卞继良的《华山别曲》等作品。这种诗歌形式的产生反映了士大夫阶层用自己民族语言探求新的诗歌体裁的渴望,但由于其汉字与乡札标记共存,以及较为严格的形式限制,所以没能取得更大的发展。

长时期对国语文学的探索过程,最终孕育了具有较长时间生命力,并为大多数人所接受的新的诗歌形式,这就是时调和歌辞,它们堪称韩国国语诗歌的双璧,尤其是训民正音创制之后,更进一步促进了国语文学的发展。时调最开始是以短歌的形式出现,后来在发展的过程中,因为抒情的需要,出现了形式较长的连时调,再后来随着平民广泛参与创作而出现了反映平民生活、市井民俗的辞说时调,进一步丰富了韩国文学的宝库。而歌辞则是一种相对较长的文学形式,内容包罗万象,抒情与叙事兼备,在推动韩国国语文学的发展过程中起到了重要作用。

在国语文学的发展过程中,随着时代的变迁以及平民意识的增长,以叙事见长的国语小说应运而生了,最早的一篇国语小说当推许筠的《洪吉童传》,它开创了国语诗歌创作的新时代。小说中的主人公洪吉童是一位具有超凡能力的英雄人物,其军事才能也尤为卓越,这篇小说刊行之后,受到读者们的广泛喜爱,一时间,坊间英雄小说、军谈小说盛行,《赵雄传》《苏大成传》《张风传》《淑香传》等便是流传较广的英雄小说代表。金万重的《九云梦》与《谢氏南征记》更是将国语小说创作提高了一个台阶,此后一些上层女性也参与到小说创作中来,更加促进了国语小说的繁荣。到18世纪末,随着小说的平民化,出现了盘索里系列小说。盘索里本是一种用于演唱长篇戏剧故事的说唱形式,后人根据其主要故事创作了盘索里系列的国文小说,代表作有《春香传》《沈清传》《兴夫传》等,这类小说一般采用口语化的形式表达现实生活,是一种平民化的小说形式。

国语文学经过长期的发展,到19世纪末逐渐占据了主流,取代了汉文文学的统治地位,并在20世纪之后形成了国语文学一枝独秀的局面,汉文文学也就永远地尘封于历史之中。本章将分别就在国语文学发展中占据主要地位的时调、歌辞、国文小说以及口传文学进行具体分析。

第一节 时 调

时调,是韩国文学史上最具有生命力、留下最丰富文学遗产、被很多人创作并广泛传唱的文学形式。关于时调的起源,学界存在多种观点,一般认为,高丽末到朝鲜初期,是时调作为一种文学形式而固定下来的时期。但是,"时调"一词的出现,却是到了朝鲜英祖时期,当时申光洙的《石北集》中曾有"一般时调排长短,来自长安李世春"的记载。此后,在很多文献中可见"时调"一词,如正祖时期李学逵的《洛下生稿》中就有"谁怜花月夜,时调正凄怀"的诗句,并且对时调加注解曰"时调,亦名时节歌,皆闾巷俚语,曼声歌之"①;正祖时代的徐有榘的《林园十六志》游艺志卷六洋琴字谱中还记录了时调的乐谱;哲宗时期柳晚恭的《岁时风谣》中记载"宝儿一队太痴狂,载路聊衫小袖装,时节短歌音调荡,风冷月白唱三章"。这样看来,时调原意是"时节歌调",也就是"当代流行歌调"缩写而成的名称,原本是指音乐的曲调,但现在一般把时调看作一种文学形式的名称②。

　　时调出现伊始,韩字还没有创制出来,所以就没有可以用来记录时调的文字,因此一开始时调只能靠口传或是汉文记录而保留下来,鉴于此,我们也就很难考证时调的最初形态及其内容。目前所看到的高丽末期的时调,大都收录在朝鲜时期编纂的时调集《青丘永言》和《海东歌谣》中。据《青丘永言》中记载,时调的主要创作阶层是"名公硕士,闾井闺秀",《海东歌谣》中载"列圣御制及名公硕士,歌者渔者,吏胥闾巷,豪游名妓与无名氏之作"。由此可以看出,时调的创作阶层主要集中在贵族士大夫阶层或下层官吏、妓女等方面。下层官吏和妓女作为贵族、士大夫阶层的附庸,他们的时调创作与士大夫文化有着密不可分的依附关系,因此可以看作士大夫文化的一种延续。所以,时调的发展和士大夫阶层的命运有着重要的关系。也就是说,时调随着高丽末期新兴士大夫阶层的兴起而开始形成,在朝鲜王朝时期发展起来并达到全盛时期,到了朝鲜末期,随着士大夫阶层的没落,时调创作也逐渐衰落并退出了历史舞台。虽然在近代开化期,曾出现过开化时调、近代时调等形式,但是由于其创作阶层和形式已和古代时调有了极大的不同。这里就不再作为研究的对象。

　　关于时调的起源,一般认为它来源于韩国固有的诗歌样式,这种观点主要又集中在以下三个方面:第一,认为时调起源于古代的神歌或俗谣;第二,认为可以从6句三节的民谣中找到其原型;第三,认为在乡歌由4句体向8句体的发展过程中产生了6句体的形式,这可以从《井邑词》中找到根据,这种观点主要是基于两者在形式上都是采用2句一章、一共三章的特点。

　　时调根据其形式的不同,分为很多类,但大体采用的是3章6句大约45个字的简短形式。这些在格式和字数上相对固定的基本格式称为

---

① 李学逵:《洛下生稿》觚不觚诗集感事24章。
② 郑炳旭.韩国古典诗歌论[M].城南:新丘文化社,1993:176.

"短型时调",也叫作"平时调"。其3章分别称"初章""中章"和"终章",其基本结构如下:

初章:3·4·4(3)·4
中章:3·4·4(3)·4
终章:3·5·4·3

这是时调的基本格式,但是在真正的创作中,很多作品可能与基本型稍有出入,其音节数或字数就出现一定的变化。最早兴起的平时调基本上都严格遵守上述基本格式,每一行由四个音步组成,三句构成一首完整的时调,也就是基本遵守"4音步3行诗的结构"。当然,由于时调也是以歌唱为主的,所以在一些即兴创作的作品中,也会出现一些和上面的基本形式有所出入的作品。另外,时调发展到朝鲜中后期,出现了辞说时调,基本上则是在中章加入一些句子,以便可以更好地叙事或抒情,这就是对平时调的破格了,也称为"长型时调"或"辞说时调"。会在后面的辞说时调中作详细解释。

一、士大夫阶层的时调

高丽忠肃王时期的禹倬,忠惠王时期的李兆年,恭愍王时期的李存吾、吉再、元天赐、李穑、郑梦周,以及朝鲜初期的郑道传、卞季良等人是时调形成期的主要创作人物。由此可以看出早期时调的创作阶层主要是士大夫,同时这一时期,也是高丽王朝向朝鲜王朝过渡、朱子的性理学逐渐取代原来高丽统治理念的时期。也就是说新的指导理念的确立与新的诗歌形式的确立是同时代的,而且无论是高丽末期一系列忠臣们的怀古感怀时调,还是朝鲜王朝初建时期的颂祝歌,以及此后死六臣忠君的节义歌,其内容无不是受儒家忠义思想的影响而创作的。此外,士大夫阶层选择创作时调的最切实原因就是面对巨变的时代不能适应,或对于污浊的现实不能拨乱反正,只有通过时调吐露自己心中的苦闷之情。

高丽末期元天赐的《兴亡有数》就反映了作者对逝去旧王朝的伤感之情,元天赐原是高丽王朝的官僚,这首时调写于高丽王朝覆灭后,作者某次途经高丽故都开京,睹物生情,感慨无限,表达自己感怀古今、今非昔比的伤感之情。

这首时调的译文如下：

兴亡为天数，秋草萋萋满月台。
五百年王业，化为牧笛声声哀。
夕阳下，唯我泪水盈眶一过客！①

而李兆年的《梨花月白》就是寓情于自然，借自然现象表达自己的苦闷之情，反映了当时时代巨变对文人心理带来的影响。

这首时调以春日夜晚为背景，一轮明月映着含泪欲滴的梨花，杜鹃的哀啼渲染了孤独哀伤的情绪，表达了作者孤独的心境。李存吾的作品也与此如出一辙，他借时调对当时混乱的朝政进行批判。高丽末期有名的武将崔莹受新兴士大夫的影响创作了爱国时调，表达了誓死守卫高丽的信念，他的时调可以算是表现武将爱国气概的第一首作品。

高丽灭亡，朝鲜建立，时调除了用于文人抒发个人情感之外，还在政治方面充当了一定的作用。比如，后来成为朝鲜太宗的李芳远询问郑梦周政治意向的《何如歌》，以及郑梦周作为答复而作的《丹心歌》等就体现了作者的政治取向，也成为后人所津津乐道的话题。郑梦周在《丹心歌》中写道"此身纵使百死……为君一片丹心，却常在不移"，表现了誓死忠于高丽王朝决不动摇的决心，而李芳远得此时调后对郑的倾向也就一目了然，不久便将其刺死。

高丽末期的时调除了充当上述作用之外，还开拓了许多时调创作的其他领域，为后代的时调创作提供了学习的典范。如《渔父歌》就是一种新的歌曲形式，本来渔父歌是一种有关渔人捕鱼的民谣，但是时调作者对其改造之后，就变成假借渔人之口表达自己希望过闲适悠然生活的歌曲，如高丽末期的金永旽就善作渔父歌。这类时调不可避免地受到中国古代楚辞、唐诗、宋词中的有关渔父诗歌的影响，如屈原有《渔父辞》，陶渊明的《桃花源记》则假借渔父表达了自己的隐逸思想，此后还有张志和的《渔父词》，韩国的《渔父歌》就受到这些作品的影响，旨在表达一种归去来的田园、江湖生活，也反映了居庙堂之上却倾心于江湖的士大夫内心的矛盾和苦闷。这类时调此后成为士大夫阶层创作"江湖时调"所常用的代表性题材。

---

① 韦旭升. 朝鲜文学史[M]. 北京：北京大学出版社，2008：145.

第三章 古代韩语文学

此后,朝鲜王朝初建时期,由于采取了一些有利于休养生息的政策,国家趋于稳定,为迎合统治者的需要,这一时期出现了一些文人歌颂新王朝的时调。卞季良的《治天下》就是这样一首表现忠诚于王朝统治的时调,这也延续了时调兴起时的基本功能,是对统治理念的一种拥护和赞扬,全文如下:

> 治理天下五十年,不知天下事如何,
> 亿兆苍生心悦诚服否?
> 康衢闻童谣,方知太平岁月乐悠悠。①

除了上述对新王朝歌功颂德的作品之外,朝鲜前期还出现了一些士大夫们歌颂太平岁月中闲居生活的作品,如孟思诚的《江湖四时歌》就是这一类作品的代表。他的时调表现了自己在江湖上度过四季的乐趣,也是最早的连时调。所谓连时调,就是数首平时调连在一起的形式,类似于组诗。孟思诚仕途顺利,曾位居宰相,告老还乡之后,作此时调。作者人在江湖,但表达的不是对社会的不满,反而是自己完全沉浸在自然中怡然自得,表达了对太平盛世的礼赞以及对君恩浩荡的礼赞之情。这组连时调按照春夏秋冬四季的顺序排列,每一首都以"亦君恩"的形式结尾,对君王的感激之情表现得颇为直接。李贤辅的《渔父短歌》5首则确立了渔父歌时调的典范。作者在燕山君时代科举及第,一直到76岁告老还乡,一直过着较为平坦的官宦生活,曾官居宰相,但他却志在江湖,多次上书请求还乡,未能如愿,直到晚年才得以享江湖之乐,《渔父短歌》5首就表达了作者"物外闲居"的心境。

但是,尽管身处的时代相同,也不是所有的士大夫倾向都是一样的。比如反对首阳大君篡权、忠于端宗的"生、死六臣"的作品就与前面阐述的赞叹太平盛世时调完全不同,他们的作品旨在表达对旧主的忠贞和对篡权夺位、不合祖制事件的不满,还有作为臣子即使面临生与死的考验也毫不屈服的气节。虽然他们忠于的不过是一个封建王朝的君主,但是面对酷刑毫不退缩的气节却也是令人们叹服的。

成三问的《此身》②就是这类作品的代表作:

---

① 韦旭升.朝鲜文学史[M].北京:北京大学出版社,2008:180.
② 韦旭升.朝鲜文学史[M].北京:北京大学出版社,2008:181.

此身逝去化何物？
化为落洛长松，挺立蓬莱山顶。
白雪满乾坤，唯见长松独青青。

　　士大夫们位居庙堂之时歌颂太平盛世，而一旦退出朝堂，其不免会有些不满或抑郁之情，所以也会创作一些对时局不满的时调。但他们一贯接受的"穷则独善其身，达则兼济天下"的儒家思想又使得他们失意之后寄情于山水田园，有的表达安贫乐道的思想，有的歌颂朝鲜的大好河山，还有的表达清高的情趣，这类时调一般被称为"江湖时调"。

　　李滉著有《陶山十二曲》，作于作者隐居讲学时期，在《陶山十二曲跋》中他写道"翰林别曲类，出于文人之口，而矜豪放荡兼以亵慢戏狎，尤非君子所宜尚。惟近世有李鳖六歌者，世所盛传，犹为彼善于此。亦惜乎其有玩世不恭之意，而少温柔敦厚之宽也"[1]。由此可以看出他创作时调的原因是不满于当时时调作品缺少"温柔敦厚"之感，而且还表达了其创作目的是阐述自己对江湖生活的正确认识。这篇作品是由十二连组成的连时调，其中有表达作者隐居山林、歌颂朝鲜美景的篇章，也有思恋君王的表现。由于他本身就是上层士大夫，所以即便隐居山林，心情也会有些矛盾，因而有时心情难免会有所反复，这篇作品也是作者矛盾心情的体现。李珥生存的年代略晚于李滉，他是继李滉之后程朱理学的大家，《高山九曲》是他的代表时调，作于他辞官在海州讲学之时，也是一篇连时调，九曲分别是冠岩、花岩、翠屏、松崖、隐屏、钓峡、风岩、琴滩和文山，这既是地名，也是作者隐逸的环境，通过对这些自然美景的赞美，表达了作者寓情于自然、物我一体的追求，也表达了作者对周围自然环境的热爱。

　　尹善道的《渔父四时词》《山中新曲》等继承了江湖时调的创作传统，表达了其寄情于山水、优游自得的心情。作者在《渔父四时词跋》中写道"然音响不相应，语意不甚備，盖拘于执古，故不免有局促之欠也。余衍其意，用俚语，作渔父四时各一篇，篇十章"[2]，既表达了对以往的《渔父歌》作品的评价，也表明了自己的创作动机。这篇时调对春、

---

[1] 李滉：《陶山十二曲》，《退溪全书》，成大大东文化研究院刊，1992年。
[2] 尹善道：《渔父四时词跋》，《孤山遗稿》卷之六下别集，第14～15页。

夏、秋、冬四个季节的自然景物都做了细致的描绘,延续了以往"渔父词"的创作传统,同时又有所创新,整个时调是联系在一起的一个整体,同时每十章描绘一个季节,形成一个短歌,整首时调也可以看作40首短歌。这里的"渔父"并不真的指的是从事捕鱼的下层劳动人民,而是那些不沽名钓誉、不受世俗名利影响,在山水中怡然自得的"处士"。《山中新曲》的《五友歌》六首是广为人知的时调,作者以水、石、松、竹、月为友,表达了向往高洁的品质与情怀。他的时调品格高雅,表达精妙,达到了士大夫阶层时调创作的顶峰,也是士大夫所创作江湖时调的最高峰。

二、妓女阶层的时调

虽然时调在朝鲜前期主要是由士大夫阶层创作的,但是随着时调的传播与发展,与士大夫阶层关系密切的一些妓女阶层也受到时调的影响而创作了一些表达感情、爱情的时调。她们最初的创作也许是为了迎合士大夫阶层的趣味,但是她们却扩大了时调创作的阶层,给逐渐僵化的时调带来了新的生机,现存的妓女阶层创作的时调不过几十首,但其文学价值却是不能忽视的。代表人物有当时开城名妓黄贞伊,扶安名妓李梅窗等,她们的时调在形式上虽然与士大夫的时调并无二致,但在思想上却不受儒家思想的控制,她们使用的语汇感性、直白,在内容上聚焦女性纤细的内心和感情世界,侧重于表达爱情、离别、相思、情恨,更加增强了时调的抒情性。尤其这些时调很多作于与士大夫们宴会、交往之时,所以带有很强的即兴性。

黄真伊的时调《青山里》《冬至夜》等都是流传后世的名篇,表达了不同于士大夫时调的女性特有的温柔细腻情感。"青山里,碧溪水,莫夸流得欢。一入沧海难回还。明月满空山,暂休且去奈何?"(《青山里》)这一时调据说是黄真伊在小桥上偶遇一位她所仰慕的宗室成员——笔名碧溪水,为了挑逗他而即兴所作的一首时调。这首时调构思精妙,一语双关,将两人名字寓于诗中,"明月"是黄真伊的妓名,"碧溪水"则是对方的笔名;同时,通过流水表达了时光一去不复返,行乐需及时的观点。她的另一首时调《冬至夜》的构想更为奇特,"截取冬之夜半强,春风被里屈幡仓,有灯无月朗来夕,曲曲铺舒寸寸长。"她的奇思妙想在于剪下一段孤独难熬的冬至夜,等待情郎回来时用于延长千金难买的一刻春宵,足以看出黄真伊时调创作的天赋与才情。

三、辞说时调的兴起与发展

朝鲜王朝前期时调的创作者主要是一些儒家思想的卫道士,也就是士大夫阶层,但是朱子学在朝鲜前期被当作士大夫阶层进行党争的理论工具,到英、正祖时期,其思想基本上逐渐僵化。而这时,商业活动和平民意识的上升,以及实学思想开始登上历史舞台,对于当时迫切希望从旧思想的樊篱中摆脱出来的人们来说,实学派提出的实证的、科学的、实事求是的思想正好符合了时代潮流,于是取得了蓬勃的发展。在这样的时代背景下,在文学领域,时调经过了几个世纪的发展之后,要想维持其旺盛的生命力,也必须发生相应的转换。于是,时调突破了原来创作的格律,形成了新的形式,这就是"辞说时调"。当时,一些士大夫们适应时代潮流,逐渐打破时调固有的形式,根据新的价值观,进入了辞说时调的创作时期。但是促成时调格式变化的不可或缺的或者说是最重要的创作阶层却是"庶民"阶层。庶民阶层在身份等级制度森严的朝鲜王朝一直处在受压制的状态,他们的生活、思考方式、价值观自然与处在社会上层的士大夫阶层大不相同,所以对社会现实就更具有批判精神,也更加促进了时调的变化。现存的辞说时调大概有400多首,但是其中作者明了的不过几十首,而且绝大部分时调的作者已无法考证,所以很难具体判定辞说时调的创作阶层,但是一般性的观点认为中人阶层的一些"平民歌客"是辞说时调的主要作者,其兴盛期大约在18世纪。

辞说时调与以往平时调相比较来看,在形式上,终章一般变化不大,但是初章、中章或者其中的一部分会增加一些音节、一个或一些句子,所以也称"长型时调"。由于形式增长,时调就可以包罗更多的内容,叙事性相对于平时调来说也就增强了。而在内容上,辞说时调由于其创作阶层已经不再单纯是士大夫阶层,所以也就更加平民化,更加侧重于反映平民的情感,生活气息浓厚,语言通俗,而且还采用了一些戏谑、讽刺的表现手法。同时,由于其创作阶层的平民化,内容也就更加通俗,所以也就产生了很多反映男女之间的爱情、等待、相思之情的时调,语言直白。当然,也有一些反映农村生活、城市经济的时调作品,他们对朝鲜后期文学的发展增添了新的内容。

最早的辞说时调已不可考,而且由于其创作阶层主要是一些下层人民,所以他们的名字就算在当时是被世人所知晓的,但是由于实在没有什么丰功伟绩,于是在流传的过程中,很多时调逐渐也就找不到最初的作者了,因此收录在18世纪之后的一些时调集中的辞说时调大部分都是无名氏所作。但是,也正是这些平民文学的广泛参与,才有了今日如此多的灿烂多样的文学瑰宝。

四、时调集的编纂

18世纪左右,随着韩国国语的发展,时调的创作阶层逐渐扩大,还出现了专门从事时调歌唱活动的歌客,他们大多是比中人地位稍低一些的下层胥吏,在全国各地巡回演出,为时调的发展做出了重要的贡献。其中金天泽就是其代表人物,他编纂了时调集《青丘永言》,给后人研究时调提供了文本基础,另外他本人还创作了70多首时调。他编纂《青丘永言》的原因在这部时调集的序言中说得非常清楚,即"口传歌辞如花之香,随风散去,如鸟兽之音,拂耳而过。虽然传诵于口头一时,然终究不脱自然湮灭之命,莫不令人惋惜。因此将丽末以来至国朝间历代名公硕士、闾井闺秀及佚名之作搜集勘讹,编成一卷,名之《青丘永言》,以使当世之好事者得以口诵心惟,手披目览,以传永远。"[①]继他之后,金寿长成为歌客中的核心人物,他编纂了《海东歌谣》,还创作了百余首作品,他的作品主要在于表达下层民众的情趣感情,和前期的士大夫阶层的时调风格迥异。此后,韩国出现了一个编纂时调集的高峰,不仅《青丘永言》受到多次改编,收录作品数最多的《瓶瓦歌曲集》也在这个时候被编纂出来。此外,也出现了像海东歌辞、槿花乐府等以歌唱为主的曲本。但是这些人的身份在当时的士大夫、社会看来终究还不过是些低微的歌客,所以尽管他们编纂了时调集,对韩国国语民歌的发展做出了重大的贡献,在当时他们还是被排斥在上层文坛之外的。我们现在也只能知道他们的名字而已,很难考证其详细的传记、生存年代。

另外,由于韩国古代文学中汉诗实在占据了最长的发展时期,而且产生的影响也是最巨大的,所以比汉诗的产生晚数百年的时调的创作不

---

① 金天泽.青丘永言[M].首尔:明知大学出版部,1995.

可能不受汉诗的影响。汉诗对时调的作用首先体现在有些时调的创作直接采用了拿来主义的思想,不过是在汉诗的后面加上个韩国语的语尾,有的则是借用汉诗中的一句或两句加以改造,还有的是加上一些原来汉诗中没有的内容等,如唐朝诗人柳宗元的《江雪》,郑之常的《大同江》等都曾经被改变为时调,总之是形式多样,汉诗对时调的影响可见一斑。

第二节 歌 辞

　　歌辞与时调一起,是韩国国语文学发展中的两种文学样式,它们并为国语文学的双璧,是区别于汉文学固有的文学样式,尤其是在朝鲜王朝时期,歌辞与时调齐头并进,共同发展。现存的歌辞大概共有几千余首,而且内容涉及战争、美人、隐遁、纪行、文人的流放等各个方面,是韩国国语文学中宝贵的遗产。从形式上来看,歌辞不同于时调,它是一种较长的作品形式,一般一篇作品大概有 100 行左右,其中每行基本采用 3·3 或者 4·3 的节拍,每行共有四小节。

　　关于歌辞的起源,学界也存在多种见解,如金台俊、赵润济先生等主张歌辞起源于高丽长歌,此后又在"渔父歌"或中国辞赋文学的影响上形成的;还有些学者主张歌辞起源于时调,但是无论从格式,还是时间上来看,这种学说都还有再考证的必要性;此外,还有乐章起源说和汉诗起源说以及民谣起源说等。目前一般认为歌辞起源于高丽末期到朝鲜初期,作为一种韵文形式,可能曾受到"景几体歌"的影响。由于当时《翰林别曲》体内容比较空洞,而时调形式又比较短,不利于抒发感情,新的文学样式的发展成为可能。歌辞一般大体可以分为以下几类:江湖歌辞、纪行歌辞、流配歌辞、闺房歌辞、宗教歌辞,到了近代开化期出现了开化歌辞等几大类。其发展过程大体可以概括为以下三个阶段,即在歌辞的初创期,两班士大夫是主要的创作群体;后来,随着下层人民逐渐掌握了韩语并用自己的语言抒发感情,歌辞的创作阶层也发生了相应的改变,平民阶层成为主要的创作阶层;到了朝鲜末期,随着国家处在内忧外患的环境之中,一些有识之士开始利用自己本民族的语言来试图唤醒民众的意识,开化歌辞就应运而生了。本文主要考察的是近代以前的歌辞作品,按照其体裁对歌辞文学加以阐释。

一、士大夫阶层的歌辞创作

前期歌辞的创作阶层主要是两班士大夫,他们的作品既有表达自己"安贫乐道"思想的,也有表达"忠臣恋主"思想的作品,另外还有一些有关名胜古迹和历史遗迹的纪行作品,当然也不乏表达作者自己的儒学思想的作品。

最早的歌辞作品可以追溯到朝鲜前期丁克仁的《赏春曲》,是典型的隐退官僚所作的表达自己安乐生活的作品。作者每日隐居于山林,与清风明月为友,这是他生活的最高境界。这是典型的江湖歌辞,在歌辞文学的发展过程中占据了重要的一席之地,并在相当长的时间里成为士大夫们津津乐道的文学形式。如此后李滉的《归田歌》,郑澈的《星山别曲》,还有车天辂的《江村别曲》等就继承了这一传统,成为士大夫歌辞作品的代表。这些作品一般体现了士大夫们"居庙堂之高则忧其民,处江湖之远则忧其君"的思想,反映了他们安贫乐道和感谢圣恩的思想。同时《赏春曲》也是用韩语创作的最早的一首长歌,虽然其中还间或使用了一些汉字词,但是韩语已经是其中不可或缺的重要组成部分了,它奠定了长篇国语诗歌的发展基础。但是,任何一种文学形式都必定在原来文学形式的基础上发展、成熟起来,虽然一般认为《赏春曲》是最早的歌辞作品,但在这之前必定曾经出现过萌芽形态,不过到《赏春曲》时已经成为一种比较成熟的形式了。此后经过宋世琳、宋纯等人的努力,到郑澈时,歌辞文学就迎来了自己的黄金时代,郑澈的《思美人曲》与《续思美人曲》的出现成为了被流放的臣子们"恋君"之词的典范,这种"恋君"之词也被称为"流配"歌辞。

歌辞发展到郑澈所处的时代,国语诗歌无论是从数量还是表达技巧上来看,都已经较为成熟,可以与汉诗一比高下。郑澈,号松江,汉诗与歌辞兼长,因卷入当时朝鲜王朝内部激烈的党争而经历宦海几度沉浮。古代的文人遭到弹劾被流放或发配之后,大部分都会产生对以往官宦生活的眷恋之情,希望有朝一日能够重回朝堂,这种心情通过歌辞表达出来就形成了一些"恋君歌辞",他们借思恋"伊人"的方式表达自己对君王的思念之情。郑澈的前后《思美人曲》便是这一类歌辞的典型代表。

郑澈因卷入党争而被弹劾,回到故乡之后郁郁寡欢,于是他借用女性的口吻,通过女性对恋人的思念之情,表达了自己对重新回到君主身边的渴望之情。金万重曾评价这首歌辞为"我东之离骚"[①];洪万宗认为《思美人曲》"祖述诗经美人二字,以寓忧时恋君之意,亦郢中之白雪"[②],足见《思美人曲》在流配歌辞中所占的地位。他在歌辞中设置了天上和人间两个对立的空间,其中天上是"美人"存在的,也是"美人"与"我"相爱的幸福空间,而人间则是"我"被流放的地方,是"我"惹怒"美人"之后被驱逐的地方。通过这种对比,体现出"美人"绝对的统治地位,以及表达了"我"生命的价值完全是因为"美人"的存在而存在,同时,没有"美人"的人间四季轮回更让"我"倍感孤单,于是更萌生了重回天上的想法。但是天上人间本来就是相对隔绝的空间,如何才能摆脱这种限制重回天上呢,这是"我"苦闷的焦点,也是造成"我"希望破灭的原因。歌辞中的"天上"可以看作"庙堂","美人"也就是作者日思夜想的君王,而"人间"则象征郑澈被流配的现实。在这种现实的苦闷中,作者又不能直抒胸臆,只能借思念"美人"之口表达思君之情,希望有朝一日能够重回"庙堂"。这首歌辞体现了士大夫阶层明显的"忠君"思想,如作者写道"美人兮虽不知吾之变化兮,吾将从美人之左右",可见受儒家正统思想之深,也体现了老庄的"神仙思想",如与人间相对立的"天上"世界的"广寒楼""玉皇大帝"等就体现了这一点;另外,虽然朝鲜王朝采取的是崇儒抑佛的观点,但是从新罗时期以来就传入韩国的佛教思想却不会轻而易举地消失,这首歌辞中就有明显的佛家轮回思想,如"乱日宁溘死而变化,为花间之蝴蝶。飞花丛之处处兮,止不起而不息。掠香粉之轻翅兮,上美人之衣袖"。

郑澈的思君之情却很难被君王所知,所以此后,郑澈又作《续思美人曲》,顾名思义就是对《思美人曲》的继承和发展,由于作者一直没有得到重新启用,原来郁郁的心情在日思夜想中变得焦躁,所以《续美人曲》中流露的主要情绪是对"美人"也就是"君王"的哀怨之情。他的这两篇作品虽然是表达了自己对重回仕途的渴望,但是由于其感情细腻真挚,从而受到后人的赞赏与吹捧,开创了一代恋君之歌的典范,此后金春泽的《别思美人曲》,李真儒的《续思美人曲》等就是这一类歌辞的

---

① 金万重.西浦集·西浦漫笔[M].首尔:通文馆,1971:652.
② 赵钟业.韩国诗话总编[M].首尔:东西文化院,1989:575.

第三章 古代韩语文学

代表。

此外，郑澈还作有江湖歌辞《星山别曲》及纪行歌辞《关东别曲》，数量较多，可谓韩国歌辞文学创作首屈一指的人物。朴仁老是继郑澈之后歌辞文学的大家，他还兼长时调和汉诗，作品涉猎内容丰富，而且数量颇多，现存的大多数作品收录在《芦溪先生文集》里。朴仁老生活的时期正是韩国饱受日本侵略、民不聊生的时期，这样的社会现实势必会反映在作者的作品创作里，因此他的作品中就具有浓厚的社会参与意识，同时随着时代的变迁，歌辞的形式也发生了一定的变化。郑澈的歌辞作品一般采用两句一行的形式，鲜有三句一行的现象，而朴仁老的作品中三句一行的形式则明显增多了。此外，在韵律安排上，此前的歌辞大部分采用的是3·4或者4·4音步，而朴仁老的作品则在此基础上有一定的破格，这种变化也许是为了能够更好地表达思想，体现了一定的时代性。

从内容上来看，他的作品不再局限于士大夫的抒怀之作，而开始关注社会现实。其中，以战争为素材，反映战争带来的灾难、惨象的《太平词》和《船上叹》等便是作者的著名代表作。此外，朴仁老也继承了前期歌辞的创作传统，他的作品中也不乏一些江湖歌辞，如《莎堤曲》《小有亭歌》和《芦溪歌》等就属于这一类作品。《莎堤曲》体现了朴仁老的自然观和处世观，表达了安贫乐道和忠孝思想。这首歌辞作于其51岁时，莎堤是其好友李德馨晚年为躲避党争而隐居的地方。整首歌辞90行189句大体可以分为九个部分，在韵律上有采用3·4、4·4歌辞的一般韵律，也有一些在此基础上的变格，如2·3、2·4或4·5的节拍。在内容上，作品首先叙述了来莎堤的原因，接着描写了莎堤的美丽风景，表达了隐居在此地，陶醉于风景之中、不恋荣华富贵以及侍奉双亲的孝道思想。作品中的话者虽然是李德馨，但他的生活同样也是朴仁老生活的折射，他的江湖思想反映的也是能够回归自然、渴望隐居的心情。

另外，纪行歌辞在歌辞文学中也占据较大的比重，如白光弘的《关西别曲》，郑澈的《关东别曲》，还有描写国外风景的金仁谦的《日东壮游歌》等。纪行歌辞的一般思想自然离不开忠君、感恩，这也是士大夫阶层歌辞的一贯思想。同时，也有一些纪行歌辞表达了对外国（清朝或日本）的蔑视。从现存的纪行歌辞作品来看，英、正祖时代之前的纪行歌辞主要是一些韩国国内的纪行作品，此后则出现了一些对国外所见所闻的纪行作品。从现存的歌辞内容来看,有寻访古迹的,有赴任途中见闻的等。《关西别曲》就是纪行歌辞的代表作,是对作者赴任过程中沿途所见山川风景的描写,途中大体经过了大同江、浮碧楼、绫罗岛等地,体现了感君恩、赞美自然等思想感情。郑澈的《关东别曲》是作者在赴任江原道观察使的途中,经由春川、金刚山等地,描写了沿途的山水风景、风俗人情,是纪行歌辞的上乘之作。《日东壮游歌》作于18世纪中后期,记录的是作者金日谦作为通信使的随行人员访问日本的情形,描写了日本的风土人情及沿途风景,全文共8000余句,应当算是最长的一篇歌辞作品。

此外,士大夫阶层还创作了一些以韩国古代的历史或家族的历史,以及个人的经历或时代风物为主要内容的歌辞。歌颂历史的所谓咏史歌辞有申得清的《历代转理歌》,司空稼的《汉阳五百年歌》,还有各种《历代歌》等作品。朴履和的《郎湖新词》、赵山斗的《愁州曲》、闵胄显的《完山歌》等则是吟诵历代风物的歌辞。另外,歌颂自己家族历史的有《光山金氏世德歌》《义城金氏世德歌》等作品。还有一些歌辞则是把古代的故事通过歌辞的形式吟诵出来,代表作有《孔明歌》《赤壁歌》《王昭君歌》《虞美人曲》等作品。郑袭明的《郑处士述怀歌》和金忠善的《慕夏堂述怀歌》等则是回顾个人一生的歌辞。

二、平民阶层的歌辞创作

随着平民阶层逐渐成为歌辞创作的主要阶层,歌辞也出现了和前期士大夫歌辞不同的内容。平民阶层创作的歌辞主要侧重于表现社会现实以及平民的文学参与意识,同时,这一时期士大夫阶层的歌辞也开始向表达现实生活的方向发展,这一现象其实在前面朴仁老的作品中已经有所表现。"壬辰倭乱"和"丙子胡乱"之后,随着平民意识的上升和实学思想的影响,委巷文学、辞说时调、平民小说等平民阶层的文学样式逐渐成熟发展起来,平民歌辞作为其中的一环大概出现在17世纪末期,兴盛于朝鲜王朝后期。其内容主要包括揭露和批判现实矛盾、表达爱情、身世感叹以及平民的朴素的理想等。

平民[①]歌辞也称"庶民歌辞",是与士大夫歌辞相对立的一种文学形

---

① 具滋均.韩国平民文学史[M].首尔:杏林书院,1955:18.

第三章　古代韩语文学

式,主要兴盛于朝鲜王朝后期,因其作者主要是介于两班和常民之间的中人及以下阶层,故被命名为"平民歌辞"。平民歌辞与士大夫歌辞呈现出截然不同的特点,尤其是在内容上,他们主要侧重于反映下层劳动人民的生活和想法,由前期侧重抒情转为叙事兼长,思想也不仅仅局限在原来士大夫歌辞的忠君、安贫乐道、儒家道德等方面,呈现出更加多样化的特点。现存的平民歌辞作品有《愚夫歌》《庸妇歌》《老处女歌》《居士歌》《老人歌》等,反映了当时人们生活及社会的变迁。

《愚夫歌》是一篇问答体的歌辞,采用的3·4、4·4的调子,主人公是三名"愚夫",主人公相互之间并不认识,也不是实际生活中存在的,而是作者虚构的人物。这三人属于不同的阶层,经济能力和地位也不一样,在内容展开时以朝鲜后期的社会文化为背景,反映了随着商业化的到来给当时人们生活带来的变化,符合当时社会的变迁。在作品的内部安排上,采用了对三人的行为进行分别叙述的方式,在作品开头,首先用叙述者(也就是作者)的话引出整个故事,告诉大家后面描写的是愚夫们的各种行为。作品中的三个主人公狗蛋受父母的恩惠,过着衣食富足的生活,但却无知笨拙,没有什么生存本领。他的愚蠢行为体现在个人、家庭、生活等各个方面,并且生性懒惰,沉迷于酒色不能自拔,喜欢我行我素,嘲笑、捉弄他人,还时常折磨、为难亲戚家人。有着诸多恶行的他最后当然走向了毁灭的道路,他的悲哀主要来源于他的懒惰与过度消费。有关他的身份,作品中写道他是"南村"人士,根据其他学者[①]的考证,首尔南北村是两班贵族的聚居地,并且从作品中主人公对普通老百姓颐指气使的场面可知他可能出身于一个贵族家庭,对平民、贱民们拥有统治地位。作品中通过他走向没落的过程,反映了朝鲜后期随着经济社会的发展,两班阶层的变化,他们逐渐失去了经济地位,但还保持着两班的头衔,不过他们的身份已经基本属于"有名无实",不得不靠变卖家产度日,最后沦为乞丐。作品中对竭力想维持两班的体面的主人公进行了戏谑化的描写,对其行为进行了讽刺和嘲弄。作品中的另一个主人公高生员和狗蛋一样,也是继承了父母的财产,过着殷实的生活,但从作品中的描写来看,他的经济实力远不如狗蛋。由于没有什么能力,家财渐渐散尽,他为了挽回这种走向没落的颓势,进行了一些不道德的行为,如伪造文书等,但无力回天。家族没落之后,他也沦为乞丐,受到

---

① 郑在浩.高丽大学语文论集[M].首尔:高丽大学国语国文研究会,1977:19-20.

别人的冷嘲热讽甚至挨打,整个家庭也随之过着凄惨的生活。作品中最后出场的就是被称作"下愚"的恭生员,在这三个人中他的地位最为低下,因为本身没有什么钱,所以他不可能过什么富足的生活。他的卑劣行为主要是偷亲戚家的牛,卖掉自己的姐姐和侄女获取钱财。这种不当行为不仅源于他没有经济能力,也反映了他卑劣的人性。总之这部作品反映了当时商品经济的发展给人们生活带来的影响,用讽刺、反语的手法批判了这些走向没落的人们的价值观,呈现出与以往的士大夫歌辞完全不同的特点。由于平民歌辞的作者是中人或者庶人,或者一些亲身经历了社会变迁带来的身份问题的阶层,他们能够近距离地发现并反映社会变化带来的问题和矛盾。

《老处女歌》描写的是一个年已四十、身患残疾的老处女,这篇作品表达了她对自己未能出嫁的悲哀和遗憾,作者借她之口对两班价值的虚伪性进行了正面批评。作品中的老处女芳华已逝、久未能嫁,自然成为大家嘲弄的对象,作品以老处女向世间人慨叹自己的身世开头,叙述了其每夜孤枕难眠、独守空房的寂寞和悲哀,同时表达了自己希望有朝一日能觅得如意郎君的迫切心情。老处女出身两班,但因为父母的无能和两班的面子未能嫁出,所以她埋怨自己的父母,没落的家庭反而成为她出嫁的障碍和负担。因为在当时的社会,很多没落的两班尽管已经穷困潦倒,但还要维持所谓的体面,在红白喜事方面也不能草率了之,以致耽误了女儿的终身大事。这篇作品在当时社会来说是比较出格的,它对老处女的心情进行了直接的表露,在儒家思想为正统的社会,自然是比较露骨和大胆的表白。

此外,《老人歌》是一首老人自叹年华已逝、年老体衰的作品。衰老是人不可避免的过程,也是很多文学作品经常采用的素材,这篇歌辞感叹了时间的流逝,慨叹人生无常,表达了"人生得意须尽欢"的思想。《庸妇歌》与前面介绍过的《愚夫歌》无论在形式还是在内容上都有关联之处,采用了有叙述者引入故事的方式,作品中也出现了多个人物,但他们之间也没有什么内在关系,对作品中人物的行为也采取了列举、批判的方式。作品的主人公是两位存在身份差异的女性,但无论贫富,在封建家长制下,对她们的期待自然就是达到"贤妻良母"的标准。但作品中两班家的夫人却不能适应婚后生活,希望能够摆脱孝顺公婆、相夫教子的生活,甚至还与别人幽会。与其相对立的另一位女性是平民出身,不爱劳动,贪婪成性,不侍奉公婆,不守妇道。这两位女性并不见得就是当时所有女性的写照,作者用夸张的手法描写了传统儒家道德的破灭。

总之,平民歌辞呈现出与以往的士大夫歌辞完全不同的内容,反映了社会变革时期身份制度的变化和由此带来的社会矛盾,以及平民们的日常生活,在语言上更为口语和平民化,与以往的歌辞相比,教化、教训的功能弱化,娱乐功能浓厚。

三、闺房歌辞

闺房歌辞指的是妇女们创作的歌辞,也称为"内房歌辞",它是朝鲜后期与平民歌辞交相辉映的一种体裁。一开始岭南地区的女性是其主要的创作集团,后来到朝鲜王朝末期,其创作群体逐渐扩大到一般平民妇女。闺房歌辞最先兴起于岭南地区,与这里是有"海东朱子"之称的退溪李滉的活动舞台有着重要的关系,而且朝鲜时期的许多理学大家都出身于岭南地区,他们的思想和《朱子家礼》等自然影响了这一地区的女性,她们更加重视妇德,因此,这一地区发现的诫女类歌辞数量最多也就不足为奇了。闺房歌辞创作的主要目的在于表达女性细腻的思想感情,内容涉及生活礼仪、祭典哀悼、报恩谢德、思亲恋慕等女性生活的诸多方面。闺房歌辞的作者大部分是女性,但是也有部分作品为男性所作,比如父亲给出嫁的女儿所作的在生活中所要注意的问题的《诫女歌》,还有丈夫思念亡妻的作品也可以看作闺房歌辞的组成部分。

闺房歌辞按其内容主要可以分为诫女类、叹息类和花煎类歌辞,其中,诫女类歌辞是以女性教化为主的,所谓"诫女"就是教育嫁出去的女儿在婆家应注意的礼仪规范。受当时理学思想的影响,女性都活在"夫为妇纲""三从四德""烈女节妇"等思想藩篱之中,这些带有训诫性的规范就成了诫女类歌辞的主要内容,因此这类作品通常都以朱子家训等儒家的基本思想为基础来教化或告诫妇女应遵从儒家价值体系;也有一些作品是母亲或祖母通过自己生活的亲身体验来训诫出嫁的女儿或孙女,是一种自我经验、体验的表现。其中大部分采用前一种形式,这类"诫女"歌辞基本上都可以分为序词、事舅姑、事君子、睦亲戚、奉祭祀、接宾客、胎教、育儿、御奴婢、治产、出入、恒心、结词13项,当然有些作品也会有所删减,但其重点基本都在奉祭祀、接宾客、事舅姑三个方面[①]，主要目的是告诫女儿出嫁前要做父母跟前的孝女,嫁为人妻后要做公婆跟前的乖顺儿媳,做丈夫的贤内助和子女的好母亲,因此这一类歌辞鲜明地体现了儒家思想和规范对女性实际生活的影响。而后者,由于作者本身的经历不同,内容自然也不尽相同,虽然其基础也是儒家的道德规范,但这类歌辞的内容并未止于此,还立足于个人意识,表达了独特的个人体验。这类歌辞的代表作品有《诫女词》《警戒歌》《闺行歌》《诫服歌》等。另外,还有一些主要目的不是在于训诫女性,而只是吟诵一般妇女应该遵从的道理的作品,也就是所谓的道德类歌辞。这一类作品基本都以封建礼教中的三纲五常为基础,强调妇女的言行、修身,这一类作品的代表作有《教女歌》《道德歌》《五伦歌》《贵女歌》《孝行歌》和《懒妇歌》等。

　　女性身边叹息类的歌辞是闺房歌辞的主流,其数量最多,文学价值也最高。这一类歌辞主要表达作者对即将出嫁、离开亲生父母的难过悲伤之情以及对人生无常和容颜衰老的叹息,也有的作品表达对时节的感叹,以及对自己生活中遭受的不幸的慨叹。其中数量最多的则是表达女性出嫁的不安和慨叹生活不幸的作品,表达了在封建男尊女卑的思想影响下女性所承受的压迫和悲哀,这类作品可以看作在男权占统治地位的社会制度下女性自我意识的产物。如果说诫女类歌辞是要求女性顺从于社会秩序的作品的话,叹息类歌辞则是生活在当时社会女性意识的真实体现。当时,女性认为出嫁不过是遵循古法的一种礼仪,尤其是出嫁之后背井离乡,远离亲人,所以她们埋怨出嫁制度,为离开故乡、亲人朋友而感伤,所以女子出嫁后感怀离别的作品较多,代表作品有《女子流行歌》《女子歌》《女子自叹歌》《惜别歌》《思乡歌》等。当时,女性更多地被当作传宗接代的工具和新的劳动力,所以结婚也是她们苦难的开端,很多叹息类歌辞女子哀叹自己婚后的不幸生活,抱怨与公婆等的矛盾和繁重的家务劳动,还有一些作品表达因生活困难而遭受的痛苦,但是女子迫于当时道德的原因,这种叹息也多是委婉辗转的,更多的是慨叹自己生为女儿身的不幸。还有的作品表达了对婚姻制度的不满,在当时社会强调的是贞节烈女意识,女性改嫁则被看作大逆不道,所以一些年纪轻轻就守寡的女性只能度过凄苦的人生。《青春寡妇歌》是一位17岁就成为寡妇的年轻女子的血和泪,感叹女子到底有何罪,此生要有如

[①] 成基玉.韩国文学概论[M].首尔：新文社,1992：149.

此孤苦的悲惨命运。

此外还有一类花煎歌辞主要表达女性花煎游戏①的乐趣。当时的女性遵从"大门不出,二门不迈"的规范,花煎游对她们来说就是难得的外出机会,也是她们从封闭的生活空间中得到短暂的解脱。因此这些作品大都是即兴之作,表达阳春三月与朋友田野嬉戏的乐趣,由于这样的机会对女性来说一年只有一次,所以自然而然会使女性产生好景易逝和对自己身世的感叹。这类作品中有不少人物评论的内容,因为女性们平常很少有机会见面,相见之后肯定会对各自的衣着、行为和梳妆打扮做番评论,也包含不少女子之间开玩笑以及相互取笑、捉弄的内容,体现女子生活的乐趣。

这类闺房歌辞随着时代的变迁和逐渐上升的女性意识,到开化期出现了很大的变化,女性开始为摆脱传统价值观的束缚进行不懈的斗争,所以开化歌辞就反映了女性思想的这种变化,在这里就不再赘述。

第三节 韩文小说

韩国的汉文小说创作始于金时习(1435—1493)的《金鳌新话》,而韩文小说的创作则是从许筠(1569—1618)《洪吉童传》开始的。《洪吉童传》被认为是最早的一部韩文小说。在此之前,曾出现过一部《薛公瓒传》。《薛公瓒传》虽然用韩文标记,但它最早是用汉文创作而成的,因此不能称其为韩文小说。这里的"韩文小说"指从第一部韩文小说《洪吉童传》到新小说之前出现的用韩文创作的小说。其中,韩文本的《壬辰录》和金万重的《九云梦》《谢氏南征记》等都诞生于17世纪,可以说,17世纪是韩文小说的兴起时期。

这一时期韩文小说兴起的主要原因是1446年《训民正音》的正式颁布,在国家的提倡下,韩文普及开来。在这一背景下,韩文小说得以推广,韩文小说的读者阶层也得以形成。韩文产生后,使用者多是女性和

---

① 所谓花煎游戏,指的是农历三月三,女性们到有山有水的地方郊游,采金达莱花做成糕团,煎着吃,唱"花煎歌",所以称作"花煎游戏"。

一般民众,韩文小说的读者层也是同样。特别是韩文小说发展前期,读者层以贵族妇女为主。此外,壬辰战争后民族意识和自我意识的觉醒、新文学体小说的发展等,也都促进了韩文小说的产生和发展。

在文人士大夫看来,小说是不登大雅之堂的卑俗、淫邪之作,但是到了李朝后期,随着货币的流通、民间手工业和商业的日益发展,市民阶层日益壮大,对韩文小说的需求也越来越大。同时,中国小说《水浒传》《西游记》《三国演义》等传入韩国,逐渐形成了文人从事小说创作和翻译的风气。十八、十九世纪后期,文人创作的韩文小说不断涌现,内容丰富多彩,包括爱情小说、军功小说、传奇小说、家庭伦理小说、讽刺小说等,反映的思想也多种多样。

除文人创作的小说外,还出现了说唱脚本体小说。说唱脚本体小说是那些以民间传说为基础、采取说唱形式、最后形成书面文学的小说,著名的有《春香传》《沈清传》《兴夫传》《兔子传》《裴裨将传》等。说唱脚体本小说一般没有作者,是民众集体创作的作品,集中反映了民众的要求。韩文小说的作家层不只包括士大夫,范围更为广泛。

一、社会改革小说《洪吉童传》

《洪吉童传》是韩国最初的古典小说作品,是第一部真正意义上的韩文小说,具有划时代的重大意义。作者许筠,生于阳川,字端甫,号蛟山、惺所,又号"白月居士",著有《青竹集》《惺所覆瓿藁》《洪吉童传》等。许筠在品格、学问等方面都深受恩师李达的影响。李达是名重一时的"三唐诗人"之一,但由于是庶出,备受压抑,一生不得志,对现实社会深怀不满。许筠支持朴应犀、徐甲羊、沈友英等封建家庭的庶出子弟在骊州地方起义,并同金闿、辛光业、河仁俊等在首尔制造混乱,意欲推翻光海君的统治,终因事机败露被处死。

下面具体介绍一下《洪吉童传》。主人公洪吉童是洪政丞的庶子,因为出身,在家中备受歧视。洪吉童自幼学习兵书、武术,还熟识道术。家中有个小妾协同政丞夫人派刺客谋害洪吉童,洪吉童将刺客杀害后,离家出走。途中他偶遇强盗,经过较量,凭借武艺和道术成为帮首。他带领强盗们抢劫寺院财产,还设计打败前来追捕的官兵,此后活跃在朝鲜八道,号称"活贫党",劫富济贫,专和官府作对。他利用道术制作了七个草人,都变作自己的模样,分布于八道,各率几百名部下,掠夺官衙,抢劫地方官吏的进贡物品,八道各衙乱作一团。洪吉童还装扮成朝廷御史到处巡视,惩治贪官污吏。国王屡次派兵捉拿,都以失败告终。后来国王听取大臣意见,利用其父兄来胁迫他。他自首后,出现八个洪吉童,众不能辨。洪吉童禀明国王,他只是为了惩治贪官,为避骚乱,愿离开朝鲜。话一落地,八个洪吉童倒地化作草人。但国王仍不甘心,继续设计追捕洪吉童,洪吉童于是假装接受国王的官职,禀明国王,自己蒙受王恩,不再滋扰闹事,从此永离朝鲜,说罢腾空而去。后来,他在海外的一个岛上建立起自己的国家。

《洪吉童传》是一部饱含对现实的不满,试图改造不合理制度的社会小说和革命小说。作品真实地反映了当时的社会现实:嫡庶身份地位悬殊,待遇不公;地方土豪劣绅搜刮民脂民膏,横征暴敛,导致百姓怨声载道,民不聊生。从整篇作品来看,作者虽然对人民大众表示了同情,也反对贪官污吏、土豪劣绅对人民的剥削,但他关心的主要还是士大夫阶层的庶出子弟。作者反对的不是封建制度本身,依然保留了忠君思想,这是由作者的士大夫身份所决定的。

二、历史小说《壬辰录》

《壬辰录》是韩文颁布后出现的第一批用民族语言创作的长篇小说之一,是一部反映壬辰战争的爱国历史小说,是在战后大量涌现的"倡义录"和民间传说的基础上写成的。它有韩文本和汉文本两个版本:汉文本偏重历史事实的记述,缺乏形象描写;韩文本以描写战争场面和塑造人物为主,并虚构了一些带有神话传奇色彩的情节。

小说分四部分描写战争的全过程,第一部分写战前日本封建统治者丰臣秀吉加紧准备发动战争,而朝鲜统治阶级对此麻木不仁,一味热衷于朋党之争,置国家危亡于不顾,国防处于空虚状态。第二部分写遭难情况:日本军队由朝鲜南海面登陆,釜山陷落;李朝官军节节败退,日本侵略军长驱直入,攻陷了汉城、开城,占领平壤;国王避难义州,贪生怕死的大小官吏争相逃命,百姓遭遇空前的战争浩劫。第三部分写抗击情况:爱国名将李舜臣在海战中重创日本侵略军;民间纷纷组织义兵,抗击侵略,保家卫国;明朝派出援军同朝鲜爱国军民联合作战,收复平壤等地。第四部分写受降情况:日军惨败,朝鲜派人前往日本受降,抗战以韩方胜利告终。《壬辰录》着重塑造了李舜臣、金德龄等一系列英雄人物形象,颂扬他们英勇战斗的英雄事迹。同时,文本还揭露了朝鲜王朝的腐败现象:统治阶级只顾内部争斗,疏于国防,对日本毫无戒备;大小官吏贪生怕死,不战而降,官军作战力低下,致使日本侵略军长驱直入。作品最后部分写明朝派援军和朝鲜军共同作战,终于取得胜利,反映了当时朝鲜和明朝的深厚友谊。《壬辰录》在20世纪日本帝国主义统治朝鲜时曾被列为禁书,但是仍有很多人暗地里争相传阅。

三、金万重的《九云梦》和《谢氏南征记》

金万重(1637—1692),字重叔,号西浦,谥号文孝,家系属光山金氏,文士辈出。金万重是遗腹子,由母亲尹氏教导成人,1665年文科及第,历任大司谏、大提学、判书等职。肃宗时党争激烈,有"老论"和"少论"两派,金万重属于西人"老论派",和南人"少论派"对峙。西人因反对肃宗废正妃闵氏、立张禧嫔为妃而受到镇压,金万重也于1687年和1689年两度被流放到宣川和南海,最后死于谪所南海,代表著述有《九云梦》《谢氏南征记》《西浦漫笔》《西浦集》《古诗选》等。

《九云梦》为韩文小说的发展奠定了坚实的基础。因金万重是遗腹子,母亲对于他的成长倾注了很多心血,他对母亲的孝道也尽人皆知。母亲喜欢奇闻逸事的稗官杂记和小说,这给金万重带来很大影响,《九云梦》就是他在流配期间专门为母亲写的。

《九云梦》的内容大致如下:唐朝时期从西域来中国传道的高僧六观大师在衡山莲花峰宣讲佛法,洞庭湖龙王也到此听法。大师为答谢龙王,派弟子性真出使龙宫。守卫衡山的仙女卫夫人派八仙女向大师问候。在归途中,性真和八个仙女在石桥上相遇。性真因受龙王的招待略有醉意,折了桃枝与仙女戏谑,如是归来,他深感佛法枯燥无味,对俗世的荣华富贵产生了贪欲之心。六观大师责备性真心生杂念,犯了佛家戒律,罚他投胎做人,把他送到了阎王那里。性真在那里遇见了当日所见的八个仙女,他们一起被阎王爷审判后,投胎转世。性真投生为淮南道宿州县的杨处士之子,名为"杨少游"。杨少游刚出生,父亲杨处士就成仙驾鹤去了蓬莱山,少游在母亲的教导下成长。八个仙女投胎为八个女子与杨少游相识、交往,分别成为他的妻妾。杨少游在与她们相识交往过程中状元及第,考取功名,并在众女子的帮助下为国建功立业,深得国王喜爱。九人过着和睦的生活,享尽荣华富贵。后来有一老僧来找杨

第三章　古代韩语文学

少游,谈话之中,少游突然梦醒,变为性真,八仙女最后也皈依佛门。

《九云梦》在古典小说史上具有重要意义,这部作品采取仙界和人间的双重结构:性真的世界是仙界,是脱俗、清净的佛教世界;杨少游的世界是人间,是充斥着功名利禄欲望的儒家世界。小说虽以九人看破尘世、皈依佛祖为结局,但作者的本意并非宣传佛法,而是在绘制一幅封建君主政治社会的理想蓝图。金万重深受党政之争其害,曾两次被流放。作者借此作品表达自己对当世的不满,将功名富贵归于一场春梦的设计,不过是借助佛教形式抒发胸臆而已。

接下来让我们看一下金万重的另一篇著作《谢氏南征记》:明朝嘉靖年间,顺天府有一名门大家刘贤,其子刘延寿10岁时文章已经通达,在乡试中夺取解元,15岁应试科举,状元及第。因其年少,国王特别下令给他六年的闲暇。刘延寿娶了德才兼备的谢氏为妻,但谢氏过门九年都未有子嗣。谢氏怕刘家断了香火,极力劝说刘延寿纳妾。几次劝说下,刘延寿纳了乔氏为妾。此人非常奸诈,生性爱妒,擅长算计。她表面恭敬谢氏,实际上对其恨之入骨,生子后更是觊觎正室的位置。乔氏与门客董清私通,共同谗言陷害谢氏,起初刘延寿不相信,但两人制造出谢氏与人私通的假象,还将杀死儿子的罪名嫁祸于谢氏。结果,刘延寿废掉谢氏,将乔氏扶正。谢氏被逐出家门后,无处可去,过着流浪的生活,她几次想自杀,都受到神灵佑护未曾如愿。后来受娥皇、女英的神示,到一家山寺里委身。乔氏当上正室后,又跟董清合谋陷害刘延寿,企图骗尽刘延寿的家产。他们向天子诬告刘延寿,致使刘延寿被流配。董清因告密有功而得到一个地方官的官职,赴任途中,两人遭遇强盗,财产尽数被抢。这时,朝廷调查清楚了刘延寿的案子,将董清处死。刘延寿这时才明白乔氏和董清的奸计,认识到是自己错怪了谢氏。他决定离开家乡,寻访谢氏的下落,而谢氏听闻刘延寿被发配,也去找刘延寿,两人在途中邂逅。刘延寿向谢氏道歉,并抓获乔氏,将其处死。

《谢氏南征记》是一部反映两班贵族家庭中妻妾矛盾的作品。这部作品不但描述了妻妾制度下的实际状况,还宣扬"善有善报,恶有恶报",劝善惩恶。小说中的正妻谢氏是一个品行端正的贤妻良母形象,小妾乔氏则奸诈、狡猾,为了目的不择手段。作品中善恶分明,善恶最后都得到了应有的待遇。此外,作者还在作品中清楚地表明了反对肃宗废黜王后、立张禧嫔为正的立场,表达了"事必归正"的信念。

四、爱情小说《玉楼梦》和《彩凤感别曲》

《玉楼梦》是 18 世纪末的作品,深受金万重《九云梦》和《谢氏南征记》的影响。《玉楼梦》的主题思想和故事情节都与《九云梦》相似:中国明代,杨处士的儿子杨昌曲为星宿下凡,才智过人,于赴京赶考途中结识名妓江南红,与之定情。杨昌曲走后,江南红为刺史所逼,意欲投湖自杀,为人所救。江南红辗转漂泊到南方一寺中,在此修道习武。后杨昌曲考取翰林,娶尹氏为妻,为奸臣卢均陷害,遭到流配。流配期间,杨结识了官妓碧城仙,两人定情。杨蒙赦回京后,娶黄氏,同时派人去接碧城仙。碧城仙还未到,杨昌曲已接到抵御南蛮的君命。碧城仙进京后为黄氏所妒,屡遭迫害,最后逃至道观安身。杨昌曲与南蛮交战,发现南蛮将领正是女扮男装的江南红,两人相见,江南红逃入明阵。南蛮挑拨祝融国与明军为敌,祝融公主却爱上杨昌曲,劝父投降明军,并与江南红、杨昌曲一同离开故国。杨又征服红桃国,被封为燕王。此时皇上为奸臣蒙蔽,不理朝政,直言进谏的杨昌曲被流放到云南。江南红扮作书童保护丈夫,挫败了奸臣的阴谋。碧城仙离开道观,欲找杨昌曲,被卢均党羽劫持。碧城仙利用时机,以歌曲谴责卢均,讽刺皇上,皇上有所领悟。这时北方匈奴入侵,奸臣投降,皇上重新起用杨昌曲,打败匈奴。碧城仙几经波折,与杨重逢。黄氏受到惩罚,痛改前非。从此,杨与五个女子和睦相处,享尽荣华富贵,其子嗣也机智过人,为国建功立业。父子两代都是朝廷重臣,杨与妻妾享尽富贵后,重回天界。《玉楼梦》通过杨昌曲塑造了封建社会的理想生活。

《彩凤感别曲》写了一对青年为爱情向封建势力做斗争的故事。主人公平壤城外金进士之女彩凤和前宣川府使之子张弼成相识相爱并定情,彩凤的父亲携巨金向权势人物许判书买官,并将彩凤许配其为妾,不顾妻女反对,变卖家产去京城,途中遭劫,彩凤趁机逃走。许判书因彩凤逃走,把金进士投入狱中。彩凤卖身为妓,用卖身钱救父亲出狱。后彩凤用汉文诗句寻到张弼成,并投身平壤监司李辅国门下当秘书,张弼成也做了吏房。在李辅国的帮助下,两人惩治了许判书,为金进士申冤,并最终结为百年之好。这部作品歌颂了彩凤和张弼成摆脱封建束缚、争取婚姻自由的斗争。

五、军功小说和传奇小说

军功小说,又叫"英雄小说""军谈小说",写的是在战场上建功立业的故事。壬辰战争和丙子之乱对小说产生了极大的影响,加上《壬辰录》和中国相关小说的影响,军功类小说层出不穷。这一时期的军功小说有《刘忠烈传》《朴氏传》《赵雄传》《张国振传》《申遗腹传》《李泰景传》等。

军功小说的产生与盛行不外以下三点原因:

(1)在16世纪末至17世纪上叶不到半个世纪内相继发生两次重要的战争,即壬辰反倭和丙子反清战争,在朝野上下产生了极大的影响并留下深刻的印象。战争中的故事和它在人们心中激起的感情波澜,需要一种形式加以表现;

(2)朝鲜《壬辰录》一类小说,尤其是《九云梦》中杨少游建立军功故事的影响;

(3)中国《三国演义》《西周演义》《封神榜》一类战争小说大量传入朝鲜。

军功小说中,以朝鲜为背景的有《申遗腹传》《李泰景传》等;以中国为背景的有《刘忠烈传》《赵雄传》《张国振传》《洪桂月传》《郑秀贞传》等。

《申遗腹传》写的是主人公申遗腹幼年和少年时代的不幸遭遇,及以后为国立功的故事。申遗腹是孤儿,贫穷无依,被人收养,备受虐待。后来,他得到了养父的第三个女儿琼贝的同情,与之结婚,迁出另居,乞讨为生。后在某僧人大师处学得诸子百家的理论及兵法韬略等,应试中举,为府吏,又升为兵曹判书。在中国明朝奸臣当道,遭胡人侵略,国势危急之际,他接受朝鲜国王派遣,以大元帅身份率大军赴明,与明军联合大破胡兵,威震中原,被明朝封为魏国公,荣归朝鲜。作品中表现了朝鲜对明朝的友好感情。由于历史上形成的朝鲜与汉族政权在文化和政治上的密切关系,在明朝受满人进攻时,朝鲜朝野上下莫不同情明朝。在明朝的请求下,朝鲜王朝孝宗王曾派遣姜弘立、金景瑞两元帅出征,攻打清军。明朝灭亡以后,朝鲜对清朝的统治表面上服从,心中仍怀念明朝。这种思想感情,在纪行歌辞《燕行歌》中有很充分的流露。《申遗腹传》的作者,实际是以小说的方式来表达出朝鲜在丙子战争时期未能实现的理想。

此外，《李泰景传》写朝鲜人李泰景当上了朝鲜、明朝、胡国三国大元帅的故事，和《申遗腹传》的思想倾向是相似的。

《刘忠烈传》的背景是中国的明朝，刘忠烈7岁时，父亲遭到奸臣陷害，发配远方，母亲也流落他乡。刘忠烈被贼人推下水，却大难不死，后被父亲的故友姜丞相招为女婿。姜因此受到牵连，遭流配，刘忠烈入山穴道习武。奸臣与胡国勾结，倒戈攻入皇城。刘忠烈单枪匹马救出天子，又救出太后、皇后、太子，只身赴胡国受降。途中救出父亲，远征南蛮救出岳丈，又找到母亲、丈母和妻子，后受封大司马兼大将军，位及丞相。

军功小说不是以中国明朝为背景，就是以朝鲜为背景。塑造的人物都具有道术，战功一般都通过道术取得，带有传奇色彩。情节一般沿用奸臣当道、忠臣遭害、外敌入侵、奸臣倒戈、忠臣杀敌救国的模式。

军功小说中有以女子为英雄人物的，如《洪桂月传》《郑秀贞传》，它们也是以中国为背景的。内容无非是女扮男装，在深山古刹向僧人道士学法术武艺，文武全才，状元及第，外敌入侵时当了元帅，大败敌军，拯救国家于危难之中，立功荣升高官等，时代一般是明代，外敌则多是胡人、北匈奴、西蕃、南蛮之类。以女子为主人公的军功小说，虽然表现出作者想借神奇的情节与人物吸引读者的意图，却也多少表现出长期受封建习俗禁锢的妇女在其社会作用和地位上已开始受到注意。随着近代资本主义因素的萌芽，市民阶层中妇女的社会地位有所改变。军功小说中女子英雄的出现，就是这种情况在文学中的一种朦胧、模糊、曲折的反映。

传奇小说跟军功小说类似，但是添加了很多神秘、虚幻的成分，代表作品有《崔孤云传》《金圆传》等。

《崔孤云传》又名《崔致远传》，有国语本与汉文本两种，是有关新罗大诗人崔致远的一部传奇性作品。其中内容除崔致远在中国写讨黄巢檄文及回新罗隐居伽倻山以外，都是虚构的。作品情节荒诞离奇，例如写他儿时母亲曾被金猪抓去过，因此崔致远出生后，父亲怀疑他是金猪之子，把他扔在路旁，白天牛马皆避开他，夜晚仙女下凡喂他奶水。他被抛往荷花塘，荷花把他托住，一对白鸟从天上飞下，用翅膀遮护他，抚养他。几个月后，他在沙上行走，足迹都是文字模样。母亲得知此事，派人把他接回。孩子却认为，既然父亲认为他是金猪之子，已无面目见爹娘。父亲听此话很惭愧，就建造了寻儿台，招他回来。又如写崔致远的才学:中国皇帝闻崔致远的诗才,就命令将一鸡蛋密封于石匣之中,派使臣送往新罗,要新罗国王找人作诗,写出匣内藏的是什么。新罗一时无人能写,只有崔致远作成一首诗:"团团石中物,半白半黄金。夜夜知时鸣,含情未吐音。"中国皇帝见此诗,打开石匣,鸡蛋已孵化出了小鸡,正符合诗中写的事物,皇帝大为惊叹。他在诗会上所作的诗极好,天上的青衣童子下凡将诗取走,带到天上。作品中还提到中国才子、诗人与崔致远比写诗,都不如他,还有中国大臣因嫉妒他的诗才,诬告他等情节。《崔孤云传》作者以其作品表示反对本国封建统治阶级中存在的事大思想。他以这种离奇的故事表现民族独立精神,是当时朝鲜王朝文学中民族意识成长的一种体现。

《金圆传》是以中国为背景的传奇。主人公金圆武艺超群,被任命为元帅,奉皇帝之命与副元帅深入洞窟搭救被九头怪兽抢走的公主。他冒险入窟救了公主,却被嫉妒的、居心不良的副元帅封住洞口,不得出来。他在洞窟徘徊,遇到被怪兽囚禁的龙太子。他解救了龙王太子,和他赴龙宫,成了龙王的女婿。之后,他回国见君王,报告了实情,副元帅罪行暴露被诛。金圆享尽富贵,后与龙女化为仙人升天而去。作品谴责了嫉才贪功、损人利己的卑劣行径,歌颂了英勇无畏、舍己救人的高尚精神。

六、家庭伦理小说和家族小说

家庭伦理小说也是李朝后期小说的重要组成部分。这一时期文人创作的家庭伦理小说有《彰善感义录》《鱼龙传》《张韩孝传》等。这里主要介绍一下《彰善感义录》。

《彰善感义录》作者为金道洙(一说是赵圣期),有汉文本与朝堡国语本,写的是一夫多妻制在子女问题上产生的矛盾,大夫人在丈夫死后,与亲生子合谋,虐待、坑害二房及三房所生的子女,而这些子女都对嫡母竭尽孝道,对兄长友爱尊敬。历尽磨难之后,受虐待者走入坦途,立功升官,而干尽坏事的嫡母与其亲生子也终于后悔,一家和睦,安享富贵。

正如《彰善感义录》的书名所显示的,它是一部劝善戒恶的小说。它虽然暴露了大官僚家庭中一些人的丑恶灵魂,但是对他们没进行应有的惩罚,它提倡对恶人屈从、忍让和恪尽"孝悌"之道。这是一部用儒家思想进行伦理说教的小说,批判和谴责了恶行,但解决问题的方法却是调和折中的,显然想遮掩贵族家丑和补救其致命缺陷。它情节较为复杂,表现手法比较细致,有一定艺术水平。

还有表现继母虐待丈夫前妻所生子女的小说,如《鱼龙传》;表现妻妾之争的,如《梁风云传》《郑乙善传》,这些作品也涉及继母问题的内容;表现"善有善报、恶有恶报"思想的小说有《报心录》《金鹤公传》。前者侧重报恩,后者主要写复仇,后者的题材是向图谋杀主夺财的奴仆报仇,宣传奴仆必须忠于主人,不得图谋不轨;表现夫妇情义的作品有《玉娘子传》和《张韩节孝记》,《玉娘子传》写丈夫蒙冤下狱后,妻子冒千辛万苦与丈夫会面,愿意代丈夫受刑的故事,《张韩节孝记》写的则是丈夫被害,妻子冒死为丈夫复仇的故事。

以上以家庭伦理问题为主题的小说,宣扬的都是儒家的道德信条,小说的舞台,除《郑乙善传》以外,背景都是中国,时代则以宋明为多。

李朝后期还出现了一种篇幅巨大的小说,叙述家族几代的兴衰史或者几家通婚形成的复杂关系,即"家族小说",代表作品主要有《玩月会盟宴》(180册)、《明珠宝月聘》(100册)、《尹河郑三门聚录》(105册)。家族小说的主人公不是孤立的一两个人,而是有若干名,或者有一名男主人公和若干女主人公。作品中的矛盾主要是一夫多妻制中的妻妾矛盾、继母与继子女的矛盾等。作品的结局一般是矛盾最终得到解决,家长制得以维护。

七、讽刺小说

讽刺小说是按性质和题材划分的一种小说类型。它以现实生活中形形色色丑的事物作为描写对象,以嘲讽、批判、揭露、抨击的态度描述社会中滑稽可笑、消极落后、腐朽反动的现象、事物及思想。随着封建社会的没落,两班贵族身份的降低,出现了很多讽刺嘲弄两班贵族的作品。

《李春风传》就是一部讽刺两班李春风的作品。主人公李春风寻花问柳、挥霍无度,他的妻子辛苦赚钱,他却把钱都送给平壤的妓女,后来只好去妓女家做佣工。妻子得知后,痛斥妓女,把钱索要回来,帮助丈夫摆脱了困境。随着商品经济的发展,身份卑微的妓女也可以把两班玩弄于股掌之上。作品淋漓尽致地讽刺了两班贵族的生活丑态,从小说中可以清晰地感受到两班地位的下降。

《李春风传》中出现的妓女,已不是《玉楼梦》《玉丹春》中出现的那类风流多情、情感真挚的女子,而是善于耍手腕骗钱,见钱眼开的势利眼了。在商业经济逐渐发展起来的情况下,这种情形是不可避免的。另外,作品中妓女之所以能玩弄两班于股掌之上,也说明她们已不是六百多年前郑袭明在《怜妓诗》中描写的那种可以任人宰割的可怜虫了。随着封建经济开始解体,她们也和平民阶层中的某些人一样,境遇有了若干变化。妇女地位的变化也反映在李春风的妻子金氏身上,她不靠丈夫养活,而是用自己劳动所得一再为丈夫解忧排难,并且敢于化装成平壤监司的裨将,进行斗争,维护丈夫的体面。《李春风传》富有喜剧性,却很少故弄噱头或不合理的夸张,然而能引人发笑。其喜剧性的讽刺手法是比较高明的。

作为取材于朝鲜王朝末叶社会现实的作品,它反映了当时一些社会阶层人物的思想和性格,而又没有中古小说借助鬼神的表现手法,是一部现实主义因素较强、平民文学色彩较浓厚的作品。

此外,手抄本的汉文小说《乌有兰传》也是一部讽刺两班人物沉迷酒色、丑态百出的喜剧性作品,揭露了当时官场普遍存在的腐败现象。朝鲜王朝后半期讽刺小说作者中,以实学派文学家朴燕岩的作品数量较多,思想最为深刻,态度也最严肃。

八、说唱脚本体小说

(一)《春香传》

《春香传》是世俗小说的巅峰之作,代表了古代小说的最高成就。这一民间故事最早产生于14世纪高丽恭愍王时代,直至18世纪末19世纪初李朝英、正时期才最终形成完整的作品。它有几十种版本,各个版本虽多少有些出入,但故事内容大体一致:肃宗即位之初,全罗道南原县退妓月梅的女儿春香容颜出众,知书达礼。阳春三月的一天,南原府使李翰林之子李梦龙带侍从到广寒楼赏春,对荡秋千的春香一见钟情。晚上,李梦龙在侍从的带领下找到春香的家,向春香倾诉了自己的爱慕之情。春香因为双方身份悬殊,担心李梦龙只是出于一时之欢,不肯接受,李梦龙发誓对她恩爱如一。当晚,两人结成百年之好。此后,两人每天相见,恩爱有加,难舍难分。不久,李梦龙因父亲职位调动,违心随父前往京城,两人挥泪作别。新任南原使道卞使道是个好色之徒,早就听闻春香相貌出众,一上任便点考官妓,派手下将春香抓来,欲强行占有她。春香下定决心为李梦龙守节,坚决不从。卞使道恼羞成怒,对春香施以酷刑,投入大牢。李梦龙进京后发奋用功,及第后被任命为暗行御史,体察民情。他在途中听闻春香的遭遇,便化装成乞丐到了春香家,正在祈祷的月梅一看他的样子,大感失望。李梦龙去狱中探望春香,春香却不嫌弃他。次日是卞使道生日,卞使道大设宴席,附近的官员都来祝寿。此时,李梦龙作了一首诗:"金樽美酒千人血,玉盘佳肴万姓膏。烛泪落时民泪落,歌声高处怨声高。"诗罢,李梦龙亮出真实身份,罢免了卞使道,救出春香。国王听闻春香的事迹,破格赐予春香高贵的身份,两人过上了幸福的生活。

《春香传》反映了市民阶层反对恶势力的斗争,热烈讴歌了春香坚贞不渝的爱情,批判了封建官僚的黑暗统治。李梦龙的诗生动揭露了封建统治者对人民的残酷剥削,表达了人民对贪官污吏的强烈不满,体现了市民阶层摆脱封建等级束缚、冲破门阀观念的迫切要求。

(二)《沈清传》和《兴夫传》

《沈清传》讲了孝女沈清的故事。沈清出生七天就失去了母亲,在盲父沈学圭抚育下成人。父女二人相依为命,艰难度日。由于为父治眼心切,她听信了梦云寺僧人的话,以为捐献三百石供米求助神灵就能使盲人重见天日。沈清无处求米,于是卖身给水上商贾,充当投海祭神的供品,以换取供养米。沈清被投入大海后,一片孝心感动上苍,让她化为一朵莲花。船人将莲花献给国王,沈清从莲花中复出,当了王后。为寻找父亲,沈清在宫中大摆筵席,招待所有的盲人,终于父女重逢。沈学圭一喜之下,双目复明。这部作品高度评价了沈清对盲父的孝心,沈清成为孝女的典范。此外,小说还歌颂了普通百姓的善良,谴责了沈学圭的后妻、梦云寺的僧人、水上商贾等一系列反面人物。

《兴夫传》是一部以兄弟之间的伦理道德为主题的作品:弟弟兴夫善良勤奋,哥哥游夫贪婪残忍、为富不仁。父母死后,游夫把弟弟赶出家门,对兴夫百般折磨、虐待。一天,弟弟兴夫救活了一只摔伤的燕子,燕子为报答他,给他衔来一粒葫芦种子,结出了大量的金银财宝、牲畜、粮食和富丽堂皇的房舍。游夫见财心动,故意摔伤一只燕子,然后救活它,企图得到同样的报答。结果,葫芦里出现的是三教九流各色人等,把他的家产抢劫一空。兴夫不计前嫌,接济哥哥,一同过上了富裕的生活。作品批评了懒惰贪婪、为富不仁的恶人,赞扬了勤劳仁厚的好人,表达了"善有善报,恶有恶报"的思想。

(三)寓言小说《兔子传》《野公鸡传》

寓言小说是以寓言形式写成的小说,是一种通过假托的形象(动物、植物、非生物等)和带有讽刺性质的故事阐明某种事理的小说文体。借物寓意是朝鲜古代文学常采用的一种手法。这时期的寓言小说主要有《兔子传》《野公鸡传》等。

《兔子传》的故事大致如下:龙王得了重病,百药无效,必须取活兔子的肝才能治愈。于是,龙王派鳖去陆地上捉了一只兔子来。鳖见到兔子,花言巧语地骗兔子去龙宫。兔子去了龙宫后才知道龙王要取自己的肝,于是急中生智,骗龙王说自己的肝没有带来,请求回去取肝。龙王让鳖载着兔子回去取肝。鳖把兔子送回岸,兔子就逃脱了。鳖无奈,只好空手而归。《兔子传》讽刺了龙王和鳖的愚蠢,赞扬了兔子的机智。可以认为,龙王和鳖象征了统治阶级,兔子象征了平民。这个寓言旨在讽刺统治阶级的愚蠢。

《野公鸡传》写野公鸡不听野母鸡的劝告,吃了红豆子,中毒身亡。野母鸡成为寡妇,乌鸦、大雁、鸭子等纷纷前来求婚,她不同意,最终嫁给了另一只野公鸡。这部寓言小说是向古代封建社会的"男尊女卑"思想提出的挑战。野公鸡刚愎自用,不听野母鸡的劝告,导致中毒身亡。野母鸡自主选择结婚对象是对封建道德观念的挑战,反映了人民摆脱封建束缚的要求。

(四)讽刺小说《裴裨将传》

《裴裨将传》是一部揭露李朝末期封建官吏丑态的作品。朝鲜初期,裴裨将被任命为济州岛官,妻子怕他沉湎声色,阻其前行。裴裨将不听劝告,声称决不同流合污。后来,冀州牧使指使仆人和宠妓爱娘设计拉裴裨将下水。裴裨将在树林里与一个天仙般的女人相遇,被迷得神魂颠倒,跟踪找到女人的家,这个女人就是爱娘。仆人设局不让裴裨将顺利进到爱娘的房间,使他丑态毕现,最后才跟爱娘见面。两人正打得火热,仆人装作爱娘的丈夫,突然出现。裴裨将急忙钻进袋子,又钻进柜里。外面的人故意说要把柜子扔进大海,实际上却把柜子抬到了官衙。听到外面故意制造出的水声,裴裨将以为真被扔进了海里,箱子打开的时候,他正赤裸裸地闭着眼睛,还做出游泳的样子,引起了哄堂大笑。小说最后,牧使安排将爱娘嫁与裴裨将,并把他调往别处做官。这部作品揭露了两班阶层的伪善和封建官吏的生活丑态,圆满的结局设计体现了小市民世界观的局限性,他们尽管不满于没落的封建制度,但又不能完全摆脱封建束缚。

自第一部韩文小说《洪吉童传》出现后,韩文小说迅速兴起、发展,相继涌现了大量内容丰富多彩的小说。这些作品有的反映文人士大夫对社会的不满,描绘理想的封建社会,如《九云梦》《玉楼梦》等;有的反映封建家长制家庭的嫡庶矛盾、妻妾矛盾、继母与前子女矛盾等伦理矛盾,如《洪吉童传》《谢氏南征记》《彰善感义录》《玩月会盟宴》等;有的反映沙场生涯,如《壬辰录》《刘忠烈传》等;有的反映封建社会人们对幸福爱情的追求,如《春香传》《彩凤感别曲》等;有的讽刺丑恶社会现象和两班贵族,如《李春风传》《兔子传》《裴裨将传》等。

随着封建社会的衰落,市民阶级兴起,读者阶层由贵族妇女逐渐向民众普及,对小说的需求增多,内容逐渐趋向反映民众的要求,创作小说的阶层也由初期的文人士大夫逐渐多样化,出现了民众集体创作的情况。同时,韩文小说的内容思想由前期主要表达士大夫的不满逐渐发展为讽刺统治阶级的腐朽、试图摆脱封建社会束缚。

韩文创制之后,民族的共同体意识和民族意识增强,尤其在"壬辰倭乱"和"丙子之乱"之后,两班阶级的威信逐渐减低,民众自觉性增强,韩文小说由此迅速发展,因而具有重大的意义。韩文小说在韩国古典小说中占有重要地位,也对后来新小说的形成产生了深远影响。

第三章　古代韩语文学

第四节　口传文学

一、口传文学的特征及分类

口传文学,即"口头流传的文学"。它以口头形式存在,以口头形式传播,以口头形式传承,只有同时具备以上三个条件才是口传文学。口传文学有别于记录文学,记录文学是"文字记录的文学"。由于话语比文字更具原始性,与记录文学相比,口传文学更具原始性与普遍性。

如果一些叙述被不断重复,口口相传,并跨越各个时代传承下来,在这个过程中会逐渐形成一种规范,即从随意的、多变的叙述逐渐演变为一种固定的叙述模式,遵守这种固定模式的语言行为便被称为口传文学。然而,我们必须正确理解口传文学定义中"以口头形式存在"及"以口头形式流传"等说法。口传性与记录性并非相互排斥,而是共同存在并相互影响的。自文字出现后,"口传的"与"记录的"要素便无法也没有必要再进行严格的区分。

应该注意,并非一切以口头形式存在并传承的都是口传文学,必须具备文学性和文学美,单纯传递某种信息的传言、具有一定篇幅的无稽之谈、毫无意义的玩笑话等都不能称之为口传文学。

(一)口传文学的特征

口传文学具有口传性、集团性、单纯性、普遍性、民众性、民族性的特征。口传文学的口传性指口传文学以口头形式存在、传播、传承,口传性是口传文学的最首要特征。口传文学的集团性指口传文学由人们集体创作、传播并传承,因此口传文学又具有无名、匿名的特征,不存在所有权或著作权之说,这与记录文学的个人性形成鲜明对比。口传文学的单纯性指其创作者、传播者和传承者都不约而同地对某一叙述的核心要素进行重点把握,在此基础上进行进一步的演绎。口传文学的普遍性指它在内容上具有共性,不存在地域、民族以及文化上的差异。口传文学的民众性指口传文学由不懂文字的民众所创造、流通和消费,具有大众艺术的普遍特征,体现了民众的意识。口传文学的民族性在民众性的基础上衍生而出,以民众性要素为核心,便得出了民族性的形式。

(二)口传文学的分类

韩国的口传文学大体可分为说话、民谣、巫歌、说唱、民俗剧、俗谈、谜语等,除此之外还有俗信语,它可以与俗谈、谜语共同归类为口传短文。

说话是遵循一定叙事结构组织而成的话语,可分为神话、传说和民谭。民谣是人们在日常生活中唱的歌曲,可分为辞说、曲调、机能等,主要包括劳动民谣、意识民谣及游戏民谣。

巫歌是巫女在神祭上吟唱的歌谣,是人类感情的流露,具有一定的文学性。除歌颂神明生平事迹的叙事巫歌外,巫歌还包括抒情巫歌、教述巫歌、戏曲巫歌等。说唱也叫本事歌、打令,是由俳优演唱的长篇叙事文学,有12场和6场之分,现在缩减为5场,属于古小说,是韩国口传叙事诗的代表。民俗剧可分为假面剧和人偶剧、巫剧、足假面剧等。根据地区不同,假面剧有假面舞、山台游戏、野游、五广大等多种称呼。俗谈运用讽喻性语言,对现实进行尖锐的讽刺或对民众进行严肃的教育,主要包括教导、讽刺、启示等题材。谜语是充分发挥人们的想象力,鼓励人们用智慧解答问题的话语游戏,除最基本的问答形式之外,还包括破字及二十次猜等。

(三)口传文学的研究

20世纪30年代,朝鲜民俗学会成立,对口传文学的研究正式开始。不过,最初的口传文学研究完全从民俗学立场出发,对其特征、机能、传播及分布等各方面的研究也更加侧重民俗的意义,对文学上的特征及价值缺少足够的重视。

记录文学的研究者们很早便对口传文学持有极大兴趣。20世纪30年代,韩国加大了对韩语文学的研究力度,为更全面地研究记录文学,引用了不少口传文学的相关资料,口传文学的研究因而逐渐频繁起来。但是,由于这些研究均是辅助记录文学的研究展开的,因而并不详尽。

将口传文学作为文学的构成部分展开正式研究始于20世纪60年代,此时的口传文学被正式认定为文学的一部分,并在文学高度上展开了相应研究,使口传文学研究进入了一个崭新的阶段,具有了与记录文学同等的地位。口传文学的研究方法论主要包括构造主义、现场论、分析心理学、原型论、传播论、象征主义等,作品研究中主要运用构造主义和现场论。

二、说话

说话即话语,是通过多人的谈话生成、传播并传承的语言艺术。茶余饭后、农闲时分,谈话成为人们生活中不可缺少的组成部分。谈话围绕人们的生活展开,宇宙、世界以及人类生活的一切事物都可以成为人们谈论的话题。谈话的内容既包括一些虚构的故事,也有对历史人物事件的看法,或者是某人的生活体验或见闻,可谓多种多样。然而,并不是所有的谈话都可以成为说话,实际发生的事件、对事物的客观说明或经验之谈等都不能归于说话之中。

说话是人们编造出的、具有一定结构的话语,是比日常生活现实更具积极意义、更具激励性和启迪性的文学行为。

说话以口口相传的方式存在并发展,因而在传承过程中难免会有内容上的增减,其固定的构造则在口口相传的过程中被理解、接受和传承下来。说话具有一定的散文性,叙事民谣、叙事巫歌、说唱和说话都属于叙述文学,但由于前三者均采用歌唱形式,因而都具有一定的韵律。相对而言,存在于人们日常生活中的说话更具散文性。说话在表述上具有一定的开放性,由于对人数及场所没有严格的要求,只需要一名以上的说话者、倾听者,形成谈话的气氛,说话便随之成立。说话没有技术水平的限制,对表述者也无过多限制,只要曾经听过某段谈话并掌握了其基本构造,都可以成为表述者。说话还具有一定的普遍性,它形成于文字诞生之前,在最广大的民众中不断传播,直至今天仍处于不断发展之中。

以上特征决定了说话是各阶层民众最容易参与创作的最具普遍性的文学,是资料最丰富、最多样的口传文学,因此最容易被选作学术研究对象。

说话指具有一定情节性的民间叙事谈话,通常可分为神话、传说、民谭三类。说话的口传性决定了它的多棱性,呈现出不同的倾向,形成了不同的种类。话题的特征、表述者的想法态度以及说话的技能等决定了其形态特征。因此,神话、传说及民谭在传承者的态度、说话主人公的性格特征和行为、谈话的要素、传承的范围等方面有明显的不同。

(一)神话

关于神话的定义,学者们众说纷纭,大体可概括为以下几点。首先,神话是关于神或者被神化之人的历史故事,被认为神圣而真实。其次,神话通常讲述天地之初的神圣空间中所发生的开创故事。再次,神话通常与祭祀仪式关系密切。最后,神话超越了人类的日常生活,是人类对想象世界的描述。

韩国不存在圣经创世记那种关于天地创造的神话,韩国的神话多处在"开天辟地之前"或"很久很久以前"的原始时间段。韩国创世神话中有关人类创造的记录只存在于咸兴地方志的《创世歌》中。

根据韩国文化人类学会1967年出版的《韩国民俗资料分类表》,韩国神话可分为韵文神话及散文神话两大类,韵文神话又可分为堂神话及普通神话,散文神话又分为创世神话、英雄神话、部落神话、普通神话等。

根据不同的分类标准,神话可以有多种分类方式。根据讲述对象不同,可将神话分为自然神话及人文神话。自然神话是以自然事物表现人类心性的神话,有关天体、山及大海的神话都属于此类;人文神话是表述人类心性在人文界的反映的神话,社会集团神话、狩猎、捕捞、农耕、死亡、婚姻等均属于此类。根据讲述目的不同,可将神话分为叙述神话及说明神话。叙述神话是描述自然事物形态及超自然灵魂的动态的神话;说明神话指探索自然界及人类社会中事物的形态、成立、起源的神话。根据咒术宗教的机能,神话可分为圣性的神话(如叙述巫歌)及俗性的神话。圣性的神话指与咒术或宗教思想有关的神话;俗性的神话指与咒术或宗教思想无关的神话,如爱情神话等。根据历史发展程度,神话可分为低级神话和高级神话。低级神话指较缺乏理性思考的神话;高级神话指由低级神话发展而来的、理性思考较为丰富的神话。根据主题不同,神话可分为世界起源神话、人类起源神话、生活奇术神话、星辰神话、日月神话、死亡神话、盗火神话等。根据对神圣性的接受程度,神话可分为建国神话、始祖神话、洞神神话(部落神堂供奉之神)、巫俗神话等。根据传承方式不同,神话可分为口传神话及文献神话。口传神话主要是以口传方式流传至今的神话,如叙事巫歌;文献神话指较早被记录在文献中流传下来的神话。收录韩国神话的主要文献有《三国遗事》《三国史记》《帝王韵记》《东明王篇》《高丽史》《世宗实录地理志》《东国舆地胜览》等,其中《三国遗事》所收录的资料历史最悠久、数量最庞大、内容最详尽。

(二)传说

传说是被传承者认为真实存在、具有具体时间场所及特定证据的故事。以人与人之间、人与事物之间相互关系为主题的传说占大多数,此外也有许多讲述人类受挫的悲剧。

韩国的传说具有真实性、历史性、体验性、说明性、跳跃性、表述自由性等特征。真实性指传说的年代、场所、主人公等清楚明了,证据充分,说话者与倾听者均坚信不疑。历史性指传说自身的历史化与合理化。体验性指传说中出现的事物均基于创作者的真实生活经验。说明性指传说对山川、村落、岛屿、寺刹、桥梁等的形成及由来进行了说明。跳跃性指传说在叙述及事件的结果上具有较大的跳跃。表述自由性指传说没有一定的叙述顺序。

根据不同的分类标准,可将传说分为以下几类。根据传承场所不同,可分为地域性传说及移住性传说。地域性传说指在某个地域内得到大家公认的传说,具有明显的地域特征,主要涉及当地的地理特征、地名由来、风俗习惯的起源等。移住性传说指不同地域内存在的情节类似的传说,如《苦难兄妹》等。

根据发生目的不同,传说可分为说明性传说、历史性传说及信仰性传说。说明性传说指对地理特征、自然状况、某种特殊习惯、某地动植物的特殊状况、山石的雕刻等进行说明的传说;历史性传说是由真实历史事件演绎而来的传说,包括野谈、野史、稗史等;信仰性传说指民间信仰衍生出的传说,如"郑道令"再临传说等。

根据证据物的数量,传说可分为单一证示传说及连锁证示传说。只有一个证物可以证明传说内容的叫"单一证示传说";有多个相互联系的证物的传说叫"连锁证示传说"。

根据传说内容涉及的时间,传说可分为说明性传说及预言性传说。说明性传说是演绎过去事件的传说,传说大部分属于此类;预言性传说指预测性的传说,多与王道及风水有关,又可分为预言完成传说及预言未完成传说。

根据地域分布不同,传说可分为全国性传说及地方性传说。崔尚洙的《韩国民间传说集》第371篇中按道别将韩国传说进行了收录。

收录韩国传说的主要文献有《三国史记》《三国遗事》《高丽史》《世宗实录地理志》《东国舆地胜览》及各地区的地方志等。

（三）民谭

民谭是流传于民间的故事,它不拘泥于场所、时代、人物的精确,不强调必然性,是完全自由的创作。《三国史记》及《三国遗事》中载有许多韩国民谭资料,对探索民谭的历史及原始形态有着十分重要的意义。此外,高丽后期的《破闲集》《补闲集》《栎翁稗说》《白云小说》,朝鲜时代的《古今笑业》《溪西野谈》《青丘野谈》《东野汇辑》《东稗洛诵》《稗林》《於于野谈》等也收录了大量民谭。

民谭是以娱乐为目的进行创作的一种口传文学形式。民谭中一般不会出现时间及证物。民谭的主人公多为普通百姓,讲述克服困难迎来新生的故事。民谭的内容不受时间地点制约,是祖先的梦想与浪漫、微笑与智慧的文学再现。

民谭可分为动物谈、本格谈及笑话。其中动物谈又可分为动物由来谈、本格动物谈及动物寓言。本格谈根据背景、人物及超自然能力等可分为现实谈及空想谈。笑话又可分为夸张谈、模仿谈、痴愚谈、欺诈谈、竞争谈等。

三、民谣

民谣,顾名思义即民众的歌谣。所谓"民众",指近代以前社会的被统治阶级。民谣又称俗谣、俚谣、淫词、短歌、杂歌、国风、风谣、童谣等。民谣既是歌曲,也属于口传物。符合这一特征的除民谣之外还有巫歌、说唱、杂歌、歌曲及时调等。巫歌主要由巫女吟唱,说唱、杂歌、歌曲及时调则主要由戏子或歌者演唱,它们都必须经过专门的训练。民谣有所不同,它产生于日常生活中,专业性较低,是一般民众描述自身日常生活的歌谣。

民谣是民众的歌谣,是民众日常生活中必不可少的歌谣。民谣是各个民族、地域、阶级高度共享的歌谣,同时又是应民众生活需要产生并存在的歌谣。作为口传物的一种,民谣是非专业性的民众出于生活所需创作的歌谣。

根据不同的分类标准,可将民谣分为以下几类:

根据技能不同,可分为劳动谣、意识谣、游戏谣三类。劳动谣是民众在劳动时唱的歌谣,又可分为农产劳动民谣、水产劳动民谣、土木劳动民谣、手工业劳动民谣、采集劳动民谣、运输劳动民谣、家务劳动民谣等,这些类别又可进一步细分,如农产劳动民谣又可分为稻田农事歌谣、麦田农事歌谣、打作歌谣等;意识谣是民众在希望达成某种愿望时唱的歌谣,根据愿望不同,又可分为祈愿意识谣、通过意识谣及辟邪意识谣,其中祈愿意识谣又包括安宁祈愿谣、丰饶祈愿谣,通过意识谣包括结婚谣、寿宴谣、葬礼谣,辟邪意识谣包括逐鬼谣、逐疾谣、逐火谣;游戏谣是为配合游戏进行而唱的歌谣,根据游戏内容可分为动作游戏谣、道具游戏谣、语言游戏谣、戏弄游戏谣、自然事物游戏谣、造型游戏谣、歌唱游戏谣等,此外还可进一步细分,如动作游戏谣又可分为动作竞技谣和动作演技谣等。

根据歌唱方式不同,民谣又可分为先后唱、交替唱及独唱(齐唱)等。根据唱曲不同,民谣可分为歌唱民谣及吟咏民谣。根据韵律不同,可分为1音谱民谣、3音谱民谣、分联体民谣、2音谱民谣、4音谱民谣、连续体民谣等。根据题材不同,可分为教述民谣、抒情民谣、叙事民谣、戏曲民谣等。根据歌者不同,可分为男谣、妇谣、童谣等。根据时代不同,可分为古老歌曲、中年歌曲(近代谣)等。根据地域不同,可分为各道民谣。

四、巫歌

巫歌是祭祀中巫女以歌舞进行神祭时对神吟唱的歌,是将对宇宙观、灵魂观、来世观以及人类存在的根源等一系列问题的思考综合并体系化后以语言形式表达出来的歌曲,叙事形式的巫歌又被称为"巫俗神话"。从宗教立场来看,巫歌具有一定的神圣性,但是若将巫歌作为文学对象来考察,可以从下面几点发现其文学特性:

第一，巫歌是以话语形式口述并以话语形式传承的文学；第二，巫歌是借助叙事、抒情、戏曲、传述等形式展示人们想象中的神秘世界的文学；第三，早在叙事、抒情、戏曲、传述等文学样式尚未确定之前，巫歌已经产生并流传，现在巫歌中仍留有以上文学样式的痕迹；第四，巫歌具有探讨人类生存问题的深刻内容；第五，巫歌是以神圣性为前提、以神为对象、在宗教仪式上以口头方式流传的文学；第六，巫歌是在神祭的固定场所内，由巫女这一特定阶层以口头形式传播的文学；第七，巫歌自身的宗教保守性使其具有明显的古风倾向；第八，巫歌以4.4调的韵律为基础，具有更明显的描写刻画倾向。

关于巫歌的分类，众说纷纭，比较主流的说法是将巫歌分为教述巫歌、抒情巫歌、叙事巫歌及戏曲巫歌四类。教述巫歌可再分为请拜、对祭主和摆设祭仪理由的说明、对祭仪准备过程的说明、赞神、祝愿、接受天启等多个部分的巫歌。巫歌本身具有极强的教述意义，因此教述巫歌在巫歌中所占比重最大。抒情巫歌表现出明显的抒情倾向，代表作有《小曲》（京畿道）、《倡夫打令》等。叙事巫歌是巫女在神祭上歌颂神的生平时吟唱的歌谣，它主要记述巫神的一生，因此也属于巫俗神话，韩国全国各道均有叙事巫歌。戏曲巫歌是具有一定戏曲倾向的巫歌，除单纯的歌舞外，戏曲巫歌也很看重对话及动作，并有幕的划分。虽然戏曲巫歌亦称"巫剧"，但其台词仍体现了其文学性。

五、说唱

说唱，又名打令、杂歌、剧歌、唱、唱乐、唱剧调等，唱者在设有屏风、凉席的空地或剧场内，在鼓手的伴奏下进行三到八小时的长篇故事演唱。说唱是朝鲜后期诞生的民众艺术，是以歌唱形式反映民众生活的平民艺术。

说唱作为叙事文学的一种，用歌唱的方式讲述故事，属于口述叙事诗。说唱是以营利为目的进行的演出。说唱同其他口传文学一样由多人共同创作。说唱是朝鲜后期社会变革中出现的文学，真实地反映了当时的社会变化。

说唱根据其传承地域、歌唱方式、发声方法的不同可以分为不同流派。流派的形成主要始于19世纪初期的八名唱时代，之后自然形成各个不同的流派，主要包括东便调、西便调、中高调等。

第三章　古代韩语文学

17—18世纪是说唱的形成期,学界一般认为此时的说唱由巫女的神祭歌曲或巫歌发展而来,比较有名的倡优有崔先达、河汉谭等。18世纪后半期到19世纪中期是说唱的成长期,此时民众意识更为成熟,借说唱讽刺统治阶级、攻击身份制度、抒发对贫困生活的不满,代表作有《春香传》《兴夫歌》《赤壁歌》等。19世纪中期之后是说唱的转变期,此时最为明显的变化是统治阶级对说唱的热衷,将欣赏说唱看作修养的表现,代表作有《广寒楼乐府》《广寒楼记》《南原古词》《沈清歌》等。

六、民俗剧

民俗剧是在民间传承而来的一种传统戏剧。与近代以后受西方歌剧影响的戏剧有所不同,民俗剧是韩国固有的传统剧、古典剧。民俗剧是民间共同创作、保存并传承的剧种,没有固定台本,在共同创作及公开演出的过程中不断得到进一步完善。民俗剧可以不凭借任何事物独立完成演出,演员都以假扮的面貌出演。民俗剧往往以简单的动作对话表现复杂的事件,其台词在一定程度上反映出民众凄苦的心路历程。

根据表演目的及方式的不同,民俗剧可大体分为假面剧、人偶剧、巫剧、足假面等。

假面剧因其表演者戴假面出演而得名。根据类型及游戏目的不同,有辟邪、讽刺贵族、表现夫妇妻妾矛盾等多种主题。从其构成来看,可分为山台游戏假面剧(重要无形文化遗产第49号松坡山台游戏、重要无形文化遗产第2号扬州山台游戏)、村祭假面剧、北清狮子游戏(重要无形文化遗产第15号)等。

人偶剧一般由人偶师操纵人偶表现剧情,代表类型有忠清南道第26号无形文化遗产朴金知人偶戏(有些地方亦称"洪同知人偶戏")及第3号重要无形文化遗产傀儡剧,与男寺党扁担戏一脉相传。巫剧是巫女在祭祀仪式中表演的戏剧,主要是神祭仪式最后的送神环节等。随着时代的发展,神祭的咒术氛围逐渐消失,巫剧等趣味性元素则被保留下来并逐渐成为一种娱乐方式。足假面剧是将假面绑在脚上假装人偶进行表演的剧种。

七、俗谈

俗谈又称"俗谚、谚语、谚、方言、俚谚、俚言、俗言、常言、常谈",是在民众中流传下来的俗话。这里的"俗"指"风俗""习俗",由此可见,俗谈是民众在日常生活中提炼出的智慧结晶。"谈"指话语,俗谈就是运用简洁的话语、使用比喻等手法总结民众日常生活智慧结晶,揭示生活真理,达到警示、教育或讽刺目的的惯用表现语。记录俗谈的文献主要有《於于野谈》及《三国遗史》等。

俗谈是一种简洁的表达方式,往往运用比喻的手法。俗谈是惯用性的语言、通俗性的语言,而且具有丰富多彩的修辞技巧。俗谈是社会成员共同意志的社会产物,反映了一定的社会现象。俗谈具有教育及教化的功能,可以起到缓和人际关系的作用。

广义上的俗谈包括古词、名言、警言等。古词是有某种由来的规则或定例。名言是具有生活指南价值的代代流传下来的话语。警言是强调正确的规则、道德伦理、行动规范的话语。从狭义上讲,俗谈又不同于古词、名言及警言,它是代代口传下来的话语,因而没有明确出处。

八、谜语

谜语是具有问答双重结构的简短口传叙述物,属于一种语言游戏。《三国史记》高句丽本记中有瑠璃明王借"七棱石上松下"的遗物(断剑一段)逼迫其父王退位的记载。关于"谜语"这一称呼的由来及其语源构造,目前尚无定论,甚至对"谜语"的称呼在各地也不相同。

首先,谜语是提问者与回答者共同参与、以一方提问另一方解答的方式进行的微型口传传承物。其次,提问常使用形象而简洁的比喻(通常为隐喻),回答也只有一两个单词,其本身并不具有艺术上的形象性。最后,提问中通常设置干扰回答者的陷阱。

谜语根据其构造、内容等有多种不同的分类方式。例如根据提问的特征可分为与假象有关的谜语、与声音有关的谜语、与文字相关的谜语、与智慧相关的谜语四种。

与假象有关的谜语主要是将动植物或其他物体的外形、动作、性质等设为对象的谜语,提问主要运用隐喻的手法。与声音有关的谜语指运用同音异义语提问或寻找省略的原语谜语。与文字相关的谜语主要指利用汉字的外形提问或者利用音的相似性提问的谜语。与智慧相关的谜语指用非比喻性的手法提问,而答案具有一定说明性的谜语。

第四章　韩国近代文学

　　关于韩国"近代"文学史的开端,尽管众说纷纭,但一般认为是指朝鲜王朝向西方开放门户的19世纪后半期,特别是发生"东学革命"和"甲午更张"的1894年以后的时期。因此,19世纪后半期到20世纪第一个十年期间,可以看做韩国古典文学走向近代文学的时期,按照韩国文学史术语也可将该时期称为"开化期"。

　　19世纪70年代,西方近代主义文明浪潮已席卷清朝及日本,加上美、英、法、俄等帝国主义势力的膨胀,给朝鲜施以很大压力。1876年,日本以武力强制朝鲜与其签订了修好条约,紧接着英、德、美等国也纷纷与韩国签订修好条约。在此背景下,1884年,金玉均、朴泳孝等人积极提倡开化思想,发动了一场推崇西方民主主义体制的改革,即甲申政变。他们颁布了具有资产阶级民主内容的新政策,最终却因受到守旧派的阻扰,以"三日天下"草草收场。1894年,朝鲜爆发东学党起义,这场运动是外部势力和外来文化渗透引起的不安、国内的矛盾、民众对腐败势力进行抵抗等多种原因引起的。尽管这场起义以失败告终,但群众展现出了自我觉醒意识,努力克服盲目的西化或守旧的保守主义,体现出近代化特征。在此背景下,统治阶级被迫开展了甲午改革。这场革命给朝鲜带来了平民政治、自由平等,并吸取了西化的文化制度,它所诞生的新式教育机关、出版的韩文杂志、试行的韩汉文体混用制度等预示着韩国文学史即将出现全新的变化。

　　新式教育成为接触近代政治、经济、文化的客观条件,尤其对近代思想的吸收产生了重大影响。除新式教育制度外,对群众开化意识产生重要影响的还包括书籍的发行,以书籍为媒介,全新的近代科学思想被传播给大众。当时的文人志士正是吸收了这些科学的实用思想,创造出许多全新的文学作品,进一步加速了这一时期文学的近代化进程。

　　体现出这一阶段朝鲜社会面貌的作品主要有保守派黄玹的《梅泉

第四章　韩国近代文学

野录》(1864—1910)、开化派金玉均的《甲申日录》(1885)、俞吉濬的《西游见闻》(1895)等。《梅泉野录》按年代顺序编排,采用所谓"春秋笔法",记录了从1864年大院君执政至1910年韩日合并的47年间重要的历史事件,其叙述对象并没有局限于当时的政治、经济,而是广罗了社会风俗、文化等多方面内容。《甲申日录》是金玉均于甲申政变发生后的第二年逃亡日本时所写,记录了甲申政变的始末。他之所以撰写该书,一则由于自己身为政变的发起人,深感有责任记录下该事件始末;二则是在遭受日本政府欺骗后,欲以此书来谴责其背叛行为。《西游见闻》是俞吉濬从美国留学回国后,被冠上开化派的罪名遭受软禁期间所著的。该书于1892年著成,1895年在东京发行。《西游见闻》中的开化思想源于北学派[①]的利用厚生思想,吸收了"东道西器论"[②]。该书是最全面最有深度地系统化论述开化思想的著述,它摆脱了传统儒教观念的束缚,从思想上给所有立志开化的知识分子以十分重大的影响。从文学史角度来说,《西游见闻》最重要的意义在于它是第一本韩汉文体混用之作,作者批判言文不一致的现象,积极主张韩国人使用本国文字,这成为韩国开化期小说开始采用韩汉混用文体的契机。

韩国开化期文学形成的另一个重要条件是报纸杂志的刊行。报纸杂志作为宣传开化思想、开展文化运动、使用韩汉混用文体和韩文的阵地,是韩国开化期文学得以展开的极其重要的途径。最早由韩国人发行的具有近代性质的报纸是1883年创刊的《汉城旬报》。《汉城旬报》于朝鲜高宗二十年(1883年)阴历十月一日由统理衙门博文局以汉文文体发行,每月发行三期,至1884年12月闭刊共发行40余期,现只有第一期至第三十六期存世,藏于国立中央图书馆和国立首尔大学图书馆。1896年甲午改革后开始发行的《独立新闻》,无论是形式还是内容都具备了近代报纸的性质。《独立新闻》是由民间刊行的报纸,从美国留学归来的徐载弼等人按照西方国家的报纸样式进行编辑。该报使用纯韩文刊载相关新闻内容,是当时开化主义者的重要活动舞台。其中,刊载于该报的"爱国歌"等诗歌作品,从一个侧面展现了韩国开化期诗歌的面貌。

1898年,由于独立协会解散,《独立新闻》被迫停刊。同年,《皇城

[①]　朝鲜超后期实学派的分派之一,主张学习清朝的学问,重视工商业发展。
[②]　19世纪中期随着西方势力的渗透出现的一种吸收西方文明的理论,类似于中国洋务运动时期的"中体西用论"。

《新闻》发刊,采用韩汉混用文体,一直持续到1910年。该报重视大众启蒙,积极宣传独立自强精神。1905年11月17日,韩国被迫与日本签订了丧权辱国的《乙巳条约》后,《皇城新闻》于1905年11月20日刊发了一篇由该报主笔张志渊撰写的题为《是日也放声大哭》的评论,该评论指出了《乙巳条约》的不公平,痛斥了日本的侵略者本性,反映了韩国人民反抗日本侵略的心声。1906年,《帝国新闻》创刊,以纯韩文文体编写,内容以国内外新闻为主,同时也刊载部分文学作品。同年,《每日新闻》《万岁报》相继发刊。《万岁报》发行初期由李人稙担任主编,第一次以连载小说的形式刊载了其新小说作品《血泪》。

　　关于韩国近代杂志的创办发行,1896年由赴日韩国留学生为中心发行的《亲睦会会报》被誉为韩国近代杂志的先驱,该杂志以社论和论文为主,文体采用韩文或韩汉混用体。以发表文学作品为主的杂志主要有1906年发刊的《朝阳报》《大韩自强会月报》《太极学报》《少年韩半岛》,1907年发刊的《夜会》《大韩留学生会报》,1908年发刊的《奖学月报》《畿湖兴学会月报》等。

　　另外,当时在韩国掀起的国文教育与国文运动也值得关注。甲午更张以后,高宗在《洪范14条》①中阐明了何为新式教育,设立了专门负责教育的学府衙门,在全国各地设置官立的小学。在民间,首先在基督教机关中设立了培材学堂(1885年)、梨花学堂(1886年),1905年前后,养正义塾、徽文义塾、淑明学校等一些私立中等教育机构相继成立。在这些教育机构中,国文被规定为必修课,所有课程的教科书都是韩文或韩汉文混用文体,规定所有考试、法规等都必须使用韩汉混用文体。

　　基督教可谓西方文明的精神支柱,第一次将基督教引进韩国的是壬辰倭乱时期与倭军一起来到韩国的一名葡萄牙人。1784年,李承薰接受洗礼后开始传播天主教,信徒曾一度达到三万人。后来由于大院君的压制,人数逐渐减少。1885年,一些新教传教士先后在韩国设立了医疗、教育机构。《新约全书》于1900年和1906年先后两次被翻译成韩文并在韩国广泛流传。西方宗教的传入,在传播西方文化的同时,对韩文普及也发挥了重要作用。教会的《赞颂歌》对韩国的诗歌文学也产生了一些影响。

　　近代启蒙思想的普及与民众的语言能力和文化水平密切相关。当

---

① 1895年1月8日韩国颁布的第一部近代性质的宪法。

第四章 韩国近代文学

时韩国社会的语言使用情况比较混乱,两班阶层继续沿用汉字汉文,而一般庶民及妇女则喜欢使用简单易懂、言文一致的韩文。因此,近代韩国正面临着一场语言文字的大变革。在语言的语义表达方面,韩汉混用可以有效地传达当时的思想,将史学、经济学与新闻出版有机结合在一起。韩文文体的普及最初与韩汉文体混用一样,是从上到下的一场革新,意味着统治阶层的意识开始发生转变。韩文体的普及不仅是统治阶层强制性的要求,更是语言大众化和民族语言建设的一种近代精神的体现。当时一些韩文先驱者以独立自强为目标,开始进行韩语语法的研究,主要成果有池锡永的《国文论》(1896)、《新订国文》(1905),李凤云的《国文整理》(1897),俞吉濬的《大韩文典》(1908),周时经的《大韩国语文法》(1906)、《国语文典音学》(1908)等。其中周时经极力主张使用韩文,强调文字应从读者角度出发,注重语言文字的大众性。

韩国开化期文学正是在上述多重背景下产生并发展起来的。近代文学在与外界接触,逐步走向文明开化的同时,出于抵抗列强侵略的需要,开始出现了富国强兵的主题,这一主题通过传统以及全新的文学体裁表现出来,逐渐带动了文学体裁的革新。

第一节 近代诗歌

20世纪初期,韩国的传统文化不断受到来自西方世界的冲击和挑战,革新传统文化的形式和体系是大势所趋。长期以来,中国一直是韩国唯一的外来文化窗口。但在西势东渐的背景下,韩国被迫开放门户,西方文化快速涌入韩国,韩国人的思想和文化观念随之发生了重大的转变。文学也同样如此,以诗歌为例,传统的固有诗歌体裁主要有从高丽末期开始发展起来的时调以及朝鲜朝时期的歌辞。这些诗歌以 3/4 拍或 4/4 拍的四音步①为基本节奏,主要体现朝鲜"载道之器"、"劝善惩恶"等儒教价值观。然而,到了1900年前后,诗歌领域发生了划时代的

---

① 构成诗歌韵律的基本单位。如'오백 년 / 도읍지를 / 필마로 / 돌아드니'这句诗有四音步。

重大变革。在保留原先 4/4 拍音步的同时,还出现了 6/5 拍、7/5 拍、变型调、插入副歌的多音步等多种形式上的变化,主题也出现了彻底的开化思想。此外,在诗歌的结构方面,也逐渐出现西方宗教的《赞颂歌》及近代歌曲的影响。

> 独立大业,长久之计。
> 国民相爱,实乃第一。
> 何谓喜庆,何谓喜庆。
> 大朝鲜国,独立之日。
> (《独立歌》)

> 学生们学生们,青年学生们!
> 请你们听一听,壁上那挂钟,
> 一声啊接一声,声声不复回。
> 人生一百年啊,如马飞奔去。
> (《学生歌》)

> 生存与竞争,当此时代啊,
> 国家的兴亡,取决于吾辈。
> 列强的横行,越想越激愤,
> 屈从当奴隶,是奇耻大辱。

> 两千万同胞,我们的兄弟,
> 此时为何时?此日为何日?
> 六大洲大陆,情况又如何?
> 弱肉则强食,优胜而劣败。

> 恢复那国权,挽救我同胞,
> 吾辈双肩上,担负的义务。
> 挥洒着血泪,奋发而有为,
> 实际的学问,研究再研究。
> 一身的荣辱,一国的兴亡,

第四章 韩国近代文学

除了学问外,别无好办法。
(《劝学歌》1907年《西友》第四号)[1]

以上三首诗中,第一首是4/4拍的传统歌辞形式,第二首是6/5拍,第三首是5/5拍。从内容上来看,除第三首诗之外,前两首都展现了开化期特定的时代面貌,体现了开化意识。出现这种形式和内容变化的诗歌被称为"唱歌"。关于开化期诗歌的类型,根据韵律与分联的不同,韩国学界主要有以下三种意见。

第一种意见认为唱歌是这一时期诗歌的代表样式,由唱歌演变为新体诗(新诗)。林和、白铁、赵演铉、赵润济等学者都支持这一主张。林和在《新文学史概说》中首先提出了这一说法,认为新诗由唱歌发展而来,唱歌与古典文学中的时调或歌辞有所不同,它是按西方歌曲形式所作的新式歌曲,是韩国近代西方音乐的开始,也是近代诗歌的出发点。

第二种意见认为,韩国新体诗经历了开化歌辞到唱歌,再到新体诗的变化过程。该主张由赵芝薰在《韩国现代诗文学史》一书中提出。甲午更张前后,韩国社会、文化等各领域掀起了近代化的浪潮,开化歌辞作为一种产生于民众的诗歌形式,为体现当时的时代精神,将全新的开化思想赋予传统的歌辞形式中。开化歌辞的第一篇作品是发表于《独立新闻》第三期的《汉城巡厅村崔燉性之文》。开化歌辞的变化过程是在传统的4/4拍形式中以开化思想为主要内容形成的,之后随着西方音乐的出现,开化歌辞逐渐发展为唱歌。

第三种意见是由宋敏镐提出的,他认为在开化歌辞前还有开化诗的存在,其后开化歌辞发展为唱歌。例如《大韩每日申报》上登载的《忧国歌》沿袭了传统歌辞的4/4拍韵律,所以属于开化歌辞。而《独立新闻》上刊登的《爱国独立歌》则为开化诗。

关于开化期诗歌的类型划分尽管尚存争议,但大多数学者都认为,"爱国歌""开化歌辞""唱歌"是开化期诗歌中最基本的三种形式。

---

[1] 何镇华.朝鲜现代文学史[M].北京:中央编译出版社,2008:16-18.

一、爱国歌

爱国歌是韩国开化期诗歌的重要形式之一,主要特点为两行一联、4/4拍。此类诗歌最早出现于《独立新闻》,其后在《独立新闻》《大韩每日申报》《京乡新闻》等开化期报刊大量刊载。

《独立新闻》中刊载的爱国歌类诗歌共有27篇,最初发表的是1896年崔燉性的作品。当时,由于报纸采用读者自由投稿的形式接受稿件,很多作品的作者并非专业诗人或著名人士,而是教师、学生以及巡逻员、主事①、市民等普通人士。从诗歌的题目来看,主要有《同心歌》《圣节颂祝歌》《爱民歌》《爱国歌》《独立歌》《自主独立歌》《爱国独立歌》等。内容上都以开化思想为基础,提倡爱国精神与自主独立。

《大韩每日申报》共刊载了50多篇两行一联的爱国歌类诗歌。这些爱国歌与《独立新闻》中的作品略有不同,其内容与主题呈现多元化,主题意识也随局势的变化而改变。《京乡新闻》创刊于1906年,是一份纯韩文的报纸,共发行了220期。《京乡新闻》中共刊载了40余篇韩文爱国诗,这些诗歌的形式与《独立新闻》刊登的作品基本一致,但内容前后变化较大。

《独立新闻》中的爱国歌类诗歌的作者大多不详,一些有作者署名的作品也多为读者投稿。《大韩每日申报》中的诗歌严格遵循4/4拍、两行一联的形式,但其标题、内容都呈现出多样性的特点。总体来看,《独立新闻》刊登的爱国类诗歌大部分为短篇,联数较少。而《大韩每日申报》及《京乡新闻》中的诗歌大都篇幅较长,有的作品甚至多达100联。

大朝鲜国建阳元年　高兴庆贺自主独立
天地之间人本应当　尽忠报国当居首位
忠诚君主保护政府　爱护人民高挂国旗
维护国家始终如一　尊老爱幼人人职责
如兴家国必先保国　保护国家时刻不忘
为国捐躯无上光荣　国泰民安国民所求
士农工商齐心协力　企盼苍天兴旺吾国

---

① 国家公务员职位名称的一种。

第四章　韩国近代文学

　　文明之世开化之国　言行一致理应先行
　　才疏学浅无知之人　不怕人笑进谏一言①

　　这是发表于《独立新闻》第三号"外国通信"栏目中的一篇爱国歌，也是开化期公开发表的第一篇爱国歌，作者为首尔巡厅洞崔敦成。该作品没有具体的题目，只标明了作者的地址和姓名，内容则主要体现了开化思想与爱国精神。诗句中的"祖国独立""团结（同心·合心·一心）""教育""文明开化""富国强兵""保国爱民""声扬国威""士农工商"等词汇，体现了在当时韩国社会流行的开化意识，这也成为此后爱国歌类诗歌的共同主题。爱国歌所表达的开化意识，大体上可概括为以下几类：

　　第一，自主独立与爱国思想。朝鲜王朝在脱离了对清王朝的政治依附后，沉浸在独立自主的喜悦中。拆除迎恩门②后，为庆祝建立"独立门"所作的《独立门歌》《独立歌》《爱国歌》等诗歌中频繁出现了"自主独立""愉悦""万万岁"等词汇，这些字眼体现了人们无限的成就感。虽然这种爱国思想与之前的忠君思想并没有太大差异，但仍被认为这是近代爱国观念的出发点。

　　第二，"同心""一心"以及"合心同力"等词所表达的团结主题与重视教育的主题。这一主题强调作为独立自主的国民，为了摆脱落后局面并抵抗外国侵略势力，全民应紧密团结，积蓄实力，努力学习西方的先进文明。同时，为打破封闭锁国的历史旧习，实现富国强兵，全体国民应万众一心，接受全新教育。

　　第三，以"文明开化""醒梦"等词语号召人们摆脱愚昧的顽固守旧，劝勉人们无需悲叹文明开化之风的姗姗来迟，应全心全意积极参与到近代化运动中去。正如"快快醒来快快醒来／数千年乃梦之世界"所述，表达了告别过去愚昧的历史，走向近代新未来的强烈意愿。

　　第四，富国强兵与声扬国威。为此，首先要完成文明开化，需要士农工商所有阶层齐心协力，各尽其责。富国强兵是抵御外部侵略的唯一路径，是当时韩国的最高目标。爱国歌中所体现的富国强兵思想不仅包括抵御外敌，还包含了一种想要跻身于世界强国、声扬国威的幻想成分。

---

① ［韩］尹炳鲁.韩国近现代文学史[M].朴银淑,袁华玉译.沈阳:辽宁民族出版社,2015:10-11.
② 朝鲜君王亲自迎接中国使节的地方。

虽然这一主题意识从当时看来只能算作幻想,但客观上对韩国的近代化运动起到了很大的促进作用。

如前所述,两行一联、4/4拍的爱国歌类作品主要刊登于《大韩每日申报》《京乡新闻》《帝国新闻》《皇城新闻》以及开化期杂志上,其主题大部分以赞扬自主独立、强调文明开化为主,并没有提及抵抗外国侵略势力。与之相反,《独立新闻》中爱国歌的主题则以抗日精神为基调。这是因为,随着日本侵略野心的暴露,韩国社会的时代主题开始转变为救亡图存,坚守国家主权。反映抗日思想的爱国歌主要有《爱国诚》《无穷花歌》《这大好江山》《吾皇上陛下》《圣子神孙千万年》《皇室歌》等。此类诗歌的内容相较于以前的独立自主与文明开化主题,更侧重于为国家祈福,希望国家无限繁荣昌盛。

二、开化歌辞

开化歌辞又称"韩末忧国警时歌""开化歌辞""社会灯歌辞"等,主要刊载于《大韩每日申报》的"社会灯"栏目以及一些个人文集。目前,开化歌辞这一概念并无具体的定义,相关作品大部分都是时事评论或带有讽刺意味的4/4拍歌辞,内容多以反抗日本帝国主义及其追随势力为主题,也有一部分作品主张打破传统旧习,积极学习西方先进文明。

《大韩每日申报》的"社会灯"栏目是刊载开化歌辞的一个重要平台。最初,开化歌辞只是偶尔刊载于《大韩每日申报》"词林"栏目,后又先后刊载于"秋夜闲谈""吕巷漫评""时事漫评""剑""灯"等栏目,最终栏目名称固定为"社会灯"。"剑"和"灯"两个栏目标题具有十分深刻含义,"剑"隐喻抵抗日本帝国主义侵略,"灯"则暗含照亮社会黑暗之意。1909年11月16日刊载了以"灯"为栏目标题的歌辞后,第二天便将该栏目标题确定为"社会灯",此后,这一栏目标题一直使用至1910年4月。在"社会灯"栏目发表的作品中,有一半属于开化歌辞,其余为时事评论。

开化歌辞按形式可分为两大类,一类是通篇都围绕同一个主题的歌辞;另一类则是各联主题均不相同的歌辞。不同于此前的歌辞,开化歌辞按一定数量的诗行分联,更加重视4/4拍的韵律。开化歌辞能够快速反映社会时事,一般将当天的时事按不同话题分联,在首联进行概括综述,各联的首句或末句重复,语言上以汉字词为主,韩语为辅,使用时事

第四章 韩国近代文学

专用术语,四字为题。另外,在韩文版本的报纸中,开化歌辞都以时事评论作为标题,以韩文刊载。例如:

时则中秋 / 日则二十七 / 美哉盛矣 / 纪念庆祝 / 千门万户 / 国旗飘扬 / 路四街边 / 球灯光耀 / 庆祝歌儿 / 唱吧唱吧。①

从上文也可以看出,开化歌辞在内容上以讽刺批判亲日势力,恢复民族自主权为中心,强调开化思想和启蒙意识。在抵抗外敌这一主题方面,开化歌辞与爱国歌有所不同,更加注重谴责或讽刺那些起初主张开化,后来却为谋求个人荣华富贵而背叛国家,甘当卖国贼的掌权者。因此,开化歌辞体现出了强烈的民族精神。

除了《大韩每日申报》刊载的开化歌辞之外,东学创立者崔济愚的文集《龙潭遗词》中也包含了《龙潭歌》《教训歌》《修道歌》《剑诀》《劝学歌》《安心歌》《梦中老少问答歌》《道德歌》《兴比歌》等多篇歌辞,从中也可读出民众的觉醒与平等思想。申在孝所创作的《可恶的西洋佬》则是以丙寅洋扰(1866年)②、辛未洋扰(1871年)③时期反抗西方列强为主题。此外,开化歌辞还包括一部分义兵歌辞,即甲午农民战争失败、乙巳条约、韩日合并等事件之后,斥邪卫正的儒生及农民自发组织义兵对抗日本侵略者时所唱的歌辞。

总的来看,开化歌辞的主题与爱国歌相似,主要包括开化思想与民族觉醒两个方面。随着时间的推移,其主题逐步扩大到抵御外部侵略。开化思想具体是指吸收西方先进文化与科学思想,巩固民族主权,以新式文明教育青少年,实现文明开化。这与此前爱国歌中所体现的开化思想略有不同,爱国歌中的开化思想是指对西方外来文化盲目接受,开化歌辞则是在坚持民族主体性、提倡内部改革的前提下接受西方文化。这是鉴于当时统治阶层盲目标榜开化及改革,过度依存外部势力,导致民族自主权几近丧失的现实而形成的一种进步思想。为恢复民族主权而提倡真正意义上的改革与依附外部势力的开化思想有着本质区别。开化歌辞中包含的改革意识、开化理念以民族主权为基础,具有重要的意义。

---

① 《大韩每日申报》(1908.8.27)时事评论。
② 1866年,因反对大院君镇压天主教徒,法国军队侵入江华岛事件。
③ 朝鲜王朝后期,美国舰队强烈要求与之缔结通商条约并入侵朝鲜事件。

后期的开化歌辞具有十分鲜明的抗日意识,这是日本在韩国实行殖民政策的反作用。日本帝国主义依仗强大的武力,肆意妄为,觊觎韩国主权。在这样的时代背景下,开化期诗歌中的抵抗诗自然占据较大比重。《大韩每日申报》的"社会灯"栏目发表的开化歌辞,以表现亡国悲哀与抗日救国精神为主题,形成了韩国近代抵抗文学的根基。

三、唱歌和开化时调

韩国甲午改革后,韩国社会出现了号召民众觉醒、实现国家自主独立的热切愿望,这种愿望以歌辞的形式创作并借用西方曲调吟唱出来,被称为"唱歌"。初期的唱歌主要以4/4拍为主旋律,到后期逐渐转为6/5拍、7/5拍、8/5拍,并且插入后联。从形式上来看,4/4拍的唱歌也可以归类为爱国歌或开化歌辞,但由于它配以西方乐曲进行吟唱,这就与前者有明显不同。唱歌的内容包括爱国独立、赞颂新文明、新教育等。起初主要作为赞颂歌或学校校歌被传唱,后逐渐用来抒发个人情怀。

唱歌的流传时间比开化歌辞更久,传播范围也更加广泛。唱歌通过基督教的赞颂歌以及教会设立的一些私立学校教师向学生教唱的歌曲得到普及。1886年,培材学堂正式将"唱歌"确定为教育科目。1896年《独立新闻》刊载了4/4拍的爱国主题唱歌。1910年韩国被日本吞并后,唱歌的主题开始转变为以弘扬民族精神、期盼国家光复为主。如此,唱歌作为开化期的一种诗歌形式,在韩国古典诗歌向新诗转变的过程中,发挥了承前启后的重要作用。

在开化期的时代大背景下,崇尚儒教理念的古典时调在内容与形式上也逐渐发生变化。《大韩每日申报》将原先的"词林"栏更名为"词藻栏",先后刊载了400多篇时调和爱国歌。在形式上,避免了古典时调中的老一套语调"하노라,어즈버",省略尾章的最后一句。另外,开化时调更注重体现以爱国忧国为基调的反抗精神,时调的题目一般都会凸显主题。除《大韩每日申报》外,《国民新报》(1906)、《大韩新报》(1907)等报刊也是开化时调的主要发表园地。

开化时调的主题与爱国歌、开化歌辞一样,主要包括反抗日本帝国主义及亲日派、打破传统陋习、推崇西方先进文明等。开化时调的内容可以归为以下几点:①维护国家主权与忧国忠贞思想;②反抗日本帝国主义的救国思想;③对亲日派及不正之风的揭露;④劝学、号召团结等。

总之,开化期诗歌是韩国进步知识分子响应时代的要求,借传统诗歌形式来表达新思想、新主张的一种诗歌体裁。这一时期的诗歌尽管在形式上有了一些变化,内容上也丰富了许多,但仍未完全摆脱传统诗歌的束缚,具有明显的过渡性质。其后,崔南善在此基础上开始尝试近代诗歌的新形式,韩国诗歌才结束了过渡期,正式步入现代诗歌。

第二节　近代小说

在韩国近代史上,20世纪前后的时期被称为开化期。因此,这一时期的小说也被称为"开化期小说"。开化期小说具有从传统的古典小说向近代小说转变的过渡性质。因此,开化期小说既存在传统的旧小说,也存在兼具旧小说和新小说两种特点的过渡期小说,同时还出现了具有一定的近代小说性质的新小说。

首先,在开化期,汉文小说、梦游记类小说、传记小说等旧时代的小说也依然广泛存在,它们在形式上存在一个普遍特征,即在作品的开头使用"话说"这一导入语,在转折时使用"却说""且说"等连词。文体上,大多使用文言文或格律文。在作品结构方面,多数按时间发展顺序,采用单一、平面的结构形式,受中国小说影响按章节分段的章回体小说也不在少数。从题目来看,带有"传"字的传记类小说较多。主人公大多是理想的、具备超能力的人物形象,性格善恶分明。故事情节方面,大致可以分为争宠型、继母型等。主题思想则大都继承了惩恶扬善的传统。

其次,在报纸上连载的《一捻红》(1906)、《斩魔剑》(1906)、《梦潮》(1907)等一系列作品兼具旧小说与新小说的特点,可以说是从旧小说向新小说的一种过渡。1906年在《大韩日报》上以"一鹤散人"的名义连载的《一捻红》带有很多旧小说的成分,例如小说开头出现旧小说中常见的诞生传奇以及主人公的前生传奇等情节。尽管如此,作品的内容包含了鼓励赴外国留学,反映社会现实,吸收近代文明,主张男女平等、开化启蒙等思想。因此,可将其视为旧小说向新小说转型的过渡期小说。同样发表于《大韩日报》的《斩魔剑》也属于这一类小说,尽管其仍未摆脱开头引用诞生传奇故事以及以中国为故事背景等旧小说因素,但铲除妖怪、破除迷信等启蒙主题都反映了这部小说的新小说性质。1907年以"槃阿"的笔名发表于《皇城新闻》的《梦潮》是一篇纯韩文小说,在固有名词以及较难的汉字词后面加括号进行说明是该作品的特色。小说主要讲述了开化期文人韩大兴狱中被杀后,家人苟且偷生,艰辛度日,最终其夫人得受天主教洗礼,阅读圣经获取内心平静的故事。小说很多地方体现出了新小说的性质,例如,对话、描写、分段、省略号等的运用。

另外,开化期的杂志也连载了很多具有新旧小说过渡期性质的作品。如,1907年以白岳春史的笔名发表的《多情多恨》,尽管该小说在连接句子时使用了旧小说中经常出现的"且说""却说"等词,但较明显具有近代性的标题和作品背景,以及打破迷信、传播基督教的主题等等,都使其具备了新小说的性质。

需要注意的是,新小说并非严格按照旧小说—过渡期小说—新小说的顺序出现,而是在新旧小说相互交集的状态下进入了人们的视野。比如,1906年李人稙就已经在《万岁报》上连载了新小说《血之泪》,但这并不意味着韩国小说完全进入了新小说时期。关于开化期小说,常常会产生一些误解,认为开化期小说等同于新小说。最初,由于开化期出现了全新的小说样式,从而以"新"字来体现与旧小说的不同,故称"新小说",然而这一概念的定义比较模糊。1907年《爱国夫人传》发表时,"新小说"三字被标于封面,但这部作品与李人稙的新小说不同,仍属于保留古典小说形式的历史传记类小说。另外,《禽兽会议录》(1908)、《梦天》(1910)属于梦游录系列作品,《车夫误解》(1906)、《自由钟》(1910)是由对话、讨论、演说构成的作品。这些作品与新小说相比,无论内容还是形式都有很大区别,将它们笼统归为新小说是不妥的。因此,开化期小说大致可分为三类:历史传记小说、讨论体与梦游录小说以及新小说。

一、历史传记小说

历史传记小说指历史性与文学性兼备的传记小说。开化期出现的历史传记小说与传统的传记类小说或汉文小说有一定联系,由于受到开化思想的影响,历史传记小说十分注重刻画历史英雄或富有爱国心的人

第四章　韩国近代文学

物形象。同时,开化期的历史传记小说大部分为翻译、翻案小说。

开化期是韩国开始翻译西方文学的重要时期,较早被翻译成韩国语的西方文学作品是J.Bunyan(约翰·班扬)的《天路历程》。这部作品翻译于1895年,反映了基督教对韩国文学的影响。1907年朴殷植翻译了《瑞士建国志》,该作品是朴殷植根据中国学者郑哲宽翻译的德国戏剧家席勒的《威廉·退尔》进行的重译。1908年李海朝翻译了法国科幻小说家凡尔纳的《印度贵妇的五亿法郎》,李埰雨翻译了《爱国精神》。此外,一些西方经典作品如《经国美谈》《伊索寓言》《巨人岛漂流记》《汤姆叔叔的小屋》等等也先后被翻译成韩国语。开化期还有一类作品属于翻案小说,翻案小说并非原样翻译原作品,而是借用外国作品中的故事情节,将原作中的主人公、故事背景作适当的改编。较早的翻案小说是1908年汇东书馆发行的具然学的新小说《雪中梅》,这部作品是根据日本近代作家末广铁肠的政治小说翻案而成的。此外,赵重桓将日本作品《金色夜叉》翻案为《长恨梦》,金宇镇根据《不如归》翻案创作了作品《榴花雨》。

开化期历史传记类小说的创作,也是在翻译或翻案外国历史传记类作品的过程中开始的。1897年《泰西新史》被翻译成韩国语出版发行,其后,《美国独立史》《法国革新战史》《俾斯麦传》《彼得大帝》《菲律宾战史》等大量历史传记小说相继被译成韩语。这些被翻译成韩文的西方作品很少是根据原版翻译的,大多都是根据这些作品的日文或中文译本进行的重译。开化期历史传记类小说译自中文的作品包括中国近代学者梁启超撰写的《意大利建国三杰传》《罗兰夫人传》《越南亡国史》等。

开化期翻译的外国历史传记类作品,其主题大多都是宣传爱国主义、英雄主义、国家独立等等。张志渊翻译的《爱国夫人传》描写了英法百年战争时期法国女英雄贞德的事迹以及当时民众的爱国斗争,反映了近代的民族主权意识。朴殷植翻译的《瑞士建国志》叙述的是以威廉·退尔为代表的民间爱国英雄带领民众为争取瑞士民族独立而奋斗的内容,号召人民以他们为榜样奋起反抗。申采浩翻译的《意大利建国三杰传》主要叙述了加里波第、加富尔、马志尼等爱国英雄为赢得意大利统一独立而奋斗的内容,以此鼓舞面临危机的韩国民众,激发民众的爱国心。玄采、周时经等先后多次翻译了梁启超撰写的《越南亡国史》,在韩国开化期产生了重大的影响。该作品以越南被法国侵略并沦为其保护国的历史为背景,揭露了法国殖民主义者残酷的殖民统治。安国善翻译的《菲律宾战史》按年代顺序叙述了19世纪末展开的菲律宾独立战争的前后经过,描写了菲律宾在成功摆脱西班牙支配,赢得独立战争后,又重新陷入美国殖民统治的历史,揭露了美帝国主义的侵略本质。

在大量外国历史传记类作品被译介到韩国的同时,韩国也开始出现了反映本国历史和英雄人物的原创性历史传记类小说。此类作品主要有申采浩创作的《乙支文德》《崔都统传》《李舜臣传》以及禹基善创作的《姜邯赞传》等。申采浩的《乙支文德》让读者意识到韩国历史上国家的强大和乙支文德的伟大,赞颂了乙支文德积极开拓疆土的精神,并且对其事大思想和文治主义进行了批判。这种开拓疆土的自强主义实际是源于优胜劣汰、弱肉强食的社会进化论原理,所以这部作品最终违背了作者的初衷,变相接受了鼓动侵略的帝国主义思想。《李舜臣传》通过叙述民族英雄李舜臣的生平事迹,宣扬反对外来势力侵略的民族主义思想。《崔都统传》赞扬主张北伐计划的高丽名将崔莹,鼓舞本民族民众在面对帝国主义侵略时要独立自主、积极进取。

开化期的历史传记小说积极响应了爱国启蒙运动的理念,引导韩国社会在日本帝国主义侵略面前,要坚持本民族的自主独立,坚持富国强兵。历史传记类小说的特点主要可以归结为以下几点:(1)语言仍未摆脱书面语形式;(2)结构上沿用旧小说的结构方式;(3)主题上主要通过刻画救国英雄、伟人的形象来宣扬自主独立;(4)内容层面包含了民族主义与抵抗文学的内容;(5)大部分传记类作家都是自主的民族主义者。

二、讨论体小说和梦游录小说

1905年韩国面临着丧失主权的危机,民众关于恢复主权、独立自主、文明开化的讨论愈发活跃。独立协会、万民共同会、大韩自强会、畿湖兴学会、大韩兴学会等政治文化团体通过政治集会、大众辩论、演说等各种方式展开讨论。民众的启蒙思想通过报纸、杂志传播开来,并具化为文学形式,从而奠定了讨论体小说的基础。

讨论体小说根据谈话方式的不同可分为演说体小说与谈话体小说。演说体小说大都是动物、畸形人、女性等被疏远的群体诉说各自冤情、渴望社会变革的内容。例如《禽兽会议录》《警世钟》《病人恳亲会录》

《自由钟》《天中佳节》等作品都属于讨论体小说。安国善的《禽兽会议录》描写各种动物聚集在一起,通过开会来声讨人类,讽刺人类社会的不合理与现实的黑暗。作家将故事设定为"我"在梦境中走进一个叫"禽兽会议所"的聚集场所,旁听并记录动物们声讨人类社会现实。首先是乌鸦以"反哺之孝"的例子批判人类的不孝;狐狸声讨人们依附外国势力保全自己,借武器去侵略他国,与"狐假虎威"没有两样,并用艺妓唱诗调的奸诈嗓音声讨了人类的阴险狡猾;青蛙揭露了人类滥用知识侵害同胞的恶行,批判了人类的自以为是;蜜蜂以"口蜜腹剑"的例子揭露了人类的双重性;螃蟹用"无肠公子"的事例批判人类才是真正的没有良心只知道依存外部势力的邪恶存在;苍蝇说人类真正应该驱赶的不是苍蝇,而是脑中的贪婪物欲以及朝廷中的奸臣之辈;老虎以"苛政猛于虎"的实例声讨了人类的险恶、残暴;最后鸳鸯揭露了人类男女之间的淫欲、肮脏。作品最后总结说人类是最凶恶、最淫乱、最奸诈、最肮脏的,但若悔改的话,并非不可挽救。这篇小说借动物之口,讽刺、批判了当时社会官僚的腐败、日本帝国主义的蛮横以及人类的各种缺点。

1910年广学书铺出版发行了李海朝的《自由钟》,在正文第一页就将其标榜为讨论小说。《自由钟》以1908年阴历1月16日夜间李梅京女士的家为背景展开,在梅京夫人的生日宴会上,几位夫人对开化、启蒙等许多问题展开讨论,最后小说在鸡鸣破晓时分结束。作品提出了女性人权问题,主持人沈雪轩夫人提议举行讨论会,并首先对女权问题与子女教育问题发表了自己的意见,沈夫人的话很快拉开了讨论会的帷幕。会议讨论范围广泛,包括通过主张女权、开展女性教育和子女教育来实现开化、启蒙,批判宗教制度,提倡废除嫡庶身份差异,批判汉字为中心的教育方式,以及如何实现国家独立民族富强,破除迷信,打破等级制度和地方排外思想等。这些内容充分反映了当时激进开化论者们的具体理念。

讨论体小说有时也会以谈话体的形式展开,主要是通过社会弱势群体之间的对话,对时事进行讨论。代表作有《盲人与瘫子的问答》《车夫误解》《绝缨神话》等。《盲人与瘫子的问答》于1905年刊登于《大韩每日申报》,作者不详。这篇作品主要叙述了两个残疾人对当时社会破败的经济、卖官卖职的腐败政治、守旧派落后的思想、开化知识分子僵化的思考、依赖他人的劣根性等进行大肆嘲笑讽刺的内容。《车夫误解》是 1906 年连载于《大韩每日申报》的作品，作者不详。小说叙述了一个无知的人力车夫对何为政府组织、日本统管等毫无所知，凭自己的感觉产生了误解，以及后来这些误解被解释清楚的过程，借此来讽刺那些所谓的开化措施是打着开化的幌子施行殖民统治。《绝缨神话》是 1909 年发表于《大韩民报》的作品，主要叙述了两班与贱民在去市场的路上偶遇的对话。两班去市场为即将生孩子的弟媳买米和海带，他希望弟媳生下女儿，将来将其嫁入大户人家，自己可以借侄女的光做上高官。贱民去市场为娶老婆买函，梦想将来结婚生了儿子就把他送到两班家做干儿子，自己可以大赚一笔。小说通过这一内容批判腐朽的封建势力的愚昧荒谬，以及企图通过非正常渠道成为上层阶级人物的虚无幻想。

还有一些讨论体小说受到梦游录小说的影响，如刘元杓的《梦见诸葛亮》（1908 年）、申采浩的《梦天》（1910 年）、朴殷植的《梦拜金太祖》（1911 年）等。《梦见诸葛亮》讲述了主人公在梦境中遇见诸葛亮，与他讨论社会现实问题的故事，批判统治阶层对待现实危机只会纸上谈兵，制定不出切实的计划，强调知识分子的重要作用以及真才实学的重要性。同时，作品还特别提出了要警惕日本势力的扩张。

《梦天》的主人公无名无姓，他超越时空来到天上遇到了乙支文德将军，在看了乙支文德激烈战斗并赢得胜利后，由于中了美人计掉入地狱，多亏姜邯赞将军的帮助而逃离。之后，他又来到檀君王俭所在之处，那里聚集着历史上诸多有名的爱国志士，主人公在这里被外来思想侵蚀而失去了自我，最后担负起清扫因人类罪恶而染上灰尘的天空的任务。

《梦拜金太祖》的主人公在梦中来到满洲，并在白头山天池遇到金太祖。他询问金太祖朝鲜的未来，金太祖向他讲述了朝鲜悠久的历史，指出朝鲜要摆脱日本帝国主义的殖民统治，唯一的方法就是大力实施教育。

总体来看，讨论体小说继承了前一时代小说的基本形式，同时作家们也作了一些新的尝试。作者借小说强调国家主权，批判社会现实，启发国民的爱国精神与自我觉醒，带有鲜明的目的性。1910 年韩国被日本吞并之后，由于日本帝国主义的舆论镇压，这些小说被列为禁书，遭到强行没收或销毁。但是，开化期的讨论体小说充分反映了当时的社会现实，实践了小说的社会功能，因此，值得深入研究。

第四章　韩国近代文学

三、新小说

在开化期,旧小说的传统样式与开化期的全新主题结合在一起,小说的性质也逐渐发生了变化。历史传记小说和讨论体小说在形式上虽然还是旧小说,但主题内容则包含了爱国启蒙思想,可以说是带有过渡性质的小说。与此相比,李人稙的《血之泪》《鬼之声》《雉岳山》《银世界》,李海朝的《枯木花》《红桃花》《驱魔剑》等小说不仅在形式上完全脱离了旧小说,内容上也较启蒙思想更加丰富,大大激发了大众的阅读兴趣。

李人稙创作的小说《血之泪》自1906年7月至10月连载于《万岁报》,该作品被称为韩国文学史上最早的新小说。《血之泪》以甲午中日战争为背景,以十年期间的韩国、日本、美国为舞台,刻画了女主人公玉莲坎坷的命运,借此描述了开化期的社会面貌。1894年甲午中日战争的战火席卷平壤时,七岁的女主人公玉莲在逃难途中失去父母,又受了伤,被日本军人救助后得到康复。一个叫井上的军医将她送到日本接受了教育。井上战死后,玉莲被井上夫人冷落,在飘无定所彷徨之时遇到了具完书,一同前往美国留学。玉莲在华盛顿用功读书,期间偶然与自己的父亲金冠一相逢,金冠一决定将女儿嫁给具完书。身在平壤以为女儿早已不在人世的玉莲母亲崔氏收到了女儿的来信,激动万分。小说表达了憧憬文明社会,提倡婚姻自由的主题。

在小说《血之泪》中,开头处打破常规的变型、浅显易懂的语言、写实性的描写等让人耳目一新。在叙述内容的过程中,为便于叙述客观事实,作者尽量避免主观介入,事件展开过程中作者也尽量避免出现古典小说中经常出现的偶然性事件,努力追求一种必然性。小说一开始描写了清日战争给当时朝鲜民众带来巨大的痛苦,前半部分通过具体描写平壤城内民众的苦难生活,真实再现了战争后的惨状。主人公玉莲与具完书、金冠一等人克服封建体制的禁锢,决定去美国留学,接受新的文明开化思想,回国大力改革社会政治,则体现了作品中人物的思想和意志。但这篇作品也存在过度袒护日本的不足之处。清日战争的实质是日本击退清朝后强化了对朝鲜的支配,而作者却大力庇护日本,将日本侵略者的强占行径合理化,带有明显的亲日倾向。

《鬼之声》的主要内容如下。姜同知把自己的独生女儿吉顺许配给春川郡守金承旨做妾,之后吉顺有了孩子。金承旨的正室夫人对此心怀忌恨,企图杀死吉顺母子。正室夫人身边有一个狡猾的女仆占顺,她表面装作同情吉顺,却受正室夫人指使伙同自己的情夫崔某,将吉顺母子引诱到山谷中将其杀害。姜同知得知女儿被杀后,追到釜山杀掉了占顺与崔某为女儿报仇,又回到汉城杀死了金承旨的正室。小说沿用家族小说中的妻妾矛盾主题,突出了对两班阶层的反抗和憎恶。这篇小说的主要成就在于对人物形象的刻画,好色却优柔寡断没胆量的金承旨,对妾充满嫉妒的金承旨正室夫人,利用两班阶层的贪婪妄想趁势提高身份的奴仆等都有生动的表现。同时,小说描写中下层贫民时大胆使用了自然通俗的俗语,这也是小说的一个特色。《鬼之声》代表了新小说的文学水平,是开化期小说的代表作。

李海朝的《驱魔剑》从1908年4月25日至7月23日连载于《帝国新闻》,小说叙述了咸镇海家族没落的经过,形象地表达了破除迷信的主题。咸镇海的第三个夫人崔氏听从巫师的话,将儿子常常生病的理由归结于咸镇海前妻的鬼魂,每日跳大神以求儿子的病有所好转,但最后儿子还是死了。为再次得子,崔氏移葬祖坟,用尽了家产。实在看不下去的咸镇海召开家族会议,让自己的儿子宗表做家族长房。宗表努力学习新的科学知识,揭穿巫师的把戏,成功破除了迷信。

新小说在主题上表现的是自主独立、民主思想,提倡新教育,强调女权,提倡自由婚姻等开化启蒙意识。但从深层次来看,新小说固守传统价值观,尚未完全摆脱通俗性。在结构上,新小说沿袭了旧小说的基本故事框架,即开头幸福,中间经历大风大浪,最后皆大欢喜。在塑造人物性格时也相对单一,缺乏个性。但值得肯定的是,新小说在追求现代性的启蒙意识方面取得了一定成就,担当了小说的时代使命,带有明显的由旧小说向现代小说过渡的性质。

第三节　近代批评

本节的题目虽然冠以"近代批评",但事实上,近代初期是否存在真正意义上的文学批评,还有待进一步探讨。开化期所有的文学活动都与

第四章　韩国近代文学

独立自强和开化启蒙思想相关联,独立且专业的文学批评还没有出现。开化期的"文学批评"实际上还处于近代文学批评的胎动期,当时的文学论大多都是只言片语,没有形成系统的论述,但这些文学资料仍是探讨 20 世纪初期韩国近代文学批评形成源头的重要线索。

一、近代文学批评的形成

近代文学批评的形成有两大背景,一是要求独立自强的社会背景;二是要求开化的思想背景。19 世纪后半期,在西势东渐的世界史潮流中,韩国社会前近代的封建体制暴露出各种矛盾,形成了严重的内部危机。各种矛盾和冲突的爆发引起了壬午军乱、甲申政变、东学农民战争、义兵斗争、独立协会运动、爱国启蒙运动等一系列体现近代要求的社会运动。这些运动对内反对政治腐败和贪官污吏,迫切要求制度变革和国家自强,对外反抗列强的侵略,要求国家独立。

19 世纪末,由于西方国家加紧了侵略步伐,韩国封建体制加速解体,卫正斥邪思想和开化思想尖锐对立。随着时间的推移,这两种思想的主次关系发生转换。此前,卫正斥邪思想是韩国思想的主流,开化思想仅是"在儒家思想背景下形成的少数人的思想"[①]。但到了 20 世纪初,开化思想明显战胜了卫正斥邪思想。应时代要求,文学运动作为实现开化思想的手段登上了历史舞台。

二、近代文学批评的形式

在初期的近代文学批评中,登载于诗歌、小说前后的序文、跋文及新闻杂志的社论、读后感等是主要的评论形态,尤其是序、跋在早期的近代文学批评中占有十分重要的地位。近代文学批评主要沿用历史小说和传记小说中的批评形式,它几乎伴随着每部作品出现。据统计,近代序、跋批评和独立批评的比率是七比三。[②]

文学作品的序,一般是为了阐明作品主旨,按行文次序进行的概括说明。序往往提示作品的主要内容,明确指出不应错过的核心事项,并

---

① 李善荣.韩国近代文学批评史研究[M].首尔:图书出版世界,1989:30.
② 李善荣.韩国近代文学批评史研究[M].首尔:图书出版世界,1989:28.

对作者及创作动机进行介绍。在阅读全文之前,读者为更好地把握全文,往往先阅读序,这样序就起到了向导的作用。与之相反,跋附于作品之后,或记述阅读全文后的感受,或陈述一般理论及对今后的展望。序和跋虽然也有作者亲自执笔的情况,但一般都由作者周边的人物完成。

序跋批评最显著的特征是对作品创作的时代背景和核心内容作出相关介绍和评论。由于序跋是对作品进行的最早批评,读者可以通过序跋把握当时的时代背景以及人们的思考方式和认知能力。当然,由于序跋批评的执笔者多是作者的相识(师长、前辈、同事等),因而不能否认序跋批评存在过多赞美的因素。读者如果能够有意识地剔除其中赞美的成分,就可以更友好地把握作品的本质和意义。

除序跋批评外,报纸的社论批评和读后感批评也是近代文学批评的重要形式。这些形式因为无需附和作品,所以更具自由性,既可以对于特定的作品写数篇评论,也可以在一篇评论中谈论多部作品,并且可以自由阐述论者自己的见解和感受。早期近代文学批评创作者有以下几个特点:首先,创作者不是文学批评的专业人士;其次,他们往往在翻译或翻案的历史传记小说中附加序和跋;第三,他们常常是在各种新闻、杂志上发表文学评论。[1] 序跋批评、社论批评和读后感批评这三种近代文学批评形式在 1910 年以后开始出现变化,发表数量逐渐减少,批评机能逐渐萎缩,取而代之的是新的现代文学批评形式。

韩国最早出现的近代文学批评产生于 19 世纪末,其中有"余近日阅览中东战记"(《皇城新闻》,1989 年 12 月 24 日),柳瑾的"中东战记序"(1899),李益相的"波兰国末年战史序"(1899),玄采的"波兰国末年战史跋"(1899)等作品。此后,序跋批评开始大量出现,代表性的序跋批评主要有:

★ 玄公廉,《经国美谈》序,1904
★ 朴殷植,《埃及近代史》序,1905
★ 作者不详,《青楼义女传》结尾,1906
★ 作者不详,《神断公案》每章后评,1906
★ 朴殷植译,《瑞士建国志》序、后记,1907
★ 槃阿,《梦潮》结尾,1907

---

[1] 宋贤镐.韩国现代小说论研究[M].首尔:国学资料院,1993:15-16.

第四章 韩国近代文学

★李人稙,《鬼之聲》序(崔永年),1907
★张志渊,《意大利建国三杰传》序,1907
★安钟和,《越南亡国史》序,1907
★周时经译,《越南亡国史》序,1907
★安国善,《禽兽会议录》序和结尾,1908
★申采浩,《已支文德》序(卞容晚),序(李基燦),序(安昌浩),序论(申采浩)
★刘元杓,《梦见诸葛亮》序(申采浩),1908
★译者不详,《伊索寓言》序文,1908
★译者不详,《青年的愿望》后记,1909
★崔南善,《书作三篇》后记,1909
★春梦子,《巷谣》后记,1909
★译者不详,《ABC契》序言,1910

自1905年起,报纸杂志的社论批评和读后感批评逐渐增加,并取代序跋批评成为当时文学批评的主要形式。主要的社论批评和读后感批评有:

"读法国革命史"(《皇城新闻》,1905.8.24-26),
"读埃及近世史"(《皇城新闻》,1905.10.7)
"读波兰义士高寿期古传"(《大韩每日申报》,1905.12.29-30)
"读越南亡国史"(《皇城新闻》,1906.8.28)
"读伊太利建国三杰传"(《皇城新闻》,1906.12.18-28)
"读伊太利建国三杰传有感"(《皇城新闻》,1907.11.16)
"读印度亡国史"(《公立新闻》,1908.1.22)
"国汉文的敬重"(《大韩每日申报》,1908.3.17-19)
"近来我评论书:新小说《爱国夫人传》"(京,1903.3.27)
"韩国魂稍稍还来乎"(《皇城新闻》,1908.3.30)
"近来我评论书:越南亡国史"(京,1908.4.10-7.31)
"近今国文小说作者的注意"(《大韩每日申报》,1908.7.8)
"读梁启超所著朝鲜亡国史"(《大韩每日申报》,1908.9)
"演剧界之李人稙"(《大韩每日申报》,1908.11.9)

"读无名氏英雄传"(《大韩协会会报》,1909.2)

"大呼英雄崇拜主意－伊太利建国三杰传读"(《皇城新闻》,1909.7.20)

三、近代文学批评的内容

由于韩国初期的近代文学批评尚未从开化和独立的社会思想运动中分离出来,文学批评与当时的社会、思想背景联系密切,这就难免在批评的内容上导致这一时期文学批评主要强调文学的社会作用,而对作品的结构、美学表现及创作技巧分析偏少。

(一)强调文学的社会功能

近代文学批评特别强调文学的社会功能。在朴殷植《瑞士建国志》的序文中,小说被看成了衡量一个国家人心风俗和政治思想水准的尺度。

"夫小说者感人最易,入人最深;风俗阶级,教化程度关系甚巨。故泰西哲学家有言:入其国,问其小说何种盛行,可见其国人心、风俗和政治思想如何。"

首先,小说有很强的感人效果。与哲学、历史等任何以传播知识和信息为主的书籍相比,小说更易打动人。朴殷植指出,过去的小说荒诞无稽、散乱人心,败坏风俗,贻害政治、教育和道义,呼吁创作阅读有益于民智开发的小说。

申采浩也高度评价了小说的社会功能,他在"近今小说家注意"和"小说家的趋势"中作了如下论述:

"呜呼,助英雄豪杰之骈体,始天下事业于妇孺走卒等下等社会起,最具人心转移之能力者小说也;然则小说是岂易视,若萎靡淫荡小说颇多,其国民亦受此感化,故四儒云:'小说为国民之魂',诚然也。"

——"近今国文小说家注意"

"呜呼,小说为国民之罗针盘,……小说引导国民强则国民强；小说引导国民弱则国民弱；引导国民正则正；引导国民邪则邪"

——"小说家的趋势"

"小说为国民之魂""小说为国民的指南针"是申采浩强调小说的社会功能时发表的最具代表性的见解。

朴殷植和申采浩对小说社会功能的高度评价纠正了传统士大夫把小说看成是淫荡稗说的成见，使小说进入了一个新时代。当然，朴殷植和申采浩也存在过分批判传统小说、对小说社会功能评价过高的局限性。这种倾向是近代文学批评的重要特点，体现了这一时代的特征。很显然，他们都受到了梁启超文学观的影响。

（二）提倡文学的民族性

对文学民族性的强调是近代文学批评又一值得关注的内容，当时的批评家们大力提倡使用民族语言和民族形式进行文学创作。

申采浩在"国汉文的轻重"中指出："用本国的语言演绎本国的文字，用本国的文字编纂本国的历史地志，由本国的人民捧读传诵，才能保持其固有的精髓，引发纯美的爱国心"。他的这种语言观与语言学家周时经的语言观一脉相承。他们主张全部社会文学活动都要使用民族语言，强调要用民族语言创作文学作品。另外，申采浩在"近今小说家注意"中还指出"社会的大趋向是国文小说所规定的"，认为只有用民族语言创作的文学作品才能给予民族以最大程度的感化。不仅如此，申采浩还翻译了《伊太利建国三杰传》，并亲自创作新小说，直抒自己的主张。申采浩对韩国文学形式的继承和创造性发展也予以肯定，他在《天喜堂诗话》中写道：

"英国诗有英国诗的音调，俄罗斯诗有俄罗斯诗的音调，其他各国的诗都与此类似，如果用甲国的诗配以乙国的诗调，这就像用鹤的腿去换鸟的脚，用狗尾巴做水獭。不必说哪个好哪个不好，哪个善哪个恶，光那模样就很可笑。"

——《天喜堂诗话》

可见，申采浩对模仿抄袭外国艺术形式的创作是持批判态度的。他强调韩国应该有韩国的诗歌形式："我如果成为诗界革命者，会面对如阿里郎、东台等地区的歌曲，改正其鄙陋之处，输之以新思想"。此外，他还在《天喜堂诗话》中阐述了自己对民族艺术形式的见解，在全面肯定民谣的同时要求对其形式和内容进行革新。

（三）对文学的美学探索

韩国近代文学批评中最宝贵的是对文学的美学探索，这是近代文学批评从中世纪文学论向近代文学论转换的重要表现。美学探索的内容大致可分为两种，一种是关于虚构性和真实性的探索，另一种是关于趣味性和教训性的探索。

近代历史小说和传记小说论者最大的缺点是不承认文学的虚构性，认为那是谎言，把所有新小说和传统国文小说指责为虚言浪说。直到新小说时期，这样的认识才得到纠正。李海朝在《花之血》中指出：

"《花世界》《月下佳人》等小说都是以现今人们的实际事迹为内容，并得到了读者诸君的好评。现又著《花之血》，亦是如前述小说以现实人们的事迹为内容，其中无一句虚言浪说，对人们的一动一静，毫无差错进行编辑。虽由笔者才智所限，不能使文章熠熠生辉，但是眼看耳听，如实记述事件。因此足以成为我们观察善恶的一面明镜。"

又《花之血》跋文中：

"记者曰：小说采用凭空捉影形式，为迎合民心而编辑。校正风俗，警醒社会是它的首要目的；因与现实有相似的人和相似的事，又增添了爱读的诸位妇人、绅士的一层兴趣。是否有人的悔改和警戒社会的好的影响，是本记者在记录小说时所再三期待的。"

在此，李海朝大力强调小说的现实性和虚构性，认为只有将两者相统一，才能够实现小说的认识价值与审美价值。在他看来，小说中的故事是在现实的基础上根据作者的想象力和创造力加以润色而成的。

此外,李海朝在《弹琴台》的序文中还说:"对于小说,若只是一味对眼见耳闻之内容进行如实记录,不仅没有趣味,而且只能限于记事范围,故不能称其为小说"。在指出小说与其他文学形式不同的同时强调了小说的趣味性。在新小说以前的叙事样式中,趣味性和教训性被人们理解成一对不可调和的概念,强调兴趣性会被看成背离教训性,而体现教训性固然能够迎合统治阶级,却又由于缺少趣味性很容易失去一般读者。通过李海朝的新小说批评,这两个概念才成为一个统一的新概念,李海朝也被评为发现小说真正存在意义的近代第一人。

申采浩在题为"近今小说家注意"一文中阐述了以下内容:

"以彼俚谈俗语选出的小说册子,一切妇孺走卒皆欢喜,一旦其思潮稍奇,笔力稍雄,或百人旁观,百人喝彩,或千人旁听,千人喝彩,甚至其精神魂魄游移于纸上,读到悲凄之事,不觉泪如磅礴;读到快壮之事,不禁气将喷涌。其熏陶凌然既久,自然其德性亦被感化,故曰,社会的大趋向是国文小说所行进的船。"

在此,申采浩把小说的美学情绪特征归结为"薰陶凌染"四种,这是小说的艺术形象给予读者的审美效果。申采浩的这种见解是受到了中国梁启超"薰浸刺提"的影响而提出的。梁启超在"论小说与群治之关系"中曾提出小说具有"薰浸刺提"的四种艺术性力量。这是梁启超有关小说文学特性的重要主张。申采浩也是在强调小说审美特性的同时强调了小说形象对读者的感化效果。

(四)近代文学批评的文学史意义

开化期是新旧文学批评的转换期,即从中世文学论进入近代文学论的时期。要理解这一时期的文学批评,必须将时代、思想、意识形态与当时的历史背景紧密结合起来,才能作出正确的评价。近代文学批评强调小说的社会功能,对文学社会地位的提高和社会功能的增强发挥了重大的作用。

近代文学批评的文学史意义还体现于对文学的本质、美学特性的论述方面。李海朝的"凭风捉影"论是对文学真实性和虚构性的探索,申采浩的"熏陶凌然"论则是对文学情感特性的见解,它们都是具有近代色彩的文学批评,为以后韩国现代文学批评的形成和发展打下了坚实的理论基础。

第五章　现代文学

关于韩国近代、现代文学的起点,一直以来韩国学界存在相当多的争论,但不管怎样,经过19世纪末20世纪初的时代巨变,到20世纪10年代,文学已呈现出与前代文学完全不同的特点。一般认为,李光洙的《无情》是韩国现代小说的开端之作,此后,小说摆脱了"新小说"的大众娱乐性与教化功能,无论在形式还是内容上都呈现出了新的特点,小说也步入了快速发展的时期。崔南善是1910年代韩国文坛的另一代表,不过他创作的重点是诗歌,《从海上致少年》被称为是韩国现代诗歌的开端之作。此后,韩国诗歌不再遵循旧俗,逐渐确立了自由诗的创作形式。1910年韩国沦为日本的殖民地,日本采取了很多极为严酷的统治手段,致使很多文人流亡海外,因此,1910年代的文坛可以说是李光洙与崔南善的二人时代。

随着1919年三一运动的爆发,日本当局看到了韩国民众的反抗情绪,意识到一味的镇压难以长久,于是改变了统治策略,推行所谓的"文化统治"。虽然其统治的根本目的并没有发生变化,但却客观上促进了韩国文学的发展。20世纪20年代是韩国现代小说确立的重要时期,如果说此前的现代小说创作是李光洙一枝独秀的话,那么1920年代随着金东仁、罗稻香、玄镇健等作家的声名鹊起,小说创作也出现了多彩斑斓的特点。尤其,浪漫主义、唯美主义以及现实主义等诸多流派的纷至沓来,小说更是出现了前所未有的发展,取得了骄人的成果。这一时期的诗歌也没有裹足不前,象征主义诗论的传入为韩国诗歌的发展注入了新的元素。同时,具有浓厚韩国乡土气息的金素月与韩龙云的诗歌创作又延续了传统诗歌的创作元素,诗歌也呈现出多样化的特点。1920年代无产阶级理论的传入以及无产阶级同盟的建立,促进了韩国无产阶级运动的发展,并一度成为20世纪20年代中期到30年代中期韩国文坛的主流。韩国无产阶级文学经历了初期萌芽时期的新倾向派阶段,以及卡普组织建立之后的两次方向转换,到1935年解散,可谓波澜壮阔,成果丰富,也为韩国解放后,无产阶级作家迅速组成自己的文学组织打下了基础。

20世纪30年代随着世界范围内帝国主义侵略的不断扩大,日本也加强了对韩国的统治,大规模的组织结社活动变得不可能,所以30年代后半期的文坛是纯文学占据主流地位的时代。此时,西方的现代主义思潮也开始传入韩国,成为影响30年代后半期创作的重要文学思潮。诗文学派、生命派等众多诗歌流派给30年代的诗歌文坛带来了空前的活跃。朴泰远、蔡万植、李孝石、金东里等则是小说文坛上的健将。1920年代兴起的女性作家创作到了30年代逐渐成熟,涌现出如姜敬爱、崔贞熙等知名的女性作家。1940年代初期的文坛相对30年代来说比较孤寂,残酷的社会现实使得很多文人选择了封笔,直到1945年韩国解放才得以打破文坛的沉寂。但一时间,早就存在的左右翼文坛的对立也随着解放而重新激化,最终随着朝鲜半岛南北双方分别建国,文坛也出现了南北对立。

1950年6月25日爆发的朝鲜战争,使得民族解放给人们带来的喜悦转瞬而逝,同族相残的战争又把人们带入了苦难的深渊。"战争"是1950年代文学的代名词,战争的惨烈、后方的逃难、扭曲的人性都成了文学创作的主要素材。人们的心灵饱受战争摧残,后期现代主义运动正好适应了韩国当时的国情,于是在韩国又掀起了一次现代主义的高潮。不过1950年代韩国接受的现代主义与1930年代有所不同,这次接受的主要是存在主义与意识流。"后半期"同人促进了现代主义诗歌的发展,而小说方面,50年代新登文坛的张龙鹤、吴尚源、孙昌涉等以战争或战后为背景,深化了存在主义的思想,表达了对自由、生存的思考。

1950年代的文学更多的反映了战争本身以及战争带来的各种后遗症,而1960年爆发的"4·19"运动使人们又重新回到关注社会现实中来。1960年代后半期开始的产业开发与现代化建设又使传统经济、传统的价值观念遭到破坏,产业化给农村造成巨大变化,产生了一些不能融入现代社会的边缘群体,为1970年代的文学创作提供了广泛的素材。1980年代反美小说的大量出现,使人们开始重视从属于美国的现实给韩国带来的影响,另外,还出现了大量以南北分裂为题材的小说作品,赵廷来、李文烈的小说创作取得重大成就。诗歌方面,受民族文学论的影响,反映当时民族现实状况的诗歌被大量创作出来。

第五章　现代文学

第一节　现代诗歌

一、现代诗歌的形成

诗歌经过开化期的准备和发展,到了近代,已经逐步摆脱了传统诗歌严格的格律形式的束缚,朝着较为自由的方向发展开来。开化期的诗歌文学因其所处的历史环境,思想启蒙、教化民众的色彩比较浓厚,而且作为从旧体诗到近代诗歌的过渡阶段,在形式上也没有完全摆脱传统诗歌的束缚,没有形成完全的自由诗歌形式。而到了20世纪10年代,形式更加自由、内容更加多样的真正现代诗歌的形式逐渐确立起来,这一时期诗歌文学的主要特征有:第一,自由诗创作继续发展;第二,出现了新的创作群体,这一时期,在海外留学的金亿、朱耀翰等人开始在诗歌舞台上崭露头角,并逐渐确立了现代诗歌的形式;第三,诗歌的抒情方式发生了变化,其内容由以前的以启蒙思想为主发展成为以抒发个人感情为主;此外,国家主权的丧失给诗人们带来了无限的悲哀和绝望,这种哀伤的情绪也成为当时诗歌抒情的主要内容。

东亚国家的现代化进程与现代文学的形成和发展都与西方有着密不可分的关系。自近代以来,西方文明对东亚的冲击自然不必多说,东亚新的文学体系和思潮的兴起也大多受到西方的影响,这是因为从经济角度来看,西方国家比当时的东方要更加发达,东方各国在反对西方侵略的同时也兴起了一股向西方学习、开眼看世界的思潮,各国都译介了许多有关西方先进思想和文明的书籍。韩国也不例外,对外国文学的翻译在韩国近、现代诗歌形成的过程中起到了重要作用。1920年代初,白大镇曾在《泰西文艺新报》上发表了一些有关西方文学、法国象征主义诗人的介绍性文章,指出"象征主义就是自由诗[①]",这是有关自由诗诗歌形式的最早论述。同一时期的金亿指出在诗歌创作中要强调个性的差异;黄锡禹也是介绍法国象征主义诗论的先驱人物,他认为韩国诗歌

---

① 成基玉,等.韩国文学概论[M].首尔:新文社,1992:308.

的发展方向就是坚持自由诗的发展,而且要想在世界诗坛上独树一帜,就必须创作有个性的、独特的诗歌形式。白大镇、金亿、黄锡禹为现代自由诗的发展提供了理论基础,此后,以朱耀翰为首的诗人们确立了自由诗,也就是散文诗的形式。朱耀翰是韩国现代诗歌形成过程中的先驱人物,他曾加入当时文艺同人杂志《创造》,在《创造》创刊号上发表过《烟花》《礼物》等诗歌作品,确立了韩国现代自由诗歌创作的形式。尤其《烟花》是最著名的代表作,形式活泼,是自由诗的典范之作。

1920年代的韩国诗坛,出现了很多新的倾向。首先,3·1运动的失败,给人们的心理带来极大的挫折感,这一时期的诗歌创作中就总是带有一种哀伤的浪漫主义情怀。另外,3·1运动的兴起,使得日本人意识到了韩国民众反抗的巨大力量,于是便改变了以往的统治政策,开始标榜文化统治,尽管日本统治韩国的本质并没有什么变化,但是文化统治政策的实施,给韩国民族文学的发展带来了一定的契机。韩语报纸及杂志的大量出现促进了文学的发展。这一时期,最重要的一个现象就是"同人志"的产生。所谓"同人志",指的是具有类似文学主张的文人走到一起,共同出版的定期或不定期刊物。它起源于20世纪20年代的日本,对当时在日本的韩国留学生产生了重要影响,金东仁与田泽荣等一起在日本创办了韩国最早的同人志《创造》,此后,同人志在韩国就如同雨后春笋般发展了起来。

浪漫主义作为西方的一种文艺思潮,大约于20世纪20年代在一些留日学生的倡导下传入韩国。1922年《白潮》同人志在洪思容的倡导下创刊,它以浪漫的感伤主义为主流,其代表诗人有洪思容、李相和、朴钟和、朴英熙等,他们大部分继承了《废墟》和《蔷薇村》同人的诗歌创作精神,在残酷的现实背景中,更进一步地深化、发展了浪漫主义的感伤、颓废、幻想、神秘性等创作理念,作品反映了哀愁与绝望,具有唯美主义的色彩,他们为早期浪漫主义诗歌运动的发展做出了重要贡献。

洪思容在《白潮》同人志上发表了诸多诗歌,同时,他还曾分别加入、组织了剧团土月会和山有花会,非常热衷于话剧活动,并亲自执笔过一些戏剧作品。他的诗歌创作的主要特征是充满了虚无与哀叹的情绪,带有浓厚的乡土情怀和自传性色彩。他的《流泪的大王》一诗委婉的表达了祖国被践踏下,诗人心中的苦闷与不满,用象征的手法表达了悲哀、失望之情。

李相和是"白潮"派的中心人物,他前期在《白潮》杂志上发表了《末

第五章　现代文学

世的郁叹》《到我的寝室来》等诸多作品,这些诗作中充满了颓废与感伤,这与其创作前期受浪漫主义的影响有至关重要的关系。李相和文学创作的后期,由于受到倾向派文学影响,他的作品中出现了与以往作品大不相同的因素,抗日救国成为其作品的主要特点。

"白潮派"的诗歌充满了感伤、颓废与病态的情绪,反映了社会现实给作家心理和精神上带来的巨大冲击,曾被评价为"在理念上是浪漫主义的,气氛上是颓废主义的,文学态度上是象征主义的,艺术上是唯美主义的。①"

这一时期远离各种流派和同人志文学,用自己独特的视角进行创作的诗人金素月是韩国民谣诗人的杰出代表,他的诗歌至今广为传诵,受到广大读者的喜爱,特别是《金达莱花》《山有花》等作品在韩国几乎更是妇孺皆知。1922年在《开辟》上发表的《金达莱花》是诗人诗歌创作的集大成之作,这首诗采用韩国民谣中普遍使用的7·5韵律,借用女性的口吻表达了离别的情恨。这首诗一方面以女性传统的内敛、顺从的美德为基础,另外一方面也表达了其想挽留对方不要离开自己的真挚感情。此外,本诗运用作者故乡平安北道的方言,并将其和诗中话者的"爱"与"恨"有机结合起来,更加突出了诗歌的民谣性。在创作手法上,作者采用"反语"和"逆说"的表现手法,明明心中不希望对方离开,可是在对方要离开的路上洒满象征爱情的金达莱花,这种安排使诗中话者的内心矛盾与矜持跃然纸上。《金达莱花》中所体现出的特点也可以看作作者所有作品的共同特点,民谣的韵律使他的诗歌便于吟诵和流传,也比较容易理解,因此金素月的诗歌也是韩国近代以来传播最广的诗歌之一。虽然他在诗歌创作上堪称天才,但是金素月的一生却比较曲折,最后因为经营家族矿产生意及其他投资的失败,而备受家族其他人的讽刺与白眼,这使得从小在婶母膝下长大本来就性格敏感的诗人,最后无法忍受这样的遭遇而选择了自杀。韩国近代史上非正常死亡的作家有许多,他们大多才华横溢而又敏感多情,在残酷的社会现实和生存环境面前有人选择了自杀,如金素月等,而有人却因病魔的折磨而英年早逝,如李箱、罗稻香等,还有的则是死于日本人的监狱之中,如尹东柱等。也许是天妒英才,也许是命运使然,他们都在自己的理想、梦想还没有完全实现的美好年华过早离世,这些文人的非正常死亡也是研究韩国

---

① 李秉歧,白铁.国文学全史[M].首尔:新丘文化社,1965.

文学时值得注意的一个研究课题。

　　韩龙云作为和金素月同时代的诗人,他的身份比较特殊,他不仅是一位有名的诗人,而且还是韩国近代著名的民族独立运动家、僧人。他富有革命精神,青年时期曾经参加过东学农民运动,运动失败后便出家做了僧人,他倡导佛教革新,促进了佛教的大众化。他还因是主导三一独立宣言的31人中的一员而被逮捕入狱。他的一生充满传奇色彩与反抗精神,在诗歌创作上的主要作品是1926年出版的诗集《你的沉默》,其标题诗《你的沉默》在韩国也是人尽皆知的一首诗。"你"一词贯穿韩龙云整个诗歌创作的全部,同时"你"一词也是始终贯穿韩国文学的一个重要词汇,"你"一般用于指代爱人、情人等,对于韩龙云来说,"你"指的可能更多的则是失去的祖国、国土、以及诗人崇尚的佛陀等。在这首诗中,"你"一直沉默不语,但是这种沉默并不会永远的持续下去,在将来某一个美好的日子里,"你"必定会重新开口说话,而"你"重新开口的那一天,便是美好的一天到来的时候,也就是祖国光复、人民得到解放的日子。这首诗摆脱了以往韩国传统诗歌只停留在"绝望"中的局限性,向人们指出了一条"希望"之路,这也是这首诗的积极意义所在。

二、无产阶级诗歌文学

　　1920年代后半期,随着俄国十月革命的胜利与无产阶级运动在全世界范围内的兴起,韩国的一些知识分子也接受了无产阶级的思想和主张。早期无产阶级文学一般被称为"新倾向派文学",这是韩国无产阶级文学的最初阶段,在兴起之初,他们主要反对"白潮派"感伤的浪漫主义和"创造派"的自然主义,提出的新主张则是文学要带有一定的倾向性,而这个"倾向",从广义上来看,指的是"信念、主义、理想",从狭义上来看就是社会主义的倾向,所以也被成为"新倾向派"。随着社会主义理论的不断传入,1922年9月在金永八、宋影等人的组织下,早期的无产阶级知识分子成立了焰群社,它的主要主张是"用文化为无产阶级战斗";1923年,金基镇、朴英熙等人组织成立了"PASKYULA"这一组织,这一名字是取当时参加这个组织的人物的姓而形成的,他们主张为人生而艺术。1925年8月,两个组织合并成立了卡普,也就是朝鲜无产阶级艺术同盟,自此,在韩国文坛持续十余年的波澜壮阔的无产阶级文学就真正拉开了序幕。这样,无产阶级诗歌就成为20世纪20年代后半期到

30 年代后半期诗歌创作的主流。

（一）早期倾向派诗歌

李相和早期曾是《白潮》的核心成员，受无产阶级文学的影响，他逐渐从感伤的浪漫主义和颓废主义中摆脱出来，写了一些反映殖民地社会现实的作品。《被掠夺的土地上也有春天吗》是诗人抗日反抗诗歌的优秀代表作，作者在这首诗中通过设问的方式点题，"被掠夺"一词暗示被当时韩国被日本人强占的现实状况，同时也表达了作者对这种现实的强烈不满与愤慨之情。"土地"象征的是国土、国家，因为当时韩国基本还处在农耕社会，土地是必须的生产资料，是整个国家的命脉；"春天"因为是万物复苏的时候，也是生命和活力的象征，所以在这里用于指代自由与祖国光复。诗歌开头用简单的一句话揭示了整个国家和民族所处的危难状况，结尾又用同样的语句扣题，揭示出虽然目前是黑暗的，但是随着春天的到来，万物一定会复苏，春天也一定还会到来，也就是说明韩国一定会迎来光复的一天，这也是作者的殷切希望与美好理想。这首诗超越了李相和前期诗歌创作的病态情绪与感伤色彩，充满了对民族独立的希望以及对自己民族和国家的热爱之情。

（二）卡普诗歌

随着卡普组织的建立，卡普内部有关文学的指导思想展开了几次争论，其中朴英熙主张文学作品应以斗争性为核心，他积极展开方向转换论，提出应该有意识有目的的进行文学创作，卡普文学也应该担负起与所有反动意识形态做斗争的任务。受这一思想的影响，这一阶段的诗歌创作大部分具有煽动性和宣传性，带有作者为了达到某种政治目的而刻意安排的主观性。另外，由于这一时期的诗歌大部分是斗争的、进取的，所以为了达到宣传的目的，经常使用一些口号式的语言，这种倾向的代表作有金昌述的《展开》和柳赤驹的《街头的宣言》等作品，这些作品与以往的抒情诗大不相同，通篇几乎都充斥着宣传的口号，而失去了诗歌原有的韵味。不过这些作品虽然带有作者的主观性和抽象性，但却是马克思主义阶级意识的直接体现，体现了卡普内部方向转换与布尔什维克化对文学创作的影响。

20世纪20年代末30年代初,无产阶级文学逐渐开始强化理论斗争,进一步加强了文学作为政治意识的附属性。卡普文坛新力量的诞生以及布尔什维克的大众文学论,使得诗歌的斗争性更加强烈,当时卡普的少壮派林和认为只有通过斗争才能实现无产阶级的革命理想。他从1926年左右受朴英熙的影响开始接触马克思主义,此后在东京留学时受李北满的影响而迅速成长为卡普的代表诗人和评论家,《哥哥和火炉》《十字路口的秩序》等是他的代表作。《哥哥和火炉》一诗受到金基镇的高度评价,他把这种诗歌形式命名为"短篇叙事诗",成为无产阶级诗歌创作的一种典范。诗中描述了妹妹思念在狱中的哥哥的内心独白,诗中的哥哥因参加运动而被捕入狱,妹妹在对哥哥的思念中,理解了革命斗争的重要性,从而想积极投身于革命的洪流之中。这种在诗歌中插入某一个事件的方式为卡普诗歌的创作提供了新的创作手法,也符合卡普文学创作所要求的现实主义手法的创作特点。

　　同时期的权焕也主张布尔什维克的大众文学论,但是他的诗歌创作尤其强调诗歌的政治宣传性,语言平白直接,缺乏诗歌原有的抒情性与作者自己的思想感情。这种诗歌类型在大众宣传上具有重要意义,但因政治色彩也使诗歌丧失了其原有的抒情性,内容僵化、单一。

　　1930年代初,日本在中国发动"九一八事变",大肆逮捕社会主义者,镇压社会主义运动,同时在韩国也加强了殖民统治,对韩国的抗日组织和一切抗日活动都予以严酷的打击,对卡普进行了两次大规模的逮捕,还封锁了其相应的出版物,导致卡普的活动陷入停滞状态。尤其是两次逮捕事件给文坛带来了巨大的打击,文坛陷入白色恐怖之中,一些卡普的成员无法承受这种巨大的危机和压力,开始出现了转向倾向,其中比较早开始转向的就是朴英熙,他认为卡普的活动"得到的是意识形态,失去的则是艺术[①]",由此可以看出,他对以前的卡普活动产生了反思和质疑。但是随着日本的镇压,卡普还没来得及做出新的应对措施就被迫于1935年5月宣布了解散。自此,波澜壮阔的无产阶级文学运动就暂告一个段落,一直到1945年韩国光复之后,才又重新开始恢复。

---

① 权宁珉.韩国现代文学史[M]首尔:民音社,2002:161.

三、现代主义与纯粹诗歌创作

随着无产阶级文学的落幕,纯粹文学开始蓬勃发展起来。卡普解散之后,"诗文学派"和"九人会"的诗歌活动得以广泛的开展,他们主张文学的纯粹性与艺术性,反对其政治性和理念性。此时,许多文坛新秀通过同人杂志、报纸的推荐制度开始崭露头角。另外,1930年代的诗歌呈现出与以往诗歌完全不同的特色,这一时期的诗歌创作更强调技法的重要性,其中《诗文学派》在30年代的诗歌发展中起到重要的先驱作用。

诗文学派的纯粹诗:1930年3月在朴龙喆和金永郎的主创下成立了《诗文学》杂志,郑芝溶、卞荣鲁也是这个杂志的参与者。他们排斥卡普文学对理念、社会的关心,主张用熟练的民族语言进行诗歌创作,致力于构建美好、纤细的语言世界和抒情诗,强调诗歌的纯粹性与抒情性。他们的诗歌创作,促进了现代诗歌在语言和形式上的成熟。

金永郎于1903年出生于全罗南道,在三·一运动中因参与举事曾被逮捕,1920年赴日本留学,主攻英语。1935年发表的《永郎诗集》中收录了他前期创作的大部分诗歌,其中《到牡丹花开的时候》是其重要的代表作,这篇作品中以牡丹为素材,描写了诗人对昙花一现的美丽的感叹与悲哀。诗中的牡丹既是自然界的象征,也是世界上一切美丽事物的象征,诗歌语言感性,抒情性强,因此有人评价他是继金素月之后韩国语驾驭能力最高的诗人,也有"北有金素月,南有永郎"的说法,足以证明其在韩国诗坛的地位。

辛夕汀的诗歌创作也是随着他加入《诗文学派》而开始的,诗文学派的同人们主要强调诗歌语言的技巧,辛夕汀的诗歌则有所不同,他侧重于构建天真、单纯的诗歌世界。他的诗歌作品中经常出现的词语就是"天空"和"妈妈",用这样的词语为诗中的主人公——单纯天真的小孩子们构建一个美好的、充满憧憬的世界。《你知道那遥远的国家吗》一诗把口语体的敬语法用在诗句中,给人带来一种如同面对面对话般的真实感与亲切感。诗中用"遥远的国家""灌木丛""鸽子""小羊""山菊花"等词象征遥远世界的和平与纯洁,表现了作者想逃脱黑暗现实的想法。

1930年代正是西方现代主义发展的时期,这一包罗万象的主义也传到了日本,于是当时一些在日本留学的韩国知识分子就接受了现代主义的影响，并把这种主张用于诗歌创作之中，为韩国诗学的发展注入了新的活力，主要代表人物有接受法国超现实主义影响的李箱和接受英美主知主义的金起林等。现代主义是西方在经历工业革命、进入垄断资本主义时兴起的，再加上第一、第二次世界大战的爆发，使得原本的价值观和世界观都受到了史无前例的考验，人和人之间的关系冷漠，在这样的情况下，出现了对以往传统价值世界的反思，从而促进现代主义诸多流派的产生。但是，当时韩国的社会状况与西方不同，他们还处在日本的殖民统治之下，机器大工业还没有发展起来，所以还没有形成产生、接受现代主义的深厚土壤，因此这一时期现代主义的诗歌作品有很多是对现代主义词语、主张的生搬硬套，还不够成熟。

　　现代主义的代表人物金起林曾留学日本，攻读英语，因此这在一定程度上为他接受现代主义提供了前提条件。金起林曾是"九人会"的成员，1933年起正式开始作品创作，他主要接受的是当时英美文坛上盛行的主知主义文学理论。所谓主知主义，就是强调知性和理性。金起林反对某些现代主义诗人所主张的"技巧主义"，提出了要使内容和形式和谐统一起来的"整体诗论"，他的《气象图》就是在这一理论指导下创作出来的，是作者对自己主张的具体实践。这是一首长约400余行，共由7部分组成的长诗。题目本身就与以往的诗歌不同，"气象图"一词是随着现代文明的出现才产生的新词语，同时这个气象图还是整个世界政治格局的气象图，"台风来袭和强风凛冽"则指代当时日本帝国主义对韩国的侵略，是对现实的揭露。

　　有"天才诗人"之称的李箱是现代主义诗歌的另一代表人物，他的文学创作中值得注意的是：他对所有的文明几乎都持否定态度，他所有的作品几乎都不以理性和既有的观点为基础，而是从自己的自我意识出发，他的代表作《镜子》就明显的体现了这一点。

> 镜子里没有声音，
> 再没有这么安静的宇宙了。
> 镜子里的我也有耳朵，
> 两片听不懂我说些什么而难为情的耳朵。
> 镜子里的我是左撇子，
> 不能和人家握手的左撇子。
> 在镜子里我虽不能感知我自己，

但因有镜子，
我很想在里面和自己相遇。
我没有属于自己的镜子，
但镜子里却常有我；
我不是太清楚，
他是不是忙着要和他的伙伴分离。
镜子里的我虽与我相反，
却又与我十分相似，
因为不能将心比心，
去感觉镜子里的自己，
我感到惭愧。

在这首诗中，"镜子"是贯穿全文前后的中心词，人可以通过镜子看到自己，但是镜外的自己和镜中的自己却是相互分离的，镜子是横在现实中的"自我"和无意识的"自我"之间的一道墙，它既是联系两者的媒介，也具有使两者分开的象征意义。这首诗虽然行、联分明，但是诗歌的原文却没有使用一处空格，这也体现出作者对传统诗歌创作要求的技法，甚至人生常识性的东西的无视和否定，他用高度的象征和暗示手法揭示了在黑暗的社会状况下生存的人的悲剧。

《乌瞰图》是1934年7月24日起开始在《朝鲜中央日报》连载的作品，作者原意是想发表30部作品，但是在刊发了几篇之后，由于其内容的晦涩难懂而遭到很多读者的反对与批评，从而被迫停止连载。《乌瞰图》彻底打破了以往诗歌的传统概念。首先从题目来看，会使读者觉得不解其意，其实作者取"鸟瞰"一词的"鸟"字而去掉一点，构成一个荒诞的新词，看似荒诞，但却寓意深刻，"乌"字暗指乌鸦，乌鸦在韩国文化中是一种不吉利的鸟。这里"乌"就暗示作者当时所处的时代背景，正是日本统治的黑暗时期。其次，整首诗好似都是梦呓般的毫无意义的重复，读来让人觉得不知所云，但实际上这种暗示和隐语的方式却表达了作者对社会的不满和无声的反抗。

生命派诗歌：1930年代中期，形成了研究生命本身的诗歌流派，其中诗人部落是其典型的代表团体。虽然这个文学团体在文坛上存在的时间并不长，而且组织也比较松散，不是在一定的文学理念和方向指引下形成的组织，确切来说是各个个性、特性不同的诗人组成的友好团体,但是由于这些人基本都主张生命是高贵的,因此就把他们称为"生命派"。虽然这个团体存在的时间并不长,但是由于其代表人物徐廷柱、金东里、柳致环等在文坛上的巨大成就,所以生命派在文学史上还是有着重要的地位。他们与诗文学派和现代主义诗派侧重于技法和美意识的主张不同,他们更关心人作为一个主体的存在问题,主张探究生命的本源,从这一方面来看,他们的主张摆脱了前两者不注重社会现实的缺点,进一步促进了20世纪30年代现代诗歌的发展和成熟。

徐廷柱是生命派的重要代表人物,是韩国现代文学史上创作时间比较长的诗人,他的创作生涯大概前后持续了60余年,一贯主张对生命本源问题和人性本质的探究。他的作品经常远离社会现实,对都市生活和现代文明也持抗拒态度,常站在神话的角度表现生存本身的苦闷与意志。他的代表作《花蛇集》通过对花蛇的描写,构建了生命原本的意志,表达了对官能美和生命最初形态的礼赞。这篇作品借用"圣经"中蛇对夏娃的诱惑的故事,拥有"比花更漂亮的花纹"的蛇是使人类受到惩罚的基督教中"原罪"和官能美的象征,这首诗描写了受道德和习俗的影响被压抑的人性本能的欲求。《在菊花面前》通过描写菊花从发芽到开花的过程,表达了对生命的礼赞。生命派的诗歌创作一直延续到朝鲜战争结束后,并成为当时文坛纯粹诗歌的代表。

四、1940年代的诗歌

(一)黑暗中的两颗星:李陆史与尹东柱

进入20世纪40年代,太平洋战争的爆发,牵制了大量日军的兵力,随之日本也加强了在韩国的统治,他们提出"日鲜一体论"的主张,否认韩国人的本质,企图同化韩国人,使韩国绝对屈从于日本的统治。在这样的情况下,大批文人开始亲日,如李光洙、金东仁等人就鼓吹日本的大东亚共荣立场,成为日本的"御用文人";再有一类作家,如金东里等,则选择了封笔,以沉默来反抗日本的统治。但是,还有一类人不畏强权,走上了勇敢反抗的道路,李陆史和尹东柱就是其中璀璨的明星。当然,反抗必然意味着流血和牺牲,这两位诗人就是为了民族独立的信念与日本斗争,最后惨死在日本的监狱中,是韩民族的英雄,因此,他们在韩国得到了很高的评价。

李陆史本名源绿,"陆史"一名来源于作者被日本人逮捕入狱时的收监号码"264",这个号码韩语的读音所对应的汉字正是"陆史",这样的名字本身也代表了作者对日帝的反抗态度。他的诗歌精神主要围绕批判殖民地现实而展开,《路程记》作为作者对自己人生历程的痛苦回顾,阐述了生存的现实就是"时常阴沉的黑夜",在"躲过暗礁又与台风搏斗"[①]的艰难历程中,到达的"地平线"也不是理想的幸福目标。在这里作者把自己的经历与社会现实有机地统一了起来,用自己的实际行动与黑暗势力斗争,而且诗人富有反抗精神的高风亮节直到在监狱中失去生命的最后一刻也没有放弃,这种崇高的民族精神和气节将彪炳史册。

尹东柱的《序诗》表达了作者在黑暗的社会现实中争取民族自立的精神。《序诗》共九句,开篇用孟子"仰不愧于天"的典故开题,表达了身处殖民统治中的作者对人生理想的向往,希望自己能够做一个没有丝毫羞愧之感的顶天立地的堂堂君子,这句诗隐含的意思就是不向日本屈从,坚持自己民族气节的精神。诗歌中出现的"星星"与"天空"正是作者崇高理想和高洁品格的象征,也预示着虽然有"黑夜"和"风",但是星光却不会被遮挡也不会熄灭,作者所坚持的理想之心也就不会消失。

李陆史和尹东柱的富有反抗精神的诗歌给沉寂的韩国诗坛带来了希望,也给身处黑暗之中却不敢言语的韩国民众带来了精神支柱,因此他们的诗歌在他们身后得到了结集出版,受到了很高的评价。

(二)青鹿派的诗歌

所谓青鹿派,指的是1939年受《文章》杂志推荐登上诗坛的赵芝薰、朴斗镇、朴木月等诗人。他们虽然在20世纪30年代末登上文坛,但是由于当时社会状况的限制,在解放前没能公开发表诗集,解放后,他们合作出版了诗集《青鹿集》,因此后来把他们称为"青鹿派"。虽然他们的诗歌创作方法不尽相同,朴木月侧重乡土性的抒情,用民谣风格的形式表达韩国人传统的生活方式;赵芝薰强调传统的雅趣;而朴斗镇则以基督教为基础,描写对自然的亲近和爱;但由于他们描写的主题都以自然为基础,所以徐廷柱也把他们称为"自然派"。青鹿派的兴起源于对现代主义的反感,他们继承了30年代初诗文学派的衣钵,然后又附加了

---

① 权宁珉.韩国现代文学史[M]首尔:民音社,2002:626.

自己的新精神,给诗坛注入了清新的活力。

朴木月原本是创作童诗出身,他用民谣的韵律歌唱韩国朴素的自然和乡土。《过客》是广为韩国人所知的一首诗,诗歌语言精练,采用民谣的韵律,构成了诗人特有的诗歌世界。

  渡口的那边
  一条小麦路
  翩翩过客
  一如月行于云。
  一条长远的路
  南至三百里
  每个酿酒的村落
  醉红的晚霞
  翩翩过客
  一如月行于云。

诗人用7·5调的民歌形式和简练的语言构造了一幅清新、动人的画面,表达了旅人怡然自乐的形象,这同时也是作者的自画像,正因为如此,这首诗也受到一些批判,认为它是逃避社会现实的作品。

(三)光复初期的诗歌

二战的结束和韩国的光复,给韩国文坛带来了前所未有的自由和欢喜,但是同时,原来在日帝高压下潜在的意识形态对立又开始出现了,原先的卡普成员迅速成立了朝鲜文学建设本部,后来改组为朝鲜文学同盟;而与之相对立的民族阵营则成立了中央文学协会,此后改名为"朝鲜文笔家协会",文坛新兴的少壮派们则成立了朝鲜青年文学家协会,韩国文坛就形成了左和右对立的局面。这一时期韩国诗坛的创作自然也受到这种意识形态对立的绝对影响,很多人都认为要克服解放后的混乱局面必须要从政治上找到突破口,因此这一时期的诗歌创作都带有宣传各自政治理念的色彩,很多诗歌通篇都充斥着宣传口号,而失去了诗歌原本的性质。

五、战后诗歌

朝鲜战争的爆发,给刚刚摆脱了日本统治、迎来解放的韩国人又一沉痛的打击,使他们还没有来得及享受自由的喜悦,就又一次陷入了悲惨的战争之中。"战争"几乎成了 50 年代文学的关键词,而诗歌作为一种长于抒情的文学形式,在战后文学中占据了重要地位。这里说的战后文学从广义上来讲其实包含两个方面,即战时文学和战争结束之后创作的文学,战后诗与战后小说的概念也是如此。

任何一场战争都是惨烈的,对人民大众来说都是毁灭性的,死亡和恐惧无时不在。在朝鲜战争中,韩国文人组成了一些从军作家团,他们随军亲自参战或亲眼目睹了战争的惨烈,战争本身的残酷给作家带来强烈的震撼,所以战时诗歌现实主义色彩浓厚,而从诗歌本身的审美角度来看,很多战时诗歌缺少美感和欣赏性。同时这场战争又不同于以往反对外来侵略的战争,是一场同民族之间意识形态的较量,所以诗人不可避免地也受意识形态的影响,从而导致诗歌中带有强烈的政治倾向性,尤其是反共色彩浓厚。从诗歌语言上来看,直接呼吁性的、口号性的语言颇多,这和作者的创作目的有直接关联,他们的目的就是为了煽动民众强烈的斗志,口号式的语言与感叹词的使用则有助于振奋情感与激发斗志。当然,战场的惨烈,后方惨淡的现实,也使得一些诗人试图超越意识形态,用人性的、理性的视角来看待战争,关注人的存在及生命的价值。

李永纯的组诗《延禧高地》来源于直接的战争体验,毛允淑的《死去的国军在诉说》有感于亲眼目睹战死的国军士兵而作。柳致环是从军作家团的一员,他的诗集《与步兵同行》则以自己的战争体验为基础,表达了一种悲天悯人的人道主义情怀。柳致环在解放前本身是生命派的代表诗人,他的诗歌一贯关注与命运对抗的人们的生命意志,这也是使他在战争中能够保持冷静思索的原因。

如果说战争像一道紧急集结令,让所有人一时间都围绕在战争的名义下,所有的事情也都是以战争为第一要务的话,在这种紧急状态下的文学就会失色不少,缺少文学原有的特质。但停战之后,经过一段时间的冷却,文学又重新走上了正常的发展轨道,战后的韩国诗坛也是如此,战后的诗坛又重新迎来了多样化的倾向,首先传统的纯粹抒情诗得以继续发展；其次,后期现代主义诗歌运动也开展的如火如荼,同时从诗歌的创作阶层来看,一大批成长于殖民地时期,经历了朝鲜战争的青年作家成长起来,他们与老一辈作家共同促进了 1950 年代韩国文坛的繁荣。所谓后期现代主义运动是与 1930 年代的现代主义运动相对而言的,这一时期的代表人物有朴寅焕、金奎东等。他们曾经在战争中的临时避难所——釜山结成《后半期》同人,反对传统抒情诗歌的保守性和过分关注个人情绪的特点。他们批判以青鹿派为首的以抒情见长的传统诗歌,认为青鹿派的抒情诗过分关注诗歌的音乐感和个人情绪的抒发,所以导致他们诗歌的语言过于单纯。他们主张诗歌要与社会现实密切结合,其代表人物金奎东曾经痛斥抒情派,他在《新诗论》中指出"固执地认为只有抒情诗才是真正的诗歌,或者认为诗歌就应该像新媳妇的脚步那样柔和安静,应该像自然流淌的流水那样柔滑幽深,认为只有这样才是让人产生共鸣的诗歌的纯粹派,我们不可能期待他们能够做出有关现代诗歌精髓的真正解释"。① 后半期同人继承了 20 世纪 30 年代现代主义诗人的诗歌精神和创作方法,他们的语言一般都是都是即物的(即物主义由表现主义发展而来,强调以主观感受的真实去代替客观存在的真实。),写作的素材基本上都是现代都市文明的阴暗面,这样就使原本局限于封闭的个人抒情中的诗歌创作扩展到社会现实中来,从而扩展了诗歌创作的空间。但是其吟唱的都市文明却又是和当时的韩国社会有些脱节的带有异国风情的风物,所以有些词语对大众来说是不着边际的,所以在这方面也受到了一些批判。

　　传统抒情诗的代表诗人有徐廷柱、朴在森、郑汉模等人。虽然战争已经结束,却造成了严重的后遗症,人们对颓废荒凉的现实感到痛苦,因而把目光转向内心世界,他们的诗歌从一个方面反映了战争给人们带来的伤痛。朴在森善于用细腻、凝练的语言表达内心的悲哀；郑汉模的诗歌语言直接,节奏鲜明。虽然抒情诗因过分侧重于抒发个人情感而远离、逃避社会现实从而受到诸多批判,但其仍占据了文坛的主流地位。

---

① 权宁珉. 韩国现代文学史[M]首尔:民音社,2002:171.

六、1960 年代之后的诗歌创作

"战争"是 20 世纪 50 年代文学的关键词,因此生活在当时的人们不可能摆脱战争的影响,站在完全客观的立场上正确地评价战争及其带来的影响,共产主义更是当时的大忌。整个 50 年代的文学主要表达了战争的惨烈及后方的惨状,以及战后凋敝的民生,充满一种悲哀和绝望的情绪。那么经过了一段时间的沉淀,生活还在继续,就需要克服战争给人带来的消极影响,这种克服的契机就是 4·19 革命,这是一场争取自由和民主的运动,使人们逐渐从战争的灾难中走出来,开始重新审视社会现实,争取自由和权利。同样,这场运动也给文坛带来了巨大的冲击,其中最重要的一点就是使一些文人又重新关注社会现实,尤其是到 1960 年代中期,一场颇具规模的论争席卷了文坛,这就是"纯粹与参与"论争。所谓"参与文学"就是指文学不能脱离现实,而要立足于现实,批判现实的不合理之处。他们批判纯文学所主张的艺术至上主义的虚无性,具有浓厚的现实主义精神。具有这一倾向的诗人有金洙暎、申东晔等,而纯粹派的代表诗人则有朴龙来等。其中,金洙暎是主张诗歌应反映社会现实的代表诗人,原本在战后诗坛用现代主义的手法创作的他,在继续保持语言的试验性和诗歌的抒情性的同时,意识到了社会和现实的重要性。《蓝天》一诗是金洙暎重要的代表作,集中体现了作者主张的文学参与意识,表达了对自由的渴望与向往。

源于 1960 年代的纯粹与参与论争一直持续到 1970 年代,最终,这场论争已经不局限于文坛的争论,而变成了双方努力确立诗歌认识的范畴和诗歌描写的对象,在一定程度上克服了原来的两分法,诗歌世界和现实世界的距离感得以缩小,现实就成了诗歌创作所不可避免的对象。产业化时代最明显的诗歌倾向就是诗人们对民众指向诗的创作。70 年代申庚林等的诗歌创作比较具有代表性,他的诗集《农舞》真实的描写了剧变的产业化过程中被疏远的农民生活状况。他反对把农村当作自然的风物或田园般的场所进行创作,虽然朴素、粗糙、但却真实的农民的真正生活场所和方式是作者常常采用的主题。而且他诗歌中的语言真挚、朴素,所以他的诗歌让人读来非常有真实感。

1980 年代的诗歌延续了 70 年代关注现实的创作传统,以民族分裂、劳动者、不公平的社会现实为题材的诗歌创作成为主流,诗歌的创作阶层也更加多样化。黄芝雨追求多样的创作手法,力图多方面的表达现实生活中存在的各种问题。崔胜镐的诗歌中经常出现的是在现代生活中失去了自我的都市人形象,对现实生活的阴暗面做了深刻的批判。

第二节 现代小说

一、李光洙与现代小说的开端

李光洙被誉为是韩国现代小说的开山匠人,1917年在《每日申报》上连载的长篇小说《无情》是韩国现代文学史上的第一部真正的具有现代意义的小说。作者在谈到《无情》的创作意图时,曾经说过如下一番话:我创作《无情》时的意图是为了表达那一时代新青年的理想和苦闷,并且同时给朝鲜青年的出路予以一种暗示。也就是说我是带着民族主义和自由主义的意识形态进行创作的。(《文学生活30年回顾》)

小说男主人公李亨植是一个成长于开化期巨大的时代变革中的人物,既接受过旧式传统教育的影响,又曾在日本留学接触过近代新事物、新文明。在他身上,体现了传统和现代的交替,一方面他有充当封建道德的卫道士的一面,比如在对待英彩的态度上,当他得知英彩沦为妓女之后,尽管良心备受煎熬,但经过一番思索,还是决定放弃英彩,和有钱有势的长老家的女儿善馨订婚。但另一方面,他毕竟还是接受了新教育的影响,所以能够在作品最后加入到赈灾义演之中,并在这样的活动中实现自己的救国理想和抱负。

英彩是小说中作者着重刻画的一个女性形象。英彩为了救被人陷害的父兄,小小的年纪沦为妓女。她倍感耻辱与绝望,于是想到了自杀,这对当时深受封建思想束缚的女性来说,自杀也许是唯一的出路。但如果英彩的命运到此结束的话,整篇小说就会黯然失色,失去其渴望的启蒙和教化的意义,所以作者让英彩去自杀的途中,遇到了新女性的代表——炳旭。炳旭是拯救英彩的关键人物,她使英彩意识到女性也有自己生存的意义和价值,给英彩带来了新生。

这部作品在形式上采取了较为精练的言文一致的形式,在叙事顺序上采用了现在进行时、过去时态,另外,在小说构成、对话、场面描写等方面也基本具备了现代小说的特征,确立了现代小说创作的典范。在内容安排上,这是一部启蒙色彩非常浓厚的小说,带有浓厚的作者主观意识。这不仅从前面作者的创作意图中可以看出,而且从作品内容来看,英彩和炳旭的相逢具有极大的偶然性,是作者为了故事的进行而刻意穿插进去的,因此还带有一定的局限性。此外,作者作品中的人物基本都是在外国留学归来或要去留学的知识分子阶层,脱离了一般的劳动大众,因此带有理想主义的色彩,所以这部小说无论从形式还是内容上来讲都带有一些新小说的痕迹。

二、现代小说的确立

现代小说从形式到内容的真正确立则是在1920年代,其中金东仁、罗稻香等著名的短篇小说家在现代小说的确立过程中起到了重要作用。

首先值得一提的是金东仁,他生于平壤富甲一方的基督教长老家庭,年轻时曾经在日本留学,接受了当时流行于日本的浪漫主义的影响,曾经于1919年与朱耀翰、金东焕等在日本东京组织成立了韩国最早的同人杂志——《创造》,这是韩国最早的一个纯文艺杂志,完全确立了言文一致的语体。金东仁的小说创作起源于对李光洙启蒙文学的反叛,他提出小说应该脱离启蒙色彩,强调小说的艺术性,所以他的小说明显受到浪漫主义、艺术至上主义的影响。另外,贯穿他作品的一条主线是作者对命运的认识,在《弱小者的悲哀》中作者表达了在巨大的命运之手控制下,人们生存的悲哀,这种命运意识在《船歌》中得到了更详细的体现。

《船歌》的外部结构是"我"在牡丹峰上碰到一个来自平安道的船夫,并倾听这个船夫讲述自己曲折命运的故事;内部结构则是船夫开始流浪的缘由及其后的遭遇。"船歌"是连接小说内部结构与外部结构的媒介,也是平安道"船离开"的方言,船夫们吟唱的船歌曲调无比凄凉,这种哀伤的调子又与小说内容相呼应,更加深化了船夫的悲惨遭遇。

小说中的船夫因误会与弟弟分别踏上了飘摇的道路,也许是命运的安排,两人在近20年的流浪中几次擦肩而过,却总是"对面相遇不相逢"。直到有一次船夫因事故昏迷时,得知消息的弟弟才来看望了他,但此后两人还是选择了继续流浪。在小说的情节安排上,虽然有为解决矛盾而进行的努力,却也始终贯穿了作者强烈的命运意识,最后以命运是不可战胜的、人在强大的命运面前是无能为力的悲剧结尾。作者通过作中人物"弟弟"之口表达了自己创作的思想，那就是"一切都是命"。作者的这种命运意识与其本身的经历有着不可分割的关系。首先，金东仁虽然生活在富裕的家庭之中，但他却非正室夫人所生，这使得他天生就带有一种自卑感；此外，在读初中时，曾因在"圣经"考试中作弊而被退学，这对金东仁来说也是个不小的打击；再次，十八岁时父亲去世，此后他又不得不接受自己根本不想接受的婚姻，这一切使得他性格忧郁，善于哀伤。此外，结合当时的时代背景，日本对韩国的占领，三一运动的失败也给东仁带来了思想上的冲击。这一切，使得他的作品中总是带着一种悲哀的命运意识。

在船歌之后，金东仁主要致力于短篇小说的创作，他尝试多种技法的小说创作，确立了过去式的表达方式，而且第一次使用了第三人称的表达方式，为韩国现代小说的最终确立做出了巨大的贡献。

罗稻香是1920年代另一位短篇小说的代表作家。他生于汉城一个医生家庭，祖父对他的希望就是能致力于医科，可是罗稻香却在很早就表现出了相当的文学才能，他在当时文坛的领军人物朴钟和的推荐下，加入了同人杂志——《开辟》。他的创作时间并不长，到1926年因肺病病逝，不过持续了三四年的时间，但却在文坛上留下了重要的一页。他的作品中主要体现了一种浪漫主义的倾向，这一点可以从其代表作《哑巴三龙》中得到认证。

小说中的主人公是一个不能说话的残疾人，作者通过这样的人物安排，旨在暗示即便是残疾人，也有和正常人一样的生理需求和对爱情的渴望。对于三龙来说，新媳妇的介入复苏了他作为一个人正常的情感需求，但同时，新媳妇对于三龙来说又是可望而不可及的，两人因为身份、地位的巨大差距，三龙不可能拥有新媳妇的爱。所以，他通过放火一方面是发泄自己对主人家的愤恨，另一方面，也唯有如此他才能够接近新媳妇，获得心理的安慰。"火"在这里具有重要的象征意义，一方面，在火中，三龙才得以实现心中的愿望，另一方面，火烧毁了所有的东西，就像凤凰涅槃，只有在浴火之后才可以重生，三龙就在浴火之后获得了精神的永恒，这也是作者浪漫情怀的体现。这篇小说是罗稻香初登文坛时期的作品，无论从语言，还是从整体结构来看，都还不够成熟，还属于早期的习作阶段。但到了《水碓》，其作品的艺术性就得到了上升，作品创作日趋成熟起来。

《水碓》中刻画了一个拜金主义女性——李芳远妻的形象,她为了得到物质上的满足不惜背叛丈夫,但是对物质的享受没能持续多久,她就不得不面临被丈夫杀害的命运。20年代,商品经济的发展,使得传统的价值观遭到破坏,拜金主义的倾向日益严重。罗稻香笔下的李芳远妻和金东仁在《土豆》中刻画的福女有共同之处,她们都是不甘心过下层人的生活,通过卖身来获得物质满足的虚荣的女性,并且最后都走上了自杀或是被杀的不归路。但是两者又存在不同之处,如果说福女是为了生存的需要而被动地选择了卖身的话,那么李芳远妻则是主动选择委身于申老头,而且或许她在潜意识中就希望有人能够带给她富足的生活。作品中虽然没有对李芳远妻的经历做详细交待,但从字里行间可以看出,在认识李芳远之前,李芳远妻是有丈夫的,她和李芳远私奔的目的就是为了过上更好的生活,但当李芳远不能满足其物质上的要求时,她就又把目光转向了别人,所以李芳远妻是一个为了物质上的满足而不甘寂寞的女人。作者最终没能为她找到一个美好的、光明的结局,因为在当时的条件下,她们没有独立的经济能力,也就不可能有一个光明的未来。而且这两篇小说至今还具有一定的现实意义,当下社会,物欲横流,存在着一些类似于福女、李芳远妻之流的女性,她们的出路究竟在何方?到底精神与物质哪个更重要?这都是现代社会非常现实的问题。

1920年代的小说除了浪漫主义的倾向之外,现实主义的写作也占有重要的一席之地。玄镇健就是现实主义的代表作家,他的创作大体可以分为三个阶段。第一个阶段是作者以自己的身边事为主进行创作的阶段,由于小说素材大部分来源于作者自己的经历,所以这一类小说又被称作"身边小说"。《贫妻》就属于这一类型,这部小说以一个贫穷的知识分子的妻子为主人公,描写了没有正常收入的一个无名作家家庭经济和生活上的困窘。作品中,妻子为了维持生计,不得不费尽心机典当家里的东西,但依然不能保证温饱。尽管如此,妻子对于没有挣钱能力的"我"却没有丝毫的怨言,而是尽心尽力支持"我"的创作。小说结尾之处,两人亲密拥抱在一起的场面也是作者价值观的体现,那就是物质并不是生活的全部意义。

《劝酒的社会》也是一篇采用第一人称叙事的小说,作品中主人公的行为和作家本人有相似之处。在日帝统治的黑暗时期,一些爱国知识分子们在绝望中不得不以喝酒度日,作者认为造成这种状况多半是因为社会的原因,隐约表达了对现实的批判。

作者并没有满足于创作一些身边小说,他用更加娴熟的笔致和技巧促进了其文学世界质的飞跃。其后的作品《祖母之死》《好运的一天》《B舍监和情书》等一系列作品都是其作品中的佼佼者,这是其创作生涯的第二个阶段。其中,《祖母之死》是从身边体验小说发展成为纯粹客观小说的转折点,作家在作品中用细腻的笔调描写了争相继承遗产的子孙们的丑恶嘴脸。《好运的一天》是作家的颠峰之作,这部小说描写了社会下层的一个车夫的悲惨遭遇。黄包车车夫老金某天好不容易挣到了较多的钱可以买杯酒喝,还有余钱给病重的妻子买了她想吃的杂碎汤。这对于他来说可真算得上运气相当好的一天,可是当他兴冲冲地回到家里时,妻子却已经过世了,而吃奶的孩子却浑然不知,依旧依偎在母亲的怀里吃着奶。这篇小说用真挚的笔调描写了下层人的遭遇,题目采用的反语形式给读者带来深刻的现实感和冲击。

当日本帝国主义对韩国文坛的压迫越来越深重,作者无法随心所欲地进行小说创作时,玄镇健把创作的主要方向转为长篇历史小说,这是他创作的第三个阶段。但他不是一味的逃避现实,而是借古讽今,着重表现历史事件的现实意义。因当时日本警察对他正进行着严密的监视,所以他的作品被禁刊,此后直到作者病逝,他再也没有提起笔来创作,而是陷入悲观之中,与酒为伴,喝酒度日,但是玄镇健以其卓越的现实主义创作在韩国现代文学初创期留下了重要的一页。

三、无产阶级小说创作

除了上面介绍的浪漫主义、现实主义的文学创作之外,随着 1920 年代中期无产阶级文学的兴起,社会主义文学理论被介绍到韩国,尤其是 1925 年卡普的成立为韩国文学的发展指出了一条无产阶级文学的方向。此后的十年间,卡普就成为了韩国文坛的主要文学团体,现实的、革命的无产阶级文学占据了文坛的主要地位。

前面诗歌部分已经介绍了卡普从形成到解散的几个阶段,这里就不再赘述。首先,作为卡普序幕的新倾向派时期,崔曙海是最为重要的代表作家。他的小说创作主要立足于描写下层劳动者的悲惨生活,反映下层民众的反抗精神。他与当时卡普的其他代表人物不同,出身贫寒,为了生存曾经做过各种下层体力劳动,受尽折磨,作者本身的这种经历给他的创作提供了鲜活的素材。《脱出记》中就叙述了一个因生活的困窘

第五章　现代文学

而逐步走上反抗道路的青年的故事,这是一篇书信体小说,以回复朋友来信的形式叙述了自己为何离开家庭的历程。小说中的主人公"我"因为在国内不堪日帝的压迫而踏上了移民中国北间岛的道路,本以为来到中国可以找到一块栖身之地,但没有想到在这里一样要受到各种压迫。最后我意识到了如果想改变现在的贫困生活就必须站起来反抗,于是"我"不得不抛弃老母、妻子,走上了反日斗争的道路。小说中作者对贫困的描写,基本就是作者本人人生体验的真实反映,读来让人感同身受。

崔曙海的小说带有明显的新倾向派小说气质。所谓新倾向派,是指受俄国十月社会主义革命的影响,在韩国国内兴起的一股反对浪漫主义、自然主义,主张社会主义文学的流派。"新倾向派"一词,源于此后卡普的中坚人物朴英熙在《开辟》上发表的一篇文学评论——《新倾向派的文学及其在文坛上的地位》。这一流派的主要特征是首先大部分作品都是以贫穷为素材,描写下层民众受苦受难的生活;第二,很多作品中都以地主和农民、工厂主和下层劳动者为对立矛盾展开故事,这使得很多作品情节、结构比较雷同;第三,作品大都以杀人放火等极端的行为结尾,带有很大的作者主观安排的因素。崔曙海的《红艳》便是其典型的代表,这篇小说沿用"贫穷——被迫用女儿抵债——妻子为此而死——采取杀人放火的方式进行反抗"的结构,这也是新倾向派小说一贯沿用的格式,体现了新倾向派文学在创作上还有不成熟、不完善的一面。

随着无产阶级运动和斗争纲领的深化,卡普的作家们创作了一系列有思想深度的作品,如李箕永的《故乡》就被誉为描写朝鲜农民生活的大叙事性作品,这篇小说也被评为农民小说创作的颠峰之作。这部作品以日帝统治下的韩国农村为背景,描写了当时农村存在的各种矛盾,以及农村无产阶级先进分子如何克服这种矛盾的过程。作品中的金熙俊是一个曾经留学东京的先进分子,回到故乡后他通过开设夜学的形式与农民加强交流、唤醒他们的反抗意识,同时还指导他们与地主进行争取减免地租的斗争。这篇作品创作的时候正是卡普主张"到群众中去"的思想路线的时候,作品中的主人公来自农村,留学之后又回到农村的过程就体现了卡普的这一主张。此外,作者还强调要以无产阶级的斗争理念为基础培养农民的斗争意识。这篇小说虽然也带有作者的主观安排,但无论从事件的展开还是最后的结局来看都比初期崔曙海的小说更加成熟。

赵明熙的《洛东江》描写了洛东江边的一个村子中深受双重压迫的农民的反抗精神;韩雪野的《过渡期》描写了随着日本帝国主义、资本主义的到来,原本自给自足的韩国农村发生的变化,以及由此带来的农民生活方式的改变;金南天的《工厂新闻》则描写了1931年平壤橡胶工厂工人的大罢工,开拓了工厂小说创作的新领域。此外,宋影的《交换时间》和李赤晓的《总动员》也是工厂小说的代表作。

女作家姜敬爱虽然生活和作品创作的场所远离了当时的斗争中心,她身处中国东北间岛地区,但是她却用真实的笔触描写了韩国下层劳动者的悲惨生活。作者在长篇小说《人间问题》中设置了两个背景,一是落后的农村,一是见证近代工业文明的城市——仁川。小说通过描写农村下层人民遭受的压迫,对伪善的地主进行了深刻的批判;通过对城市中工厂劳动的描写,揭露了资本家对工人的压榨和剥削。不论农村还是城市都是充满阶级对立、剥削与不平等的地方,哪里也不是下层劳动人民的乐园。最终,作者提出的"人类的问题究竟由谁来解决"的命题也只能靠觉醒的无产阶级大众自己的力量才能最终实现。同时,姜敬爱作为女性作家,其作品不可避免的充满了作者对女性本身的关心,小说中通过描写农村地主、工厂监工对女性的蹂躏,揭露了处在殖民社会中的女性受到的压迫更为残酷,殖民地社会中女性的自我解放比起男性来,是一条更为漫长和崎岖的道路。

四、现代主义小说创作

1930年代,现实主义的创作方式依然继续发展,但是与无产阶级倡导的阶级文学相对立,文坛上出现了现代主义等新的创作倾向。另外,提倡文学要脱离意识形态的纯文学也成为这一时期主要的创作倾向。这一时期的小说无论从内容还是技法上来看,都呈现出不同于20年代的新特征,现代小说逐渐步入成熟期。

这一时期,随着日本侵略战争的全面爆发,日本逐渐需要把韩国变为其大陆侵略战略的军事基地,他们不仅在经济上进一步剥削、压榨韩国,另一方面,还在思想和文学上对韩国人进行更严密的控制,这使得此前像20年代的大规模组织结社活动变得不可能。于是,文坛上一些拥有相似文学主张的作家便组成小规模的团体进行活动。另外一方面,

第五章 现代文学

由于日本对作家和文学作品的空前检阅,很多作家就不得不创作一些无关阶级、反抗、斗争的作品,而单纯强调作品的纯粹性。在这样的社会大背景下,纯粹文学便成了这一时期文学的主流。由李泰俊、李孝石、朴泰远等组成的"九人会"就是主张纯文学的突出代表,他们的主张虽然"色彩与倾向不明显,但是隐约透露出对卡普文学的反对,以及对纯粹艺术的拥护",并且"不带有政治色彩,坚持纯粹艺术"[1]。所以,他们的文学主要侧重于小说的艺术性和创作手法,促进了韩国现代小说创作手法的成熟,但在小说的社会意义方面又有所欠缺。

从小说反映的社会领域来看,1930年代小说涉及的范围更加广阔。朴泰远、俞镇午、蔡万植等作家立足于现代社会和现代文明,从批判的角度描写病态的都市生活;李光洙、金东仁等文坛的知名作家致力于长篇历史小说的创作,促进了小说体裁的发展。另外,李无影、金裕贞等则侧重描写农村、农民,表现当时农村悲惨的社会现实。还有,廉相涉的长篇小说创作则致力于对整个时代社会结构的总体把握,展示殖民地现实下的真实生活状况。李箱的小说创作则更多地基于表现自我分裂和无意识;李孝石的作品侧重于表现小说的美感。总之,正是由于所有作家们的共同努力,才促进了现代小说文学的发展壮大。

"九人会"在促进20世纪30年代纯粹文学的发展中起到了重要的作用,其中,李泰俊作为"完美的掌握了现代小说技法"的作家,他的《月夜》《夜路》《房地产交易所》等一系列作品都是比较成熟的现代小说。他的创作风格可以概括为文笔简洁,语言精准,结构紧密,人物性格鲜明。他作品中的许多人物都是不能适应时代变化、落后于时代的边缘人,他们沉浸在对过去的美好回忆里,所以他们用嘲笑的态度看待社会和人生,他的小说被看作"朝鲜式的哀愁的文学"[2]。

"九人会"的另一代表人物李孝石创作的前期虽然没有亲自加入无产阶级组织,但是由于他的创作接近并支持无产阶级文学,所以在前期,一般把他归为同伴者作家[3]。但是,随着日本对无产阶级文学的压

---

[1] 成基玉.韩国文学概论[M]首尔:新文社,1992:363.
[2] 白铁.新文学思潮史[M]首尔:新旧文学社,1968:438.
[3] 所谓同伴者作家,指的是没有直接参与无产阶级革命运动,但对其表示同情、支持的作家。俞镇午、李孝石、蔡万植、朴花城等就是同伴者作家的代表,不过这种现象在韩国文坛上存在的时间很短暂,随着韩国国内形势的日益严峻,很多作家开始转向,其中最具代表性的就是李孝石,他成功地转向纯文学创作,发表了以自然描写和"性"为主题的一系列小说作品。

迫,以及卡普领军人物的被捕入狱,加之李孝石工作和生活趋于安定,所以此后,他的创作倾向出现了变化,开始着力于追求纯粹的艺术至上的小说创作,《荞麦花开的时候》就是作者这一思想的集中体现。这篇小说以作者的故乡——江原道为主要场所,以一个荞麦花开时节美丽的月夜为背景,描写了主人公许生员的故事。许生员是一个赶集做小生意的人,一直未娶,但却有一段不能忘却的美好回忆。这就是20年前他与一个年轻女子的短暂情缘,但这却是许老头二十年来的念想,是支撑他度过孤单生活的精神支柱,同时也是他在流浪的过程中的心理安慰。在这个美丽的月夜,许老头自然又向同伴说起了那段往事,在这个过程中,竟然得知同行的童子和自己来自同一个地方,并且他母亲的身世竟然和许生员往事中的女子极为相似。尤其,当许老头发现童子竟然和自己一样也是左撇子时,更加确信童子就是自己的儿子。这篇小说语言优美,笔法细腻,像一首隽永的散文诗,内容无关阶级也无关社会现实,它以人的本性作为出发点,描写人最原初的性本能和渴望,试图探索人存在的本源,这是纯粹小说明显不同于此前无产阶级文学的特点。

现代主义的传入,使得一部分作家接触并受到了现代主义的影响,开始用这种观点指导自己的创作,其中取得巨大成就的就是李箱。李箱既是诗人,也是小说家,但是不论诗和小说,都表达了作者强烈的自我意识。《翅膀》是李箱的小说代表作,作品中的主人公和作者本身有很多相似之处,因此这部小说带有浓厚的自传色彩。"翅膀"用象征的手法表达了对传统价值观的否定和绝望,以及希望能逃脱备受压抑的现实的渴望。

金裕贞的小说主要以自己故乡江原道为背景,主要侧重于描写农村劳动青年的生活,而且在创作中善于利用江原道方言,因此他的作品中带有浓厚的乡土气息。另外,在创作中他善于利用讽刺、戏谑的表现手法,在搞笑的过程中表达对社会现状的讽刺之意,《山茶花》就是这样一篇作品,小说以江原道的某个村庄为背景,描写了一对农村青年懵懂的爱情。蔡万植创作了一系列讽刺小说,描写知识分子的苦闷,批判当时社会盛行的犯罪、卖春、享乐等。

金东里于1930年代登上文坛,不仅写过诗歌、小说,还是当时重要的文学评论家。他一贯反对文学的政治性,提倡纯粹的文学创作,强调为文学的文学,他致力于表达韩国本身的乡土性。他的小说创作

第五章　现代文学

常以乡土性的材料为素材,表达乡土的、朴素的感情,而且他的作品大都远离当时的时代和社会背景,其中《巫女图》就是作者30年代的代表作。

《巫女图》像金东仁的《船歌》一样,也是一篇框架结构的作品,其外部框架是"我"听家人讲述巫女图的来历,内部结构则是一个乡村巫女的故事。这篇小说反映了近代韩国门户开放以来,外来文明与韩国乡土文明之间的冲突与对立。小说的主人公毛火是一名巫女,而她的儿子违背了她的意愿成了基督教信徒,这成为毛火的一块心病。于是她采取极其极端的方式,烧掉了儿子的"圣经书",在这个过程中,还亲手杀死了自己的儿子。此后,毛火也精神恍惚,她用全部的心血进行了最后一次华美的演出。跳完最后一次大神之后,毛火也死去了,但是她的巫术好似起到了作用,因为原本不能说话的女儿竟然可以开口说话了。后来,女儿画了这幅《巫女图》以纪念自己的母亲。

这篇小说母亲与儿子的对立就是传统文明与外来文明的对立,最后两者无所谓胜负,儿子虽然死了,但是附近村子却建起了教堂,这体现了外来文明、现代文明是不可阻挡的发展趋势;但是作者似乎也不甘心传统文明就此消亡,毛火虽然死了,但是她的女儿还在,而且女儿不仅能够开口讲话,还画了一幅《巫女图》纪念自己的母亲。此外,这篇小说也体现了作者的命运意识,毛火的死也许是不可避免的,因为对于她来说,她已经失去了自己的儿子和整个精神世界,也就失去了生活下去的意义,这也暗示了传统事物正在逐渐消失的现实状况。这篇小说是作者所有文学主张的集中体现,此后到了70年代,作者曾以这篇小说为基础进行了重新创作,命名为《乙火》,可见这部作品在作者心中的分量。40年代作者创作的另一篇小说《驿马》也体现了强烈的命运意识,同时也体现了作者在文学批评中所主张的追求人存在的意义的特点。

1940年前后,韩国文学的发展受到日本空前的打击和控制,日本在韩国推行禁用韩字、改学日语的政策,使得广大作家无法用母语进行创作。另外,《朝鲜日报》《东亚日报》《人文评论》等一系列报刊杂志的强制停刊,极大地限制了作品的发表。这一时期,只有在《国民文学》上发表的一些亲日作品才得以存在。韩国文学在夹缝中艰难生存,直到8·15解放之后,自由的文学创作才得以重见天日。但是,解放带给民众和作家的只是短暂的喜悦,左右两种不同的意识形态的对立以及南北分裂、朝鲜战争的爆发,使文坛也出现了意识形态的对立,所以这一时期的小说也不可避免的受到两种意识形态对立的影响,最终,在朝鲜战争前后,很多文人根据自己信仰的意识形态选择越南或是越北,从而最终导致了文坛的重新洗牌,也导致了几十年来不论是朝鲜还是韩国的文学都好似残缺的一块。到八十年代解禁之前,共产主义在韩国一直讳之莫深,无论是对无产阶级作家、文学作品还是文学史的整理都是当时文坛的禁忌。

五、战后小说的创作

朝鲜战争给人们带来了灾难和创伤,"战争"毫无疑义的成为1950年代文学的关键词。同时,战争也为作家创作提供了审视社会现实的契机。另外,战争带来的各种问题,使人们对人类存在的本身产生了怀疑。这一时期,不仅在文坛上已经成名的作家的创作成果丰硕,还出现了一些文坛新秀,如孙昌涉、鲜于辉、张龙鹤等就是新兴作家的代表人物。

金东里作为1930年代就已经登坛的作家,一贯坚持纯文学的主张,但是亲历朝鲜战争之后,他把一些自己的战争体验用到了小说创作中。在这一时期,他创作了一些反映社会现实的小说,如《归还壮丁》和《密茶苑时代》等。《密茶苑时代》以战后的釜山为背景,描写了朝鲜战争中在此避难的一些作家、艺术家的经历,表现了战争状况下人们压抑的、混乱的精神世界。

黄顺元的小说像优美的散文诗缓缓展开,《骤雨》给处在意识混乱中的韩国人带来了清新的气息。每个人心底都有一段美好的故事,这段故事就是自己心中永远的依托和安慰。小说中描写了一对少男少女从相识到被死亡阴阳相隔的故事,用清新的笔调刻画了纯洁的少男少女之间朦胧的感情。作者对青春期青少年感情的细微变化分寸把握适当,拨动着读者心中温柔的心弦。黄顺元的很多小说都以青少年为主人公,因为作者认为,青少年的心灵是没有受过现实玷污的,是纯真的,这也体现了作者的文学观,也就是对美好事物的向往之情。

河瑾璨的《受难二代》刻画了"父亲"和"儿子"两代人的苦难经历,他们的苦难分别是日帝和朝鲜战争造成的。其中,"父亲"在日帝时期被强制征用到日本劳动,受尽了非人的折磨,并在一次炮弹爆炸中失去了一只胳膊;"儿子"则在朝鲜战争中失去了一条腿。父子两人正是韩国近代史上两次悲剧的见证人,他们的悲剧也正是两代韩国人生活经历的缩影。作品中最后是一幅失去一只胳膊的父亲背着少一条腿的儿子过独木桥的画面,独木桥既是对两个残疾人生存能力的考验,也预示着身体不健全的他们在以后的生活中将要面临的种种困难,而且这种苦难是需要父子两人共同协作才能克服的。作者通过两个小人物浓缩了一个大时代,作品中虽然没有对战争残酷性、农村生活凋敝的直接描写,但是通过父子两人的遭遇让读者产生深深的共鸣,引起人们对韩国近代受难史的关注,以及对受难民众的同情。

另外,战争带给人们的不仅是一片焦土和物质上的损失,更多的则是在战争中道德的沦丧和人性的毁灭,所以对生存、对人存在的意义的探究也是这一时期作者苦闷的命题。孙昌涉的《下雨天》和《剩余人间》就表现了作者对人的本质和本性的探究,他认为只有在极端的情况下才能暴露人真实的本性。他的大部分作品都描写了战后病态的人物形象,对人的本性本身进行了拷问。

同族相残的战争给人们带来了许多思索,全光镛的《射手》就表达了作者认为在这场意识形态对立、同族相残的战争中不管是否取得了战争的胜利,都没有绝对的胜利者,表达了作者对战争的反思与批判。张龙鹤的小说受存在主义、意识流的影响,其《约翰诗集》描写了战俘追求自由的想法,表现了作者对意识形态对立的批判意识。

另外,南北分裂使当时社会的各个领域都深化了意识形态的对立和矛盾,在这种混乱的状态下,就不可能完全实现对以往殖民地时代的清算,所以还残存很多社会问题。另一方面,解放以后,很多原来在日本统治时期背井离乡的农民回到祖国,但是迎接他们的也不是什么美好的生活,而是战后的焦土和苦难,所以归乡民问题也成为战后小说的一个主题,金东里的《穴居部族》、郑飞石的《归乡》、安寿吉的《旅愁》等就是这一类的小说。

六、1960 年代的小说创作

"4·19 革命"给人们带来了争取民主和自由的契机,但是紧接着爆发的"5·16 军事政变"使得民主秩序还没有建立起来就被扼杀了。尽管如此,"4·19 革命"给人们带来的争取自由的意识却像星星之火,点燃了六十年代文学的燎原之势。这一时期的文学作品中体现了强烈的社会参与意识,小说创作也致力于描写个人与个人、个人与社会之间的问题,探求个人的存在意义与价值。

　　崔仁勋的《广场》给六十年代的韩国文坛带来了巨大的冲击,掀开了韩国文学的重要一页。《广场》中描写了一个由于南北意识形态的对立,而无法找到自己安身之处的知识分子李明俊走向自杀的故事。小说中的时代背景是从1945年到1960年左右十余年的时间,同时这段时间也是韩国社会最为动荡、意识形态对立最为严重的时期。主人公从南到北,又从北到南苦苦追寻、探求,却找不到出路和容身之处,加上怀有身孕的爱人在战争中死亡,使他意识到在中立国的生活不过也是无意义、行尸走肉般生活的延续,所以他最终选择了投海自尽,希望能在彩云之间、海鸥飞处与爱人和孩子相聚。作者用李明俊的死表达了以牺牲每个个人的幸福与自由为代价的意识形态对立是毫无意义的。同时表达了作者希望个人的"密室"能够与社会的"广场"达到有机统一、和谐相处的愿望。

　　金承钰被称为"60年代文学的旗手"[①],他的作品侧重于描写现代都市中人和人之间的冷漠,表现出强烈的自我意识。《首尔,1964年冬》从三个素不相识的不同阶层的青年讨论一些无聊的话题开始,描写了三人在大路上无聊的闲逛、观看火灾,以及其中一个人走向自杀的故事,而另外两人明知道自杀事件的发生,不仅无动于衷,不对图谋自杀之人进行安慰和鼓励,反而摆出一副与己毫不相关的态度。由此可以看出当时社会人与人之间关系的疏远与冷漠,还有对社会及他人的无意识态度。小说开头从一些无聊的话题入手,也表达了作者对当时没有精神追求而空虚彷徨的青年人生存状态的反思。《雾津纪行》则描写了一个生活在首尔的中产阶级——某个制药公司负责人无法承受现实生活之重而去寻找心灵憩息的家园的故事。但对自己来说魂牵梦萦的世外桃源——雾津,不过是另一些人想要尽力挣脱的樊篱。而这里,也只不过是让"我"暂时休息,重获生存能量的地方,最后妻子从汉城发来的一封电报,马上使"我"从梦境回到现实。由此可见,所有的精神需求都比不上物质生活来得实在。作品中主人公的痛苦来源于世界观的缺失,来源于心无归属,这种失落感在纸醉金迷的物质生活面前最终不过是无病呻

---

① 千二斗.存在的孤独[M]首尔:文学与知性社,1982:61.

吟，"我"最终也不可能抛却自己的社会地位安居梦萦中的桃源。作者通过这篇作品，批判了当时人们精神世界的迷失以及世界观的堕落，这也是六十年代人们生活的缩影。每个时代都有每个时代的悲剧，也都有每个时代的局限性，人类也正是在这样一次一次的打击、历练的过程中逐渐完成自我实现。

李清俊的《残疾与傻瓜》描写了当时社会中失去理想支柱的青年知识分子的彷徨和苦闷，对现代人的精神世界做了深刻的剖析。李浩哲的《首尔满员》以首尔为背景，批判、讽刺了产业化带来的种种不合理状况，以及金钱至上、拜金主义的倾向。

这一时期值得注意的一点还有女性作家的创作，姜信哉、朴景利等以女性特有的体验和细腻的笔调聚焦现实，拓宽了小说创作的领域。姜信哉的《小榉树》描写了青春期女孩细腻的内心世界及对爱情的向往和由于不确定的爱情带来的苦闷。朴景利的《金药局家的女儿们》则以日帝统治下的黑暗时期为背景，从父辈的恩怨写起，刻画了金家五个女儿的种种遭遇，再现了韩民族几十年的苦难历史。

七、产业化时代的小说

随着1960年代开始的"五年计划"的实施，韩国快速的从一个落后的农业国发展成为比较先进的工业国，产业化给人们带来了物质享受的同时，也给人们带来了精神世界的荒芜，因此，1970年代的小说侧重于描写被扭曲的人性，反映产业化给人类生活带来的负面影响。黄晳英的《去森浦的路》中描写了偶然相遇的三个人的旅途故事。"森浦"对作品中的老郑来说不仅是故乡，而且还是对未来生活的一种希冀和向往，同时对于其他两个漫无目的的旅人来说也是脱离现实生活的希望之地。可是他们历尽艰辛来到的"森浦"却不过是一片"黑暗的田野"而已，这唯一对未来的向往也就此破灭了。另外，产业化、工业化是以牺牲农村的发展为基础的，因此农民的生存环境受到了冲击，他们的生活状况恶化，这种现象反映在李文求的《冠村随笔》中，小说是一部连载小说，表现了原本传统的、自给自足的农村生活在工业文明的冲击下，如何遭到损坏的过程，表现了作者对农村共同体社会的留恋，对荒废的农村现实生活的批判意识。

20世纪80年代一系列民主运动的兴起，韩国国内要求民主、平等的意识飞速上升,原来在70年代维新体制下备受压制的文坛出现了反对体制、反对独裁的声音。此外,南北分裂几十年来一直是韩国文学创作的一个素材,赵廷来、朴婉绪等作家创作了一些有关南北分裂的作品。八十年代的文学掀开了韩国民族文学发展的新一页。

第三节　现代批评

所谓文学批评,是一种在鉴赏的基础上,以文学理论为指导,对文学文本以及与之相关的文学现象进行分析、研究和评价的科学阐释活动。韩国古典的文学批评主要借鉴中国古代的诗话和诗论,其文学批评的对象主要是汉文学及其作品。到了近现代,韩国的文学批评则主要受到西方各种文艺思潮的影响,并与韩国的社会现实相结合,呈现出与以往的古典批评完全不同的特点。本章主要论述在现代韩国文坛上产生过重要影响的文学批评,包括时论、作家作品论等,同时也会引用一部分在批评文学史上占重要地位的作家评论,并阐明韩国现代以来文学批评与韩国文学作品倾向的关系。

一、初期批评

(一)李光洙的启蒙主义文学论

韩国文学批评经历了新文学的启蒙阶段,逐渐具备了现代意义,代表性的评论家就是李光洙,他站在民族启蒙的立场上提出要接受西方近代的文化。他在1910年发表的《文学的价值》中提出"昔日的诗歌小说不过是消闲遣闷的娱乐"而已,认为"今日的诗歌小说绝对不是如此,而是要重在开发人生与宇宙的真理,研究人生发展的方向,以及人生情的形态(也就是心理上)的变迁[①]",对文学的娱乐性进行了批判。他在1916年发表的《文学是什么》一文中提出了把人的精神分成

[①] 申东旭,赵南哲.韩国现代文学史[M]首尔:韩国放送大学出版社,2009:66.

第五章　现代文学

"知·情·意"三部分的观点,并提出了文学应该重视"情的需求"的主情主义文学观。这种文学观的形成与当时的时代背景有着极其重要的关系,1910年韩日合邦,随着日本的统治和对出版的检阅加深,一切带有政治色彩的文学论的提出都变得不可能,因此这一时期的文学论基本上都与政治脱节,陷入了所谓的"文学主义"之中。他对传统的强调道德至上的儒家文学观持强烈的反对态度,认为19世纪之前的文学和批评都过分重视人的理智,而疏忽了情的表达,作为对儒家的道德主义的反命题,他提出了新的"表达情绪的生命主义"的文学主张,这就否定了此前开化期文学论强调的文学的道德性、社会性,而转为强调情绪的价值,主张自由和个性。

李光洙的文学批评在现代批评几乎还是一片荒芜的情况下具有先驱性的代表意义,他的文学主张过分强调启蒙意识而疏忽了作品的艺术性,这种不足在此后金东仁的文学批评中得到了克服。

(二)金东仁的唯美主义批评

最早提出艺术至上主义文学论的是金亿,他指出艺术的根本就是真实的人生,所以"为人生的艺术"才是真正的艺术。但是真正使这一主张得以体系化的则是金东仁。他的文学创作源于对李光洙启蒙文学的反叛,他在韩国最早的同人杂志《创造》的创刊号上曾经对以往的古典文学、新小说,以及崔南善、李光洙的文学都进行了批判,他认为他们的文学过分强调道德,他们也不过是"道学先生的代言人"[①]。他提出的文学主张则是强调艺术的个人化与个体化,他在《朝鲜人对小说的思想》一文中指出文学或艺术就是指人生的精神、以自我为对象的真正的爱,也就是个人自我。按照他的见解,文学艺术从本质上来看就是指个人的欲望及表达。他强调"为文学的文学",反对启蒙主义的文学和娱乐性的文学,重视小说创作的技法,他认为"创作出来的人生无所谓真假,因为艺术不允许对其进行区分[②]"。由此可以看出,他重视小说创作的技术和技巧,这也是他艺术至上主义主张的核心内容,《船歌》与《狂画师》等一系列唯美主义的作品就是作者这种思想的实际体现。他还主张小

---

① 申东旭,赵南哲.韩国现代文学史[M]首尔:韩国放送大学出版社,2009:150.
② 申东旭,赵南哲.韩国现代文学史[M]首尔:韩国放送大学出版社,2009:151.

说的情节必须是一个有机统一的故事,而且人物与事件,故事情节和整体的氛围也要统一起来,这种批评观点受到当时文坛的广泛关注。

　　金东仁不仅提出了文学批评的评价标准和原理,还把这种主张用于实践,他对李光洙的《春园研究》就体现了作者一贯主张的创作技巧论。比如,他认为李光洙的长篇小说《无情》在人物设置、性格和思想上都存在不连贯性。也就是说,他认为李亨植、金长老与善馨等人物虽然都是处在开化期的新兴人类,但是他们的某些行为却与自己的身份相悖。而且在英彩与善馨所代表的旧、新两种女性的描写上,作者也没有解决什么实际的问题,不过是描写了一个优柔寡断的李亨植而已。这几乎是韩国现代以来最早的作家作品批评,具有较高的历史意义。但是他的文学批评没有关注现代波澜壮阔的社会现实,也没有关注人民大众的现实生活,所以在这一方面也受到了一些批判。

二、无产阶级文学论

　　1920年代,韩国文学受当时在日本蓬勃发展的社会主义文学批评的影响而接受了无产阶级文学,与此相对应,主张民族主义的民族主义阵营则提出了与此相对的批评方式,因此文坛上出现了两者对立的形势。

　　韩国的无产阶级文学在20年代初开始萌芽,最早向韩国介绍无产阶级文学的人是八峰金基镇,他在日本留学的时候开始接受社会主义文学,并把它介绍到韩国。他痛斥艺术至上主义的文学观,主张文学应反映当时绝大多数朝鲜民众的具体生活。他认为在存在统治阶级与被统治阶级的朝鲜,必须要创作体现并克服阶级对立的文学,而且他认为在日本侵占下的朝鲜民众就是无产阶级,主张在这样特殊的历史条件下,所有的资产阶级和无产阶级都是受压迫的阶级,这样的无产阶级观为早期新倾向派的文学论奠定了理论基础。但是此时他的文学主张还缺少理论的系统性,1924年在《开辟》上发表的《今日的文学·明日的文学》则确立了较为系统的文学论。在这篇论文中他提出环境、生活、文艺三者是相互密切关联的,他认为"文艺就是决定那个时代的社会组织、生活形态的生活意识的流露[①]",这种主张其实就是认为文学是人类生活

---

① 金在容,等.韩国近代民族文学史[M]首尔:韩吉社,1993:441.

第五章 现代文学

的反映。

朴英熙的文学主张与金基镇的主张有相通之处,他把自己的文学称为"新倾向派文学",也强调生活对文学的决定作用。但是,在具体的主张上两人又有不同之处,所以两人之间展开了多次论争,其中最具有代表性的就是形式与内容的论争。

论争的起源是因为金基镇对朴英熙的短篇小说《彻夜》和《地域巡礼》的批判,他认为这两篇小说对阶级意识、阶级斗争概念的解释过于抽象化。他说"这不是一篇小说,贯穿整篇文章的不过是对阶级意识、阶级斗争概念的抽象说明。文中的每一句话都是为了说明这一问题而使用。小说乃是一座建筑,世上岂存在无柱无椽而只有红色屋顶的建筑物吗?[1]"对于他的批评,朴英熙进行了公开反驳,他认为当时的韩国还处在无产阶级的斗争阶段,整个无产阶级的全部文化才是一个整体的建筑物,无产阶级文学艺术只是其中的一个组成部分。他还认为在斗争阶段,比起强调小说的创作方法来,应更关注其本质的内容,"只要艺术作品的内容是普罗化的就足够了,对形式的要求反而是危险的[2]"。后来两人的论争扩展到整个文坛,很多人站在了支持朴英熙的立场上,这给无产阶级运动带来了很大的影响,使得卡普的活动变得激进起来,也确立了朴英熙在卡普运动中的领导地位。

经历了内容与形式论争之后,文坛还进行了一次与无政府主义者之间的论争,论争的结果是把无政府主义者从无产阶级阵营中分离了出去。在这次论争的末期,朴英熙开始主导了卡普的方向转换,坚定了马克思——列宁主义在韩国无产阶级运动中的指导地位,但过分的忽视文学的艺术性也带来了许多消极的后果。

无产阶级运动作为一项世界范围内的运动与斗争,其影响是极其深刻的。卡普文坛经过第一次方向转换之后,确立了马克思——列宁主义的指导思想,他们的有关文艺的主张指导着韩国文学的发展方向。列宁认为艺术是属于人民大众的,必须与无产阶级大众紧密结合起来。那么如何实现艺术与大众的结合,如何将艺术传播到大众中去的问题就成为1920年代末卡普文学面临的重要问题。

金基镇虽然在前期的形式与内容论争中略占下风,但是他的《文艺

---

[1] 申东旭.韩国现代文学史[M]首尔:韩国放送大学出版社,2009:159.
[2] 申东旭.韩国现代文学史[M]首尔:韩国放送大学出版社,2009:159.

时代观短篇——通俗小说小考》和《大众小说论》却是大众文学论的主要代表性论述。首先，他在《通俗小说考》中提出了小说如果想在普罗大众中引起共鸣，就必须通俗化，就必须以全部的普通劳动者为对象。而后，他又在《大众小说论》中使用了以劳动者和农民为主要阅读对象的"大众小说"的用语。他肯定了像《九云梦》《春香传》等故事书存在的魅力与价值，认为类似于这样的小说才是行之有效的宣传方式。同时，在《要写些什么》和《应该怎样写》中他又进一步论证了大众小说创作时应采用的素材和形式，核心就是素材要取材于劳动者和农民的日常见闻，可以选择一些批判资本主义、封建制度，同时又比较容易理解的社会主义思想作为创作宣传的要素，文章要尽量本着简洁、易懂的方针，在表现手法上要采用客观的、现实的、具体的"辩证的现实主义"的态度。他的主张比起当时其他一些理论家空洞的主张来，不仅正确指出了文艺大众化要解决的核心问题，而且还提出了辩证的现实主义写作的方法论。

但是大众小说的创作如果过分迎合大众趣味和认识水平的话，又会陷入大众追随主义之中，而且过分强调创作手法，又会导致内容方面的缺陷。最早对金基镇的大众文学观提出质疑和反驳的是卡普文坛的少壮派代表人物——林和。他一方面肯定了金基镇辩证的写实主义论点的合理成分，一方面又批判他的观点是对革命原则的歪曲，认为他不过是在当时日本检阅制度要求的合理范围内进行创作而已。林和在继承金基镇合理主张的基础上，提出了把劳动者、农民的生活感觉变成自己的生活感触的观点。

1930年代初，受当时日本文坛上兴起的"文学的布尔什维克化"影响，韩国以林和、安漠、权焕、金南天等人组成的《无产者》集团也提出了无产阶级文学要以共产主义文学为目标的主张。这个口号一出，以往的文艺大众化、文艺批评等都要在这样的口号下进行重新解读。权焕就在这一思想的指导下，提出了比较具体的布尔什维克的大众文学论。他批判金基镇的迎合大众趣味的创作是对马克思主义的否定，反而会给大众造成错误的认识，同时他还认为不能把无产阶级的艺术区分为大众的艺术和高级的艺术。他提出的文艺大众化的原则就是采用马克思主义的形式和大众化的内容，也就是说他认为对于那些认识水平较低的劳动大众来说，只要采用简单的表达方式和话语就可以解决文学大众化的问题。此外，他还指出为了有效推行文艺大众化，可以采用戏剧、电影等形式对意识水平较低的文盲进行宣传。不过卡普的这种大众化理论基本停留在初期的讨论阶段,没有形成系统完善的理论。

三、民族主义文学论

最初的民族主义文学论是李光洙提出的,此后崔南善提出了"国民文学"这一用语,提倡时调复兴运动,和他拥有近似主张的民族文学阵营形成了"国民文学运动"阵营,与卡普进行对立。他们的主张主要就是强调"朝鲜主义",希望能从韩国的传统中找到民族文学的发展方向,主张整个民族是一个整体,所以阶级问题算不上是什么问题。对于他们的这种论点,卡普的理论家们进行了深刻的批判。最后在卡普的巨大攻势下,原本理论基础就比较薄弱的民族阵营逐渐分裂为折衷派和以李光洙为首的民族文学派。

折衷主义文学论的主要批评家是梁柱东,他认为当时无论是民族主义文学还是无产阶级文学都陷入了极端的对立之中,他强调在殖民地社会现实面前,民族问题要和阶级问题紧密结合起来。他的主张可以概括为两点,其一就是有关文学内容和形式的关系问题。首先,他把当时的文坛分成了三个派别,一个是注重形式的传统的纯文学派,一个是被他称为"反动派"的重视作品内容的普罗文学,他认为两者都是错误的文学观,他们都过分关注文学的某一个方面,第三个派别则是主张内容与形式和谐统一的"中间派"。然后他又根据其是侧重形式还是内容分为"社会三文学七"的正统中间派和"文学三社会七"的反动中间派。他认为自己是正统的中间派,认为应该先探究作品的文学性再解释其社会意义。他主张的第二个方面就是有关民族问题和阶级问题的关系,他认为"在现在的社会状况下,没有超越民族的阶级精神,也没有从阶级中游离出来的民族观念"。他认为在殖民地社会现实中,我们"不既是朝鲜民族,同时又是无产阶级吗?"尽管他标榜自己走的是中间路线,但是他文学批评的重点还是放在了对无产阶级阵营的批判中,他在与金基镇的论争中曾说过:"君曾说过民族主义运动就是彻头彻尾的无产阶级运动。我暂且先承认君的这句话,但是也有一句话想问问君。现阶段的无产阶级运动从广义上来看不就是民族主义运动的一种吗?"[①] 梁柱东的

---

① 金在容,等.韩国近代民族文学史[M]首尔:韩吉社,1993:629.

这种主张适应了当时民族统一阵线的要求,而且也体现了他为极端对立的民族文学阵营与卡普阵营找到联系的纽带而做出的努力,但是从以上观点中也可以看出他不过是把无产阶级运动当成是民族主义运动的一个环节,还没有正确理解无产阶级运动的实质和发展方向。

作为与无产阶级阵营完全对立的民族文学的代表人物,李光洙在《民族改造论》中提出了要想把韩国文学提升到西方文明的高度,就必须要对韩民族的民族性进行改造。他认为"虚伪、自私、懒惰、无诚信、怯懦、缺乏社会性"是韩国人的民族性,由此可以看出他对韩国民族的传统、民族性格持否定态度,也可以看出他迫切希望韩国文学能够追赶上世界文学发展高度的愿望,但是这种主张不仅贬低了自己的民族,而且也是不可取的,这也成为他最终不相信自己民族的力量,投入日本法西斯怀抱的原因。

四、现代主义文学论

随着日本在韩国加强了殖民统治,对思想的控制也严格起来,尤其是对卡普的两次大规模逮捕事件,使大家噤若寒蝉,原本主张中间立场的派别也陷入了不安和动摇之中,那么文学的出路到底在哪里呢?1930年代的文人开始多方面的探求文学的出路与发展方向,其中现代主义便是30年代文坛兴起的重要文学批评。

韩国1930年代现代主义批评兴起的主要原因就是在启蒙主义与无产阶级对立的过程中产生了对文学新的发展方向的探索。同时,日本对韩国文坛的严酷统治,使得带有政治色彩的一切宣传都变得不可能,加上这一时期西方现代主义的发展也给韩国文坛带来了新的发展方向。

现代主义文艺思潮的兴起要归功于1930年代初金起林和崔载瑞对现代主义理论的介绍。他们介绍的主要是当时流行于英美的主知主义批评,这一批评对韩国来说是前所未有的并且是非常陌生的,同时也是一种不同于以往批评方式的新的批评。

崔载瑞在主知主义文学观的基础上,提出了自己的"讽刺文学论"。他认为,克服当前文坛存在的危机,实现创作的美好未来的方式就是"讽刺文学"。所谓讽刺的批评方式,指的是在无法对现实进行直接批评的时候,就采用迂回的形式对现实矛盾进行揭露和批判。结合当时韩国的社会现实,这种讽刺的批评方式也许是最合适的。

金起林则提出了现代主义诗论,他指出,在诗歌创作中要强调诗歌语言艺术的属性、现代主义的意义、以及诗的"知性"。他认为1920年代的诗歌文学是感伤主义的产物,反对过分重视诗歌的内容,因此,有人批判他的诗论过分强调诗歌技巧。到了1930年代中期,金起林又提出了"整体诗论"。所谓整体诗论,就是内容与形式统一的诗,也就是能够把时代精神有机地、自然地融入诗歌内容中,也是高度的诗歌技巧与精神的有机结合。他批评偏重内容而忽视形式的普罗诗,对过分偏重创作技巧的诗歌也不感兴趣,他认为普罗诗与现代主义诗歌的综合才是韩国诗歌今后发展的方向。但是,他没有明确提出自己主张的诗歌精神与内容到底是什么,也没能与诗歌创作有机的结合起来。

五、解放后的左右翼文学论争

1945年8月15日,韩国从日本殖民统治下获得解放。韩国文坛原本就一直存在的左右翼对立变得更加尖锐起来。就在日本宣布无条件投降的第二天,原卡普的中坚人物林和、金南天等就结成了"朝鲜文学建设本部",不过只是挂出了招牌,还没有提出系统的文学主张和纲领。紧接着,以李箕永为核心成立了朝鲜无产阶级艺术同盟,他们主张继续维护30年代普罗文学的正统性。后来,林和一派吸收了无产阶级艺术同盟,两者合并成立了朝鲜文学同盟。韩国的左翼文坛就团结在了一起。

与此相对的右翼文坛的反应相对来说就要落后于左翼文坛,吴相淳、朴钟和等组成了"中央文学协会"以应对左翼文坛。后来,为了应对左翼文坛两个组织的合并,中央文学协会也扩大了自己的阵营,形成"朝鲜文笔家协会"。一些文坛的新兴人物对萎靡的朝鲜文笔家协会不甚满意,又组成了以赵演铉、金东里、徐廷柱等少壮派为代表的"朝鲜青年文学家协会",他们提出了纯文学的主张,反对文学作为政治的工具,强调文学的自主性。韩国文坛又出现了两大阵营对立的局面。左翼文学阵营提出的民族文学论首先包括对殖民地时期日本残留的文化清算,确立以人民大众为基础的文化,以及建立文化统一战线等。左翼阵营的中坚人物林和在《现在的形式和文化运动所要面临的问题》中提出了文化运动面临的任务就是文化解放与文化建设。文化解放就必须清算日帝留下的文化残渣及封建文化的因袭,只有这样才能实现民族文化的解放。关于文化的建设方面,他提出文化建设必须要依靠人民自己,他所认为的人民是劳动者、农民、一般工作者阶层,他们是文化的创作者,所以建设服务于全体人民的文化才是文化建设的核心。同时,新的文化建设还要以人民的现实生活和阶级意识为基础。总之,他的主张强调了文化的阶级性与理念性。

相反,右翼文坛在主张清算日帝遗留问题的同时,提出的文学主张是拥护文学的纯粹性,要警惕文学陷入意识形态之中。右翼文坛的代表人物金东里的文学主张可以归纳为对人性、个性、纯文学和人性主义的拥护。他在《纯文学的真义》中指出民族精神的本质就是"人本主义",主张文学与政治要分离开来。

解放后左右翼文坛的争端主要集中以下几个方面:第一,就是双方对"民族"的理解不同,左翼文坛强调的民族是以阶级为基础的,而右翼文坛则否认以阶级为前提界定民族;第二,左翼文坛强调文学的社会性,而右翼文坛则强调文学的人本性,右翼文坛提出的纯文学是"拥护人性的文学",而左翼文坛的文学则侧重于"党的文学";第三,两者对现实主义的理解也不同,左翼文坛主张的是社会主义的现实主义,而右翼文坛却认为共产主义不能等同于现实主义;第四,双方主张的文学发展方向也不同,左翼文坛最终要实现的是共产主义的文学,而右翼文坛旨在建立民主主义的文学。

六、存在主义批评

存在主义文学论最早是在20世纪40年代末期,由梁秉植、朴寅焕等介绍到韩国,他们介绍的主要是美国等地报纸、杂志上的有关存在主义的主张,仅停留在简单介绍的层面上。而存在主义大规模被译介到韩国则是在朝鲜战争之后,战争的残酷性使无数人经历了极度不安、恐慌和死亡,人们的心灵饱受摧残,生存环境受到威胁,这使人们开始思考并关注生存本身的价值和意义,这正好与二战之后萨特提出的存在主义相吻合。韩国文坛对存在主义表现出了极大的兴趣,存在主义也迅速风靡了韩国文坛。韩国文坛对存在主义的接受,真正实现了把外国文学思潮与韩国社会、韩国人的直接生活体验相结合,而不再是外来思潮的生搬硬套。因此,存在主义在短时间内迅速受到了广泛关注。

1950年代初,梁秉植介绍了法国的存在主义,特别是存在主义的主要代表人物——萨特的思想,并且把萨特的存在主义文学与人本主义结合起来,认为法国的存在主义文学为战后法国社会、政治界面临的困难提供了解决方案。同样,存在主义与当时韩国的社会状况也十分符合,是解决韩国社会面临的问题的有效方法。他主张,存在主义文学的重要观点就是强调自由,认为自由是人的本质。同一时期,加谬的小说也被介绍到了韩国,成为当时韩国文坛推崇的对象。战后登上文坛的新生代作家张龙鹤、孙昌涉、吴尚源等就接受了存在主义思潮,并创作了一系列小说作品。这些作品表现了战争给人们带来的痛苦以及人们对自由、对生与死的深刻思考。存在主义批评不仅影响了50年代的韩国文坛,而且还对此后韩国文学的发展产生了重要影响,尤其对1960年代的纯粹与参与论争提供了理论依据。如主张参与文学的评论家李御宁就把萨特的文学论当作参与文学论的重要论据之一,他认为参与文学就是"为自己存在的文学"[①],主张人们为了自己的存在就要改变所处的社会状况,而改变的办法就是"参与"。存在主义如同一阵飓风,不仅席卷了整个战后文坛,而且对其后的纯粹文学与参与文学论争也产生了一定的影响。

七、纯粹与参与文学论争

1960年代的两个重要事件就是"4·19革命"和"5·16军事政变",前者给韩国民众带来了争取自由和民主的理念,并为实现自由、民主提供了契机,但是,紧接着爆发的军事政变又使还在萌芽中的自由民主思想被扼杀了。然而"4·19革命"的火种和影响并没有因此消失,人们开始重新关注社会现实,韩国文坛就文学的功能展开了激烈的论争。

20世纪50年代末60年代初,原本沉寂多年的有关文学的纯粹性与现实参与的论争又开始重新点燃战火。主张文学参与论的主要有洪思重、金宇钟、李御宁等,站在其对立面主张文学的纯粹性的则有李炯基、金尚日、元亨甲等人。其实,韩国文坛有关文学功能的论争由来已久,解放前左翼文坛与纯文学的论争就是如此。新的论争始于1958年金尚日的《纯文学论议》,使战后一直被忽视的纯文学论又重新置于聚光灯下。文章拥护金东里的文学观,对以往的卡普文人及其他主张现实

---

① 金荣敏.韩国现代文学批评史[M]首尔:昭明出版,2002:225.

主义的文人进行了批判。元亨甲也主张要拥护文学本身的纯粹性,他批判现在对文学的评价不是对文学本身价值的评价而是对文学体现出来的思想评价。他认为造成这种现象的原因是外来的各种思潮,所以他批判萨特的文学观其实是思想观,反对文学的"参与"功能,强调其内在的艺术性。

对此,主张参与文学的文人积极应对,他们主张首先文学要立足社会现实,反映社会现实,批判现实的不合理之处,还强调文学要具有告发精神。他们指出,纯文学所强调的艺术至上主义是虚伪的,应把文学批判精神与现实主义精神联系在一起,强调作者创作的态度和责任要以历史实际为基础。李御宁认为,作家在危机面前有守护自己所处的社会现实的责任,如果他们不能很好地担负起这份责任,就等于放弃了和自己同时代的人,同时也会对下一代产生不良的后果。金宇钟主张作家要有积极的社会参与意识,并指出当今韩国文学是失败的文学,原因就在于从1930年代开始兴起的纯文学是脱离社会现实的,他提出的解决办法就是要推倒纯文学的高墙,建立通向大众的、现实的广场[①]。

后来这场论争的范围进一步扩大,更多的文人参与到论争中来,论争主要集中在意识形态领域。纯粹文学派认为,萨特的参与论最终会导致文坛的左倾化,作家如果过分强调参与意识和参与文学的话,必然会导致无产阶级革命意识形态的产生。对此,任重彬马上撰文表明了自己的反对立场,他认为如果不能正确的把握时代脉搏,对时代的变化没有责任感的话,其文学不过就是文字游戏而已。

这场争论把文学简单分为纯粹与参与文学,这种简单的两分法带有很大的局限性。但这场论争在客观上让人们战后的伤害意识中走出来,重新开始关注社会现实,因此具有一定的积极意义。这场论争一直持续到1970年代初期,但它的影响却延续到了此后的现实主义论、民族文学论和民众文学论。

八、民族文学论

关于民族文学的概念,每个时代都会有每个时代的特殊定义。如1970年代韩国文坛保守阵营和进步阵营对民族文学的概念就持有不同

---

① 金荣敏.韩国现代文学批评史[M]首尔:昭明出版,2002:249.

第五章　现代文学

的观点。保守阵营强调对传统的继承,而进步阵营则重视现实和未来。诗人文德守认为,民族文学就是立足于并反映民族意识的文学[①],并主张应从神话、说话、乡歌、歌辞等古典文学中寻找民族意识。李炯基认为,用韩语创作的体现韩民族特有的历史和传统的作品才是真正的民族文学。他对李孝石的《荞麦花开的时候》评价甚高,认为这部作品是韩国现代以来真正可以称得上经典的作品[②]。金东里认为,民族文学形成于近代时期,所以近代文学就是民族文学,并认为韩国的民族文学还处在形成过程中[③]。他还把民族主义、近代主义与人本主义结合起来,认为民族主义的基调就是人本主义,属于近代文学的范畴。他还主张真正的民族文学必须是世界性的,不以个性、民族性和普遍性为基础的文学是没有价值的。因此,民族文学的发展目标就是要创作"既是民族的又是世界的文学"。对此,进步阵营在1970年代中期提出了自己的观点,白乐晴于1974年发表了名为《民族文学理念的新展开》的文章,批评当前的民族文学论带有国粹主义和复古主义的特点。他认为,民族文学应以民众为基础,反映、体现民众意识。在创作方法上,他提出应以现实主义为基础,使作家意识与同时代生活的所有人的意识相结合的方法。因此,创作要选用反映现实社会的素材,采用写实主义的手法。他认为,当前民族文学面临的两大课题就是"恢复民主"和"克服分裂"[④],民主制度的恢复是当前面临的短期课题,而克服分裂则是终极目标。他的理论确定了进步阵营民族文学论的基础,廉武雄、林宪永、高银等在此基础上又提出了各自的主张。廉武雄主张应当清算殖民地时期的文学观,才能构建真正意义上的现代民族文学。林宪永指出了劳动者文学的重要性,认为以人本主义和写实主义为基础的劳动者文学是民族文学的扩展和深化。高银认为要站在民众的立场上看待民族文学,为解决民族所面对的问题的文学才是真正的民族文学。

这场争论一直持续到20世纪80年代,白乐晴在整理了1970年代民族文学论的基础上,积极探索民族文学的发展方向,强调文学理论的实践性,并对李文求的《冠村随笔》、尹兴吉的《淫雨》等作品进行了实践批评。1980年代的民族文学论主要是对70年代各自主张的继承和

---

① 文德守.古典文学和民族意识[J].月刊文学,1970.
② 李炯基.民族文学? 优秀文学?[J].月刊文学,1970.
③ 金东里.关于民族文学[J].月刊文学,1972.
④ 金荣敏.韩国现代文学批评史[M]首尔:昭明出版,2002:390.

发展,争论的主要变化就是对"民众"的关注,同时开始关注文学运动。到了 80 年代末,民族、民众文化论出现了分化,在批评家们相互批判的过程中,韩国批评史迎来了新的转机,后现代主义思潮的传入给韩国文学批评带来了新的视角和发展方向。

参考文献

[1] 许筠. 鹤山樵谈 [M]. 首尔：首尔探求堂，1971.

[2] 金时习. 金鳌新话（世界文学全集 204）[M]. 首尔：民音社，2009.

[3] 文学与知性社编辑部. 韩国文学选集 [M]. 首尔：文学与知性社，2007.

[4] 金兴圭. 韩国文学的理解 [M]. 首尔：民音社，1991.

[5] 成基玉. 韩国文学概论 [M]. 首尔：新文社，1992.

[6] 赵东一. 韩国文学讲义 [M]. 首尔：GILBUT 出版社，1998.

[7] 赵东一，等. 韩国文学史 [M]. 首尔：韩国放送通信大学出版社，2009.

[8] 赵东一. 韩国文学论纲 [M]. 北京：北京大学出版社，2003.

[9] 赵东一. 韩国文学通史 [M]. 首尔：知识产业社，2005.

[10] 国文学新讲编纂委员会. 国文学新讲 [M]. 首尔：新文社，1985.

[11] 李丙畴，等. 汉文学史 [M]. 首尔：新文社，1998.

[12] 金台俊. 朝鲜汉文学史 [M]. 首尔：深山文化出版社，2003.

[13] 全圭泰. 韩国古典文学史 [M]. 首尔：白文社，1993.

[14] 赵南权. 韩国古典批评论 [M]. 首尔：民俗苑，2006.

[15] 闵丙秀. 韩国汉文代表作评说 [M]. 首尔：太学社，2001.

[16] 郑炳旭. 韩国古典诗歌论 [M]. 城南：新丘文化社，1993.

[17] 申东旭，赵南哲. 现代文学史 [M]. 首尔：韩国放送通信大学出版社，2009.

[18] 申永德，等. 韩国战争与世界文学 [M]. 首尔：国学资料院，2007.

[19] 尹炳鲁. 韩国近·现代文学史 [M]. 首尔：明文堂，2003.

[20] 权宁珉. 韩国文学 50 年 [M]. 首尔：文学思想社，1995.

[21] 权宁珉. 韩国现代文学史 [M]. 首尔：民音社，2002.

[22] 李秉歧，白铁. 韩国文学全史 [M]. 城南：新丘文化社，1965.

[23] 柳宗镐,等.韩国现代文学50年[M].首尔：民音社,1995.

[24] 李在铣.韩国现代小说史[M].首尔：民音社,1991.

[25] 金容稷.韩国现代诗研究[M].首尔：一志社，1974.

[26] 金荣敏.韩国现代文学批评史[M].首尔：昭明出版,2002.

[27] 金仁焕,等.姜敬爱,时代与文学[M].首尔：RANDOM HOUSE,2006.

[28] 李钟默.韩国汉诗的传统和文艺美[M].首尔：太学社,2002.

[29] 金明熙.朝鲜时代女性汉文学[M].首尔：梨花文化社,2005.

[30] 金光淳.韩国古小说史[M].首尔：国学资料院,2001.

[31] 闵宽东.中国古典小说在韩国之传播[M].上海：学林出版社,1998.

[32] 李慧淳,等.韩国古典女性作家研究[M].首尔：太学社,1999.

[33] 金相烈.李钰的传文学研究[D].成均馆大学硕士论文,1986.

[34] 赵钟业.韩国诗话总编[M].首尔：东西文化院,1989.

[35] 尹锡山.平民歌辞研究[M].首尔：汉阳大学韩国学研究所,1989.

[36] 郑在晧.韩国歌辞文学研究[M].首尔：太学社,1996.

[37] 金龙燮.纪行歌辞研究[D].建国大学硕士学位论文,1980.

[38] 韩明.闺房歌辞的形成与变貌样相研究[D].全州大学博士学位论文,2001.

[39] 杨智惠.诫女歌类闺房歌辞的形成研究[D].梨花女子大学硕士学位论文,1998.

[40] 金容徹.朴仁老江湖歌辞研究[D].高丽大学博士学位论文,2000.

[41] 李在杰.松江的《思美人曲》研究[D].韩国教员大学硕士论文,1992.

[42] 千二斗.存在的孤独[M].首尔：文学与知性社,1982.

[43] 韦旭昇.韩国文学史[M].北京：北京大学出版社,2008.

[44] 杨昭全.中国—朝鲜·韩国文化交流史[M].济南：昆仑出版社,2004.

[45] 金柄珉,等.朝鲜·韩国当代文学史[M].济南：昆仑出版社,2007.

[46] 金柄珉.略论韩国现代文学及其研究[J].延边大学学报,1998,1998（02）.

[47] 丁凤熙.机智与悖论——李箱文本与意识形态[M].北京:世界图书出版公司,2007.

[48] 丁凤熙.现代化与异化——论20世纪70年代韩国小说文学[J].当代韩国,2002(01).

[49] 蔡镇楚.诗话研究之回顾与展望[J].文学评论,1999(05).

[50] 王国彪.韩国文人许筠研究汉文成果综述[J].当代韩国,2007(04).

[51] 郑沃根.明清小说在朝鲜[J].中国文学研究,2003(03).

[52] 马金科.从《东人诗话》看徐居正的诗歌批评观[J].东疆学刊,2001(01).

[53] 马金科."海东江西诗派"概念小考[J].东疆学刊,2005(01).

[54] 马金科.试论《东人诗话》在朝鲜诗话史上的意义[J].东北亚论坛,2001(02).

[55] 李艳,张黎明.崔致远:异乡人的漂泊与追寻[J].齐齐哈尔大学学报,2008(04).

[56] 陈良运."东方汉文学鼻祖"崔致远诗述论[J].中国韵文学刊,1999(02).

[57] 倪文波.崔致远文学创作研究[D].北京:中央民族大学博士学位论文,2006.

[58] 何永波.李齐贤汉诗创作研究[D].北京:中央民族大学博士学位论文,2007.

[59] 庄秀芬.古代朝鲜女性汉诗研究[D].北京:中央民族大学博士学位论文,2007.

[60] 邹志远.李睟光文学批评研究[D].延吉:延边大学博士学位论文,2007.

[61] 樊疏.崔致远研究[D].西安:西北大学硕士学位论文,2004.

[62] 卢英兰.对黄真伊及其诗歌文学的文化阐释[D].延吉:延边大学硕士学位论文,2003.

[63] 金艳花.朝鲜汉诗诗体演变论考[D].延吉:延边大学硕士学位论文,2005.

[64] 张峰屹.儒学东渐与韩国汉诗[J].中国文化研究,2007(02).

[65] 李圣华.论韩国诗人对明诗的接受与批评——以韩国诗话为中心[J].中州学刊,2007(04).

[66] 徐志啸.韩国诗话《破闲集》与中国诗话的渊源[J].当代韩国,1998(03).

[67] 金东勋.朝鲜诗话略论[J].延边大学学报,1996(01).

[68] 张振亭,金海救.高丽诗学范畴初探[J].延边大学学报,2007(05).

[69] 孙德彪.朝鲜诗论批评的精华:《小华批评》[J].延边大学学报,1996(01).

[70] 严明.东亚汉文小说的衍变及本土特色[J].浙江大学学报,2009,39(01).

[71] 严明.汉诗学与古代朝鲜时调歌辞[J].学习与探索,2006(04).

[72] 黄景民.关于中国"左联"与韩国"卡普"的比较研究[D].郑州:郑州大学硕士论文,2006.

[73] 孙惠欣.朝鲜朝梦游录小说的叙事结构及其与唐宋传奇的关系[J].吉林大学社会科学学报,2008,48(06).

[74] 李春青.略论许筠文论思想要点及其价值[J].湖南工业大学学报,2008,13(05).

[75] 左江.朝鲜文人许筠的诗论研究[J].中国比较文学,2002(03).

[76] 温兆海.朝鲜诗人李尚迪的思想文化特征[J].东北亚文化研究,2008(01).

[77] 李时人,聂付生.中国古代小说与朝鲜半岛古代小说的渊源发展[J].上海师范大学学报,2009(01).

[78] 何镇华.朝鲜诗人李相和及其诗作[J].延边大学学学报,1999(01).

[79] 金春仙.论20世纪60年代韩国纯粹文学与参与文学的争论[J].当代韩国,2002(02).

[80] 韩永杰."创造社"和"白潮派"诗歌的浪漫主义思潮比较[D].延吉:延边大学硕士论文,2002.

[81] 晋永美.李珥中国诗选集《精言妙选》小考[J].文献季刊,2008(03).

[82] 申宜曔.中韩"现代文学"观念建构的比较[J].中国比较文学,2003(04).